古典詩歌研究彙刊

第五輯

龔鵬程 主編

第 **14** 冊

元詩之社會性與藝術性研究（上）

蕭 麗 華 著

國家圖書館出版品預行編目資料

元詩之社會性與藝術性研究（上）／蕭麗華 著 — 初版 — 台
北縣永和市：花木蘭文化出版社，2009〔民 98〕

目 4+176 面：17×24 公分
（古典詩歌研究彙刊 第五輯；第 14 冊）

ISBN　978-986-6528-63-7（精裝）
1. 中國詩　2. 詩評　3. 元代

820.91057　　　　　　　　　　　　　　　98000886

ISBN - 978-986-6528-63-7

9 789866 528637

古典詩歌研究彙刊
第五輯　第十四冊　　　　ISBN：978-986-6528-63-7

元詩之社會性與藝術性研究（上）

作　　者　蕭麗華
主　　編　龔鵬程
總 編 輯　杜潔祥
出　　版　花木蘭文化出版社
發 行 所　花木蘭文化出版社
發 行 人　高小娟
聯絡地址　台北縣永和市中正路五九五號七樓之三
　　　　　電話：02-2923-1455／傳真：02-2923-1452
網　　址　http://www.huamulan.tw 信箱 sut81518@ms59.hinet.net
印　　刷　普羅文化出版廣告事業
初　　版　2009 年 3 月
定　　價　第五輯 20 冊（精裝）新台幣 28,000 元

元詩之社會性與藝術性研究（上）

蕭麗華 著

作者簡介

蕭麗華，臺灣苗栗人，1958 年生，1992 年臺大中文所博士。曾任元智大學通識教育中心副教授、心理輔導中心主任、台灣大學佛學研究中心主任、《台大佛學研究中心學報》主編、《台大中文學報》主編、現代佛教學會第四屆理事長，現任臺大中文系教授。學術專長有：中國詩學、佛學、文學理論、教育等。近年主要研究領域為詩歌與禪學，除 1986 年完成師大碩士論文《論杜詩沈鬱頓挫之風格》、1992 年完成臺大博士論文《元詩之社會性與藝術性研究》外，尚有《古今詩史第一人——杜甫》、《道心禪悅一詩佛——王維》、《唐代詩歌與禪學》等專著，散篇論文有〈試論王維宦隱與大乘般若空性的關係〉、〈宴坐寂不動，大千入毫髮——唐人宴坐詩析論〉、〈禪與存有——王維輞川詩析論〉、〈李白青蓮意象考〉、〈游仙與登龍——李白名山遠遊的內在世界〉、〈唐代僧詩中的文字觀〉、〈佛經偈頌對蘇東坡詩的影響〉、〈杜甫「詩史」意涵重估〉、〈從莊禪合流的角度看東坡詩的舟船意象〉、〈中日茶禪的美學淵源〉等二十餘篇。近五年國科會專題計畫案有：「李白擬古詩研究」、「北宋文字禪與詩學的關係」、「般若經系意象類型與思惟方法對唐代禪詩的影響」、「從敘事學的角度看杜詩的紀傳性」、「東坡詩中的佛經意象」等。

提　　要

　　元代詩壇成果豐碩，詩人輩出。據《御定四朝詩》不完全的統計，元代詩人凡一千一百九十七人，台灣現存元人詩集亦有一百八十餘種之多，估量其數量應可與全唐詩相抗衡。元人這些沈埋不彰的作品，清麗綺柔者有之、沈鬱頓挫者有之，在飆流變化的中國詩歌歷史上，具有承先啟後的地位。且元代處於歷史變局非漢人統治的階段，詩歌具時代衝擊後特有的面貌，其深入社會紀事諷詠者有之、出離社會冥合自然者有之，也蔚為元詩的時代特徵。因此，本文採「社會性」與「藝術性」雙扇論述，一以觀察時代巨變，政治、經濟、文化、思想迥異下的元詩特質；一以探討詩體源始、流變下的元詩藝術面貌。

　　全文分上下編，凡十章。約廿七萬字，附錄約四萬字。其為社會結構、社會變局、政治問題、民族衝突、文化思想等因素而應顯於詩者，置入上編；其為詩歌本質、詩歌歷史流變、藝術思潮所形成的詩歌特質者，置於下編。其他，如詩集的蒐集、詩人的整理、元詩之分期與流派等，則納入附錄，以備參核。全書「緒論」總述研究動機、研究方法、研究範疇、目前研究之狀況及元代政治社會與文學藝術背景；上編社會性分論「詩史功能之發揮」、「民族氣節之彰顯」、「隱逸思想之興盛」、「民族融合之痕跡」與「民間結社之濫觴」；下編藝術性分析元詩乃「言志傳統之承繼」、「唐詩情韻之發揚」、「模擬風氣之開展」、「詞化痕跡之顯現」與「詩畫融通之實踐」。整體可以看出元詩之時代特性與藝術特徵。最後附錄以「元詩之分期及其重要詩家與風格一覽表」、「元代詩人生卒年表簡編」、「元代詩人大事年表」、「台灣現存元人詩集小輯」等資料，方便讀者查核參考。

目

次

上　冊
緒　論……………………………………………………………1
　壹、本論文研究之動機與方法………………………………1
　貳、元詩研究之範疇及目前研究狀況………………………9
　參、元詩之政治社會及文學藝術背景……………………16

上編　元詩之社會性……………………………………39
第一章　詩史精神之發揮……………………………41
　第一節　詩史之義辨…………………………………………41
　第二節　元代大量的諷時紀事詩…………………………48
　　一、備陳時事，以詩紀史………………………………49
　　二、批判時事，以詩論史………………………………58
　　三、裨補時事，以詩補史………………………………68

第二章　民族氣節之彰顯……………………………75
　第一節　民族精神內涵與元代正統論……………………76
　第二節　元代大量的遺民志節詩…………………………83
　　一、忠臣烈女的頌詠……………………………………84
　　二、故國淪亡的悲哀……………………………………87
　　三、孤忠芳潔的心跡……………………………………92
　　四、夷夏之防的大義……………………………………94
　　五、存文保種的憂虞……………………………………95

第三章　隱逸思想之興盛 …………………… 101
　第一節　隱逸思想與山林文學 …………… 102
　第二節　元代大量的自然田園詩 ………… 109
　　一、主體情志的投影 ………………… 112
　　二、客體景物的棲游 ………………… 114
　　三、主客合一的圓融 ………………… 117
　　四、詠陶和陶大量成風 ……………… 120
　　五、仕者思隱的山水觀想 …………… 125
第四章　民族融合之痕跡 …………………… 127
　第一節　華化西域詩人之詩 ……………… 132
　第二節　元代異域風情之詩 ……………… 143
第五章　民間詩社之濫觴 …………………… 153
　第一節　詩人結社民間化的先河 ………… 153
　第二節　元代民間詩社的詩作型態 ……… 163

下　冊

下編　元詩之藝術性 ………………………… 177
第一章　言志傳統之承繼 …………………… 179
　第一節　言志與言情之辨 ………………… 180
　第二節　元詩中的情志世界 ……………… 187
　　一、元人情志的二元意涵 …………… 188
　　二、元詩中的世界觀 ………………… 196
第二章　唐詩情韻之發揚 …………………… 201
　第一節　唐詩與宋詩之別 ………………… 202
　第二節　元詩近唐詩情韻 ………………… 206
　　一、元詩之近於李杜者 ……………… 209
　　二、元詩之近於長吉、飛卿、義山者 … 213
　　三、其他自然詩、宮詞等之近於唐者 … 217
第三章　模擬風氣之開展 …………………… 221
　第一節　模擬與復古主義 ………………… 221
　第二節　元詩的模擬傾向 ………………… 227
　　一、詩騷體裁之模擬 ………………… 229
　　二、漢魏古詩之模擬 ………………… 230
　　三、唐代詩體之模擬 ………………… 234

第四章　詞化痕跡之顯現 ································· 239
　第一節　詩風與詞風 ································· 240
　第二節　元詩的詞化現象 ··························· 243
　　一、就語言來看 ································· 247
　　二、就內容來看 ································· 249
　　三、就風格來看 ································· 251
第五章　詩畫融通之實踐 ····························· 257
　第一節　詩畫融通之歷史 ··························· 257
　　一、詩中有畫的歷史──就詩歌傳統來看 ··· 259
　　二、畫中有詩的歷史──就繪畫傳統來看 ··· 261
　第二節　詩畫融通之基礎 ··························· 268
　第三節　元詩在詩畫融通上的表現 ············· 278
　　一、自然詩、題畫詩等題材增多 ············· 278
　　二、尚意境、重寫景的詩風走向 ············· 286
結　論 ··· 295
附　錄 ··· 299
　附錄一　元詩之分期及其重要詩家與風格一覽
　　　　　表 ··· 299
　附錄二　元代詩人生卒年表簡編 ··············· 300
　附錄三　元代詩人大事年表 ······················ 305
　附錄四　台灣現存元人詩集小輯 ··············· 312
參考書目舉要 ··· 319

緒　論

壹、本論文研究之動機與方法

　　清·王漁洋〈論詩絕句〉云:「鐵崖樂府氣淋漓,淵穎歌行儘自奇;耳食紛紛說開寶,幾人眼見宋元詩。」此詩是對明代以來詩壇鄙薄宋元詩的反思。宋詩在今天已有其地位,論者一般認為可與唐詩並峙,元詩則仍乏人問津。漁洋所云的「鐵崖」、「淵穎」全為元人,究竟元人的作品面貌如何?如何釐析元詩才能得其客觀面貌與評價?這正是本論文所欲從事的工作,在展現元詩研究的淺薄成果之前,我先要說明這篇論文的研究動機與理論架構。

一、元詩研究之動機

　　蒙元入主中國,不僅是中國政治歷史上的一大變局,也是中國傳統文化、文人思想及生命理念的一大沖擊,過去的歷史學家主觀地以漢族本位的態度來否定這一時期,認為是中國文化的退化期,然而在思想日漸改變的今天,學者開始認為元代是一段開啓文化新姿、融合民族思想的良好契機。史學家的觀念改變了,但文學工作者的腳步卻未能跟進,元代在許多批評者心中還是一段黑暗無成的時期,特別是詩歌,其形貌在元曲的光芒下一直沈埋不彰,本文的嘗試,便是希望

以客觀的角度，廓清歷史迷思，還給元詩存在的客觀事實，這是本文研究的第一個動機。

幾經考察研閱，我發現元代詩壇實在是一處草萊未闢之地，其本身存在的成果豐碩，並非一般人認定的荒蕪無詩，台灣現存元人的詩集有一百五十餘種，總數量在上萬首以上，據四庫《御定四朝詩》不完全的統計，元代詩人凡一千一百九十七人，宋代詩人凡八百八十二人，而《全唐詩》錄作者二千三百餘人，近人周惠泉據此認為元人成果在唐宋之上，〔註1〕這個推考雖未必可信，歷史湮滅佚亡的作者與作品無法勝數，但光從這個數量，也足以證明元詩確有豐碩果實，只是乏人檢收而已。我的嘗試就是基於這種檢拾文化遺產的立場。這是本文研究的第二個動機。

明胡應麟《詩藪》云：「詩至於唐而格備，至於絕而體窮，故宋人不得不變而之詞，元人不得不變而之曲。」在講求詩歌本色的要求下，胡應麟論詩明顯以漢唐為高標，詩體代降，至元代只能以曲名於世，詩歌毫無地位可言，這是明代詩家普遍的看法，〔註2〕然而清·顧嗣立〈《元詩選》凡例〉云：

> 飆流所始，同祖風騷，騷人以還，作者遞變。五言始於漢魏而變極於唐，七言盛於唐，而變極於宋。迨於有元，其變已極，故由宋返唐，而諸體備焉。百餘年間，名人志士，項背相望，才思所積，發為詞華，蔚然自成一代文章之體，上接唐宋之淵源，而後啓有明之文物。此元詩之選不可緩也。

〔註1〕近人周惠泉《元詩淺談》一文指出：「國運時間三倍於元的唐代詩歌作者僅為元代的兩倍，國運時間久於唐朝的宋代，詩歌作者並不多於元代，如果拿元詩與元曲比較，那麼據明代寧獻王的《太和正音譜》所載，元人散曲作者凡一百八十七人，大大小於當時的詩歌作者。」見《古典文學論叢》第一輯。

〔註2〕明人對宋元詩的鄙薄極多，考察明人《詩論》隨處可得，如前後七子復古派者之論都是崇唐抑宋元，近人陳國球《唐詩的傳承——明代復古詩論研究》一書，學生書局1990年版，及 Richard John Lynn〈個人與傳統：明清兩代對元詩的看法〉一文，《東方文化》十五卷一期，對這點都有所發明。

顧氏之所以急於選錄元詩，網羅佳構，目的就在於澄清明人造成的誤解，從而肯定元詩在中國詩歌發展上有上接唐宋，下啓明代的重大作用。究竟元詩面貌如何？元詩與唐、宋諸朝詩歌的承衍變化如何？這是元詩值得一探的第三個動機。

　　詩窮而後工，於個人如此，於時代何嘗不是，六朝處離亂之世，詩體面貌萬千，元人經異族沖激，思想氣節益出，這都是元詩在本色正典之外的收穫，元代詩壇有大量的山水田園詩、有大量的諷時論事詩、有大量的題畫詩，這都是時代巨變，種族及文藝思潮演變下的成果。社會背景對時代文藝有極大的影響，《文心雕龍》時序篇云：「時運交移，質文代變」，「文變染乎世情，與廢繫乎時序」。元人有時代巨幅的變化、有宋代理學發展的宇宙人生之思、有詩畫結合發展的融通藝術，在危亂時勢、高度文化與藝術思潮的承衍下，自有其詩歌上能開放出的時代異彩，如果能透過這些社會性及藝術性的省思，重估元詩面貌，何嘗不能看出元詩的特色來。這是本文研究的第四個動機。

　　基於以上種種原因，本文希望能完成元詩研究的兩項工作：

1. 細察時變，明時代政治、經濟、文化、思想、藝術諸因素對元詩產生的影響，以突顯出元詩形質與內涵的特質。

2. 探溯詩體源流，察詩歌代變之本末，以明元詩在詩歌歷史上的地位。

二、本論文研究之方法

　　歷來研究詩歌者，必以述源流、析格律、論情志、探風格爲研究架構，然而本文之研究摒除舊規，改以「社會性」與「藝術性」雙扇立論，其主要原因有三：

1. 唐詩創格調，宋詩出理趣，如以詩法論，元詩無出前人之右，贅論其格律、技巧、風格已無補於詩歌藝術。

2. 元代處歷史變局，其民族衝突及思想困挫前所未有，上可躋

於六朝，又具六朝人所沒有的華夷之辨與正統觀下的民族氣
節之矛盾，因而在社會內涵有突出的文學意義。

3. 詩畫藝術歷六朝、唐、宋至元代有了新的思潮，宋萌芽的文
人畫藝術思想在元代繪畫上造成因革後的勃興局面，其詩歌
藝術處此轉捩時期，也具探討的價值。

基於以上三點原因，元詩之面貌必待社會學及詩歌歷史的反省
而後出，因此本文之研究探文學社會學及中國傳統詩學上某些特質
的綜合運用，摒除「語言──風格」的分析模式，朝向一種綜合理
論的架構，一方面藉社會學的思考，歸納統計元代社會背景諸因素
對詩歌的影響，一方面以傳統詩學藝術爲考量，釐測元詩具存的詩
歌本貌與流變狀態，這是本文全文立論的主要系統。在這雙扇的論
述中，凡屬社會結構、社會變局、民族衝突、文化思想等社會因素
而映顯於詩者，置入「元詩的社會性」中；其他如詩歌歷史、藝術
思潮所形成的詩歌特色，入「元詩的藝術性」中。此外，如基本素
材──元代詩集的認識、元詩分期與流派的考察等，則納入附錄以
備參核。

文學社會學是五○年代以來才興起的一門文學批評學科，許多
學科早已突破原來的圍限，急遽朝高度綜合的結構邁進，文學批評在
一連串如存在意義、結構主義、語言學、現象學、符號學、心理學、
精神分析、傳記分析、主題學等等的不同角度後，產生一種較重實證
的社會學探究，五○年代到六○年代間，德、法國各大學相繼設立文
學社會學研究中心，從事相關研究。大陸近年來才有系列譯自德、法
的叢書，臺灣這方面的理論也是近年來才轉譯介紹進國內。然而在未
見這門科學之前，中國傳統的文學批評工作中早已有社會性的思考，
如《論語·陽貨》云：「詩可以興，可以觀，可以群，可以怨。」《荀
子·樂論》云：「樂者，聖人之所樂也，而可以善民心，其感人深，
其移風易俗，故先王導之以理而民和睦。」同樣的看法也見於《毛詩
序》：「先王以是經夫婦，成孝敬，厚人倫，美教化，移風俗。」等等，

這一類的文學社會功能論，明顯是一種社會性考量。西方如古希臘的柏拉圖、亞里士多德，或古羅馬的荷拉斯，多多少少都曾探究過文學藝術和社會的關係。〔註3〕但是這些立論都是片段性的，尚未能提供全面性的社會學方法，我們唯有權借文學社會學相關論著，才能歸納出較全面的社會考量向度。

　　原則上，在中國所有文類中，小說是最切合於《文學社會學》研究的範疇，因爲文學社會學研究的向度不僅及於文學產生的作者本身及環境，還及於文學發表發行的出版圈與讀者群，〔註4〕後者顯然不是古典詩歌的研究重心，然而將文學社會學運用在時代巨變的元代詩歌上，也不失爲好的考察方法，因其所提供的理論基礎，單是從文學產生的社會背景一面，已具有極多元的參考價值。譬如在其學科起源階段中，十九世紀法國文學社會學家鄧納（Hippolyte Taine1828～1893）提出文學創作或文學現象的三個限制因子爲：民族、環境和時代，民族是人在其出生時即已帶來的特點，環境是因氣候自然和社會組織作用所致，時代則牽涉到歷史變遷，〔註5〕這個簡要的說法，已使社會性內涵一分爲三，有較精細的考察，這些角度有助於我們思考元代的民族性及其時代背景。鄧納的「三元論」只是文學社會學起源時期的看法，仍有其缺點，〔註6〕到了文學社會學的發展時期，高德

〔註3〕這一類早期的文學社會學觀點隨處可得，凡研究文學社會學體系者都會先作探源，如何金蘭文學社會學緒論之頁2，桂冠圖書公司1989年版。魏育青譯、德國阿爾方斯・西爾伯曼《文學社會引論》頁3，則系統介紹從古希臘先哲到文藝復興時期及於十七、十八世紀的文學理論家之文學社會相關論述，安徽文藝出版社1988年版。

〔註4〕根據雷內・韋札可的觀點，《文學社會學》的範疇包括：作家社會學、作品社會學和讀者大眾社會學，這也是一般研究《文學社會學》的三角錐體系。見顏美婷譯，Robert Escarpit 者《文藝社會學》，南方出版社1988年版。

〔註5〕鄧納或譯作丹納，其學說在許多研究者的著作中都曾提及，如前引 Robert Escarpit 的《文藝社會學》頁227。本文取何金蘭《文學社會學》頁27的譯介。

〔註6〕有關鄧納三元論的缺點，見何金蘭《文學社會學》頁29，桂冠出版

曼的系列論見中，進一步提供了更多元的向度。鄧納的分析法較重物質性社會，高德曼的說法則補足了精神意識的層面，其理論主體中的「世界觀」（vision of cosmos）、「精神結構」（mental structure）、「意涵結構」（significant structure）等，是所研究的文學社會的主客觀體綜合，不僅止於客體性的物質世界而已。高德曼所謂「世界觀」即作家透過作品所表達出來的意識形態，〔註7〕這種意識形態展現了作者獨創性及其社會聯繫之中的獨創性，不僅表現在作品內容上，而是表現在作品結構上，是一種與主體精神範疇相對等的形式結構。〔註8〕而世界觀的精神意涵所形成的結構，即高氏所謂「意涵結構」，也就是「精神結構」，其中所透顯的集體意識（the collective consiousness），〔註9〕正與社會機制、社會變遷與文化思想相結合。如果說〈詩大序〉等儒家詩觀所提供的是文學的社會功能論，則高德曼的「世界觀」已提供了「功能——結構」論，它包含了社會的物質性與精神性結構，即社會之政治、經濟、文化、思想等環境，與作者存在其中所形成的意識加上表達及於作品中的意象、形式組織等結構。簡而言之，即「人——社會」、「人——宇宙」的集體意識及其在文體的形式。這個觀察角度，有助於我們理解元詩之「詩史精神」、「民族氣節」、「隱逸思想」等表層及裡層的內涵。高德曼另一有助於文學社會研究的細密角度，是它在盧卡奇的「社會階級」論之外更細微地分出「組合」（groups）

社 1989 年版。

〔註7〕 見 Mary Evans 著的《郭德曼的文學社會學》，廖仁義譯，頁 49，桂冠圖書公司 1989 年版。何金蘭《文學社會學》於「世界觀」則解為「對現實整體的一個既嚴密連貫又統一的觀點」「世界觀不是個人事實，是社會事實」，見該書頁 91。

〔註8〕 參見段毅、牛宏寶譯《文學社會學方法論》中威廉·Q·鮑埃豪爾的引論，頁 20，北京工人出版社 1989 年版。

〔註9〕 這裡所謂整體意識及普列漢諾夫所謂「社會心理」，「指在特定時代、特定民族或特定社會階級、階層中普遍流行的精神狀況，即人們的感覺、觀點、情感、願望、理想、習慣、信仰、道德、風尚和審美情趣等等。一句話，也就是人的生活的主觀方面。」見馬奇著《藝術的社會學解釋》頁 55，北京中國人民大學 1988 年版。

和「結社」（associations）的不同，〔註10〕組合是許多個體基於共同的信仰體系或意識形態的聯絡，而不是經濟立場或地位處境而已。這個觀點也有助於我們考察元代文人的階級及其結爲詩社的狀態。

　　除了高德曼之外，二十世紀許多後起的文學社會學家都進一步提供了不同向度的社會學思考，如 Robert Escarpit 的「文學交際」、「文學評價」及「閱讀社會學」等，Albert Mehrmi 的「主題社會學」、「文體社會學」等，其他如 Hans- Norbert Fugen、Leo Lowenthal 等等，〔註11〕都有理解文學社會的不同角度，本文無意析辨各家的理論，主要是想綜合各家方法，整理出一套適用於元代詩歌的社會學考察法。而經過這一簡單的歷史回顧，我們可以結論出適用於元代社會的研究範疇：其「作者──社會」的層次應包括政治地位、社會等級、種族背景、宗教信仰、文化環境及其他個人因素與群體因素之合成，〔註12〕而理解這個「作者──社會」的內涵應具歷史的、技術的（生產技術、物質經濟）、組成的（群體與個體的不同等級）、精神的（意識形態）的不同向度，至於使用的方法應包括統計法、系統內容分析法、功能──結構分析法、行爲研究法〔註13〕等。這些範疇與方法爲我們研究元詩的社會性特徵提供了一種宏觀兼得的考察方式。〔註14〕除了以上幾

〔註10〕見廖仁義譯，Mary Evans 著的《郭德曼的文學社會學》頁 31，桂冠圖書 1990 年版。這個問題在法國 Robert Escarpit 的《文學社會學》也曾論及。見上海譯文出版社 1988 年版，符錦勇譯本。Robert 提出所謂「業餘活動組織」，並稱之爲「亞文學」。見該書頁 25。同樣地，該書頁 36 又提出「代」和「小組」的分別，與高氏「組合」「結社」相類。

〔註11〕各家簡要範疇見德國 Aiphons Silbermann 著、魏育青譯的《文學社會學引論》頁 33，安徽出版社 1988 年版。

〔註12〕見前引《文學社會學引論》頁 71。

〔註13〕參考前引《文學社會學引論》頁 73～76、頁 99～103。

〔註14〕花建于沛著《文學社會學》頁 8 提出文學研究的宏觀與微觀法說：「在文藝學的這三個分支學科中，文藝語言學、文藝心理學以微觀爲主，而文藝社會學以宏觀爲主。所謂宏觀研究，並非對前者的成果作綜合處理，而是別一種眼光，別一種方法和別一種視野。」（上海文藝出版社 1989 年版）花建氏此說大抵不錯，但文學社會學提供的社會

個方法與研究向度外，二十世紀英國學者萊文‧L‧舒金在他和沃爾特‧艾比希合編的英國文學審美歷史書目一覽中提出較多美學範疇，他認為文藝社會學體系尚需包括「趣味的傾向和時尚」、「文學評論及其對讀者的影響」、「特定個人的文學趣味」等，〔註15〕這幾項已觸及我們論藝術性時的背景因素——元代的詩學主張與藝術思潮，由此可見，文學社會學提供的研究向度其實已兼跨本文所謂「社會性」與「藝術性」，只是本文的藝術性範疇有些角度仍得力於傳統詩學理論，不是西方社會學科所能範限的。

基本上，文學不是一個靜止的、孤立的、無生命的社會現象，它是一個有廣泛聯繫、相互交錯且能自生發展自我運動的產物，西方的文學理論固然可以幫我們解析出元詩的外部聯繫及其內部生命狀態，但對詩歌文類本身具存的藝術面貌仍無效力之處，我們唯有回到中國傳統詩學的某些論題上才能解決這個缺憾。因此，我在「元詩的藝術性」一編中，除了背景素材藉用社會學方法外，完全以詩歌本質出發，著手解析出中國詩歌應具的美典，並透過歷代詩歌藝術面貌的比較映襯，來凸顯元詩的藝術特質。

總而言之，文學的研究是解釋重於評價，〔註16〕本論文之研究，即為了解釋元詩的特質而朝向一種綜合理論的運用。一方面透過文學社會學的觀察，釐析出元詩的社會及藝術背景，並將元詩的社會性大別為「詩史精神」、「民族精神」、「民族氣節」、「隱逸思想」、「民族融合」、「民間結社」五類；一方面藉重傳統詩學的思考，定位出詩歌

向度也足以稱為微觀，因此我認為這是一種宏觀與微觀兼得的考察方式。

〔註15〕見前引花建于沛著《文學社會學》頁13，上海文藝出版社1989年版。

〔註16〕就文學批評史來看，各時代思潮的差異，各家對文學品味的主觀認定，常造成不同評價，因此評價作品不如解釋作品來得能給人更客觀的認知。有關文學評價的問題近代有許多學者曾論及，如黃啟方〈中國文學批評的評價問題〉，見《中國古典文學論叢》冊二，丁履譔〈文學的存在與評價問題〉，《古典文學》第八輯，龔鵬程〈詩歌鑒賞中的評價問題〉，《中外文學》十卷九期。

「言志」之本質，並以詩歌歷史比較映顯元詩在唐宋詩風貌下的體質，並檢驗出元詩模擬前人及詞化的痕跡，最後以藝術思潮的演進軌跡來考查元詩的時代風貌，特別是詩畫融通上的表現。因此元詩在藝術性的特徵可大別爲「言志傳統之承繼」、「唐詩格調之發揚」、「模擬風氣之開展」、「詞化痕跡之展現」、「詩畫融通之實踐」五類。

貳、元詩研究之範疇及目前研究狀況

　　元詩既是草萊未闢之地，因此如何研究？研究些什麼？成了最基本的工作。在我研讀元詩的過程中，深覺詩集的整理、詩人的考述、詩作的分析都是龐大而急需投入人力的工程。元人的作品漫汗無極，如果沒有人從事這些基礎工作，則進一步的研究非常難以入手。

　　就詩集之整理來說，台灣現存元人詩作全保留在四庫全書及一些善本中，除了中央圖書館及學生書局 1970 年陸續原版影印出少數集子外，新文豐出版 1985 年版的《元人文集珍本叢刊》八冊凡收元集廿六家，及故宮博物院昌彼德先生主編的《元人珍本文集彙刊》中央圖書館 1970 年版，是目前唯一刊印發行的兩套元人文集，蒐羅的元集也只有卅六家，而這些集子除了短短的敍錄外，舉凡輯佚、校勘、箋釋等詩集整理之道殆未觸及，譬如倪雲林的《清閟閣集》最初是明天順年間蹇曦據王景昇的藏本刊刻的，凡六卷又附錄一卷；萬曆中，其八世孫珵復爲彙刊，增爲十五卷，汲古閣刻元人十種詩本，仍爲六卷，又集外詩一卷，附錄一卷，四庫全書著錄者則爲康熙曹培廉本，凡十二卷，如此繁衍的內容，雲林先生之詩篇究竟多少就很難確知，如果有人能從事元集整理工作，比對版本，輯錄佚詩，甚至包括前人詩文中有詩無題、有題無詩或徵引的零章斷句及元畫中留有的題畫詩，都一併蒐羅，則元集的完整性當更可觀。大陸目似已開始從事這項工作，〔註17〕但目前出版校輯完

〔註17〕筆者從李夢生《蕭瑟金元調》一書（香港中華書局 1990 年版）窺知李氏現任上海古籍出版社副編審，正從事元集之整理點校，且南京大學周清澍有《元人文集版本目錄》（1982 年南京大學學報叢刊本）

成的詩文集惟見五六本而已，[註18] 而且這些詩文集除了標點及少許校勘工作外，未及於箋釋，其中也只李夢生《揭傒斯全集》作到輯佚工作號爲全集。台灣早期有孫克寬先生整理了元人別集小錄，孫先生考察版本、敘錄作者生平、出處、交游、學術及於詩文簡介，可謂精詳，但只作了袁桷、許有壬、劉秉忠、郝經、趙孟頫、虞集、魏初、王惲、蘇天爵等九人 [註19] 中央圖書館曾由劉兆祐、喬衍琯等整理善本書志出以敘錄，但元集也只作了方回及楊維楨諸集子等十二家，[註20] 中央圖書館《元人珍本彙刊》有昌彼得、吳哲夫等人作敘錄，但止於趙孟頫等十餘家，[註21] 此外，新文豐版的元人文集珍本叢刊有潘柏澄作敘錄，零散篇章惟林慶彰〈沈夢麟花谿集版本考〉、莊申〈元郭畀快雪齋集校補稿〉二文而已，[註22] 這些元集的整理都只停留在敘錄階段，對詩集之輯

可見元集目前正爲大陸學者所矚目。

〔註18〕 大陸校點出版的元詩總集有《元詩紀事》李夢生校點，上海古籍出版社 1987 年版、《元詩選》北平中華書局總輯部校點，由該局 1987 年陸續出版初集、二集、三集、癸集凡八冊。元人別集部份分則有任道斌點校的《趙孟頫集》、李夢生點校輯佚的《揭傒斯全集》上海古籍出版社 1985 年版、北平中華書局校點的《湛然居士文集》1986 年版、殷孟倫、朱廣祁點校的《雁門集》，上海古籍出版社 1982 年版。

〔註19〕 孫克寬〈台灣現存元人別集小錄〉陸續發表於《圖書館學報》第三、四、五、六期，《清容居士集與袁桷》見《圖書館學報》十期、〈元許有壬與至正集〉見《圖書館學報》八期，這些題證文字後來收入孫克寬《元代漢文化之活動》中，中華書局 1968 年版，袁桷一文收入其《元代金華學述》一書中東海大學 19752 年版。

〔註20〕 中央圖書館善本書志見於《中央圖書館館刊》新三卷二、三、四期，有劉兆祐、昌彼得、喬衍琯之〈元人珍本集錄〉錄有蘇天爵、鄭天祐、吳師道、陳旅、倪瓚、方回、張伯淳、程鉅夫、劉岳申、蒲道源、韓奕等十一家，另新二卷二期有喬衍琯敘楊維禎詩文集七種，故凡十二家，如果將南宋遺民謝翱也列入元集則《中央圖書館館刊》新二卷二期有劉兆祐《晞髮集》敘錄，則凡十三家。

〔註21〕 除中央圖書館此套文集列十家敘錄外，另有吳哲夫爲趙孟頫、吳萊、蒲道源作敘錄，見《故宮季刊》十二卷四期。

〔註22〕 林慶彰此文見《東吳大學中文系刊》3，莊申文見《圖書館學報》三期。

錄、校勘、刊刻、尚無人從事。因此，在此艱困的環境下研究元詩，只有靠自己從善本叢書集成及四庫中一本本集子去翻閱，〔註23〕其間或有不解之詩，或有讀而未盡之集，因詩家眾多，詩作龐雜，只能窺豹一斑，得其粗略梗概而已，至於散佚大陸故土的詩集有多少，我完全無從得識。

　　至於詩人之考述，除前舉諸家敘錄論及於作者及少數研究詩作而及於作者外，多半爲史學家傳記類的工作，目前可見的元代詩人年譜有：王國維《耶律楚材年譜》、〔註24〕《元遺山先生年譜》、《戴剡源先生表元年譜》、〔註25〕姚從吾《邱處機年譜》、〔註26〕張光賓《元玄儒句曲外史貞居先生張雨年表》；〔註27〕個家考評的專著有袁冀之《程雪樓評傳》、元太保藏春散人劉秉忠評述》、《元吳草廬評述》、《元許魯齋評述》、〈元名儒靜修行事編年〉、〔註28〕郝樹侯之《元好問傳》、〔註29〕黃時鑒之耶律楚材〔註30〕等；考述元代詩人的零散單篇論文極多，也以史學家研究獨多，少部份則是文學研究及藝術（書畫）研究者爲論其詩文及書畫藝術而涉及的作者考察，史學家好言邱處機、耶律楚材、劉秉忠、劉因、許衡、吳澄、郝經、程鉅夫、方回等人；文學工作者只及於薩都拉、丁鶴年、揭傒斯等。這些論述多爲大陸近年來研究少數民族時發掘出來的，藝術工作者則集中於趙孟頫及元四大家——虞集、楊載、范梈、揭傒斯及柯九思、倪瓚、張雨等人，如

〔註23〕元詩之研究宜分南北，北取西元1234年金亡以後之詩人與詩作，南取西元1279年帝昺溺崖山以後，除元遺民併入元集外，宋金遺民、明初詩人只作參考，不列論，而在這段範疇內，因元集散佚，我只能取材台灣目前可見的詩集，故來源爲善本叢書集成及四庫全書。
〔註24〕見《海寧王靜安先生遺書》（十），商務1987年版。
〔註25〕此二書俱見商務1978年版之中國名人年譜。
〔註26〕見《姚從吾先生全集》（七）——遼金《元史》論文下，正中書局1982年版。
〔註27〕張氏爲美術研究工作者，此文見《美術學報》十四期。
〔註28〕袁冀諸書分見商務六三年版、文史哲1978年版、商務1972年版，劉因一文見其《元史論叢》一書中聯經1978年版。
〔註29〕見山西人民出版社1990年版。
〔註30〕見上海人民出版社1986年版。

果將金代遺民元好問、南宋遺民文天祥、汪元量、鄭思肖、謝翱、鄭牧及元代遺民王冕、劉基、高啟、宋濂等人計入，則近人於元代詩人之考述不出三十家，佔目前臺灣有集可考者之六分之一弱（除去遺民則只有二十家佔元集十分之一強），其實除去歷史研究與藝術研究者外，臺灣文學研究眞正對元代詩人的研究（不計遺民詩作）只有趙孟頫、楊維楨二人而已。〔註31〕有元名家不少，詩人及詩作都有可觀，研究風氣不開，正是文學史上的缺憾。

　　元代詩人之考述資料如上，但另有彙考者如麥仲貴《宋元理學家著述生卒人表》、陳高華《元代畫家史料》、郭味蕖《宋元明清書畫家年表》等，〔註32〕亦具參考價值。

　　以上均爲元詩研究的基礎工作，至於直接關涉作品研究者極少。一般文學史料都認爲元代詩歌乏善可陳，〔註33〕即以斷代爲論的吳組

〔註31〕戴麗珠有《趙孟頫文學與藝術之研究》，學海書局 1990 年版，劉美華有《楊維楨詩學研究》文史哲出版社 1983 年版。

〔註32〕三書分見新亞研究所 1968 年版、上海人民美術出版社 1980 年版、北京人民美術出版社 1962 年版。

〔註33〕筆者曾遍查中國文學史類的書籍數十種，得其論述元詩者只廿五種，所述都極簡略，一般有指元詩作品內容貧乏，缺乏眞實感受者，也有保守估計認爲元代文章雖無光無色，但不絕如縷，對我國詩文還是盡了傳遞的責任，少部份則肯定元詩小成，富活潑面貌。茲將各書評述表析如下：

書 名 著 者	徵引詩人	基 本 觀 點
黃節《詩學》	8 人	詩至元而衰，氣不清則詞不雅。
龍沐勛《中國韻文史》	13 人	元詩詞皆無特色。
葛賢寧《中國詩史》	27 人	詩道日就衰靡。
方子舟《中國歷代詩學通論》	88 人	元代作家雖不如宋代之盛，但亦非少數，其內容及演變有其淵源。
李勉《歷代詩歌通論及舉證》	18 人	當時詩人仍多傑出，且造詣之深不減於唐。
張敬文《中國詩歌史》	16 人	元代的詩已呈冷落現象，詩人寥寥可數。
青木正兒《支那文學思想史》	10 人	元代詩壇是南宋末年唐詩復興之氣運的繼承。
李則庭《中國文學史》	30 人	爲救江湖之弊而倡高古，但多流爲浮薄纖麗。比諸明朝之仿效前人，總算有價值得多了。
許仁圖《新編中國文學史》	9 人	元代詩歌總的成就是不高的，與唐宋二代相比是大爲遜色。

湘、沈天佑著《宋元文學史稿》也認為「整體元代沒有出現什麼傑出的詩文作家，無論詩和文題材都偏於狹窄，內容也較貧乏，當時社會和時代的一些本質矛盾和重大事件都沒有在詩文中得到應有的反映，有的作品即便反映了一些，但也比較膚淺，加之藝術上因襲前人較多，沒有什麼創新和開拓，所以元代詩文總的說來成就不大。」〔註34〕這種論斷實欠公允，本文所揭示的各章，都是這種迂蔽之見最好的澄清。

由此看來，元詩真是詩學史上一段被忽略的時代，然而略窺元詩面貌的人都會同意，元代確有不少佳構，其詩歌精神與詩歌藝術也頗有可觀，只可惜為元曲光茫及偏狹的民族歷史所掩，〔註35〕元人的山水自然詩，遊仙詩不遜六朝，差可比於唐王孟；元人的諷時紀事詩充

羊達之《中國文學史提要》	11 人	經一度融合孕育之後，復反呈現一種新興活躍之象。
謝無量《中國大文學史》	21 人	元詩救江湖之弊。
蘇雪林《中國文學史》	32 人	元詩雖洗去宋代粗獷寒儉之習，而體近晚唐，有纖穠縟麗之目。
劉麟生《中國文學史》	10 人	詩詞長於流利開適一途而已。
華仲麐《中國文學史論》	0 人	不出唐宋範圍，沒有一代新創特色。
黃公偉《中國文學史》	15 人	自詩體言，古風因襲之作，不如樂府見生氣，詩人多饒隱逸超世之味，鮮見苟安自娛綺靡之趣。
胡懷琛《中國文學史概要》	6 人	詩歌衰落。
孟瑤《中國文學史》	16 人	它不絕如縷，對我國詩文盡了承襲與傳遞之責。
前野直彬《中國文學史》	12 人	元詩的主調是濃豔的抒情，作品的水準都相當高。
鄭振鐸《中國文學史》	14 人	雖無散曲的光芒，卻也不是很寥落。
馮明之《中國文學史話》	4 人	正統文學仍不絕如縷。
張雪蕾《中國文學史表解》	7 人	詩歌以時俗變易之故，而出以幽麗和婉。
丁思文《中國文學史話》	9 人	詩雖無散曲之光焰，但也不是十分冷落。
王忠林等《中國文學史初稿》	25 人	於南宋末年文章凋敝之餘，仍能力圖振拔，自闢新徑。
李日剛《中國文學流變史》	77 人	詩衰於元。
吳梅《遼金元文學史》	58 人	元詩具承唐啓明的地位，詎可輕加貶詞。

〔註34〕見吳組湘、沈天佑《宋元文學史稿》頁 373，北京大學出版社 1989年版。

〔註35〕一般文學史都以元曲上紹唐詩、宋詞，這類的論見隨處可見，此不贅論。民族歷史觀指以華夷之辨論歷史正統的觀點，詳見本文上編元詩社會性第二章第一節「民族精神內涵與歷史正統觀」中的考辨。

滿時代悲苦，上躋杜甫，元人的題畫詩結合詩畫藝術，青出於藍而勝於宋，這些豐厚的成果，實待後人勾稽梳理，才能重現光彩。

截至目前為止，元詩研究者屈指可數，總敘元詩的專著有二：

1. 吉川幸次郎著／鄭清茂譯《元明詩概說》幼獅文化 1986 年版

吉川氏於昭和三十八年（1963）年完成此作。此書合元明詩而論，前三章為元詩之分期敘述，後四章為明詩之分期敘述，此書只作粗略面貌的呈現，但對某些現象的觀察細微，如指出「南宋末期的詩壇，已經顯出了漸由官場轉入民間的端倪」，「這個時期詩壇的第二個特色……是學古擬古之風的盛行」，「當時最受尊重而常被祖述的典範是唐詩」等等，吉川對元詩的論述極少，但對詩歌歷史演變的觀察極具啟發性。

2. 包根弟《元詩研究》幼獅文化 1978 年版

包氏此書先述背景次論特色，後以分期概論各期風格及代表詩家，於時意識則專列一章，對於詩歌精神，只述片斷現象，點到為止，未能全面呈露，亦未能深入解釋現象背後之原因，於詩歌藝術則只涉內容性質之分類，甚少及於詩體本身之藝術。然而對乏人勾稽的元代詩壇來說，其篳路籃縷之功，不可忽視。

以上為總敘元詩而稍具體系者。至於零散論著，都為一書者有：

1. 李夢生《蕭瑟金元調》香港中華書局 1990 年版

此書似以《元詩紀事》中的材料，更寫詩情本事而成，談不上研究，只是一些詩人的趣聞逸事及若干詩篇的品賞而已。

2. 張宏生《感情的多元選擇》北京新華書店 1990 年版

此書專以歷史背景及詩人多元的感情為考述主線，分忠愛、悲憤、反省、控訴、逃避、苦悶、尤悔、沉淪八種感情，分別以史事、詩人、詩作附之而論，雖不能及於詩歌藝術，但很能凸顯詩人內心深摯多元的情感。

此外，元詩另有一、二專題選集式的整理，頗能一窺元詩部份特

色，譬如王叔盤等選《元代少數民族詩選》內蒙人民出版社 1981 年版，此書未涉及研究，但前言略論元代少數民族之詩人及詩作，能提供元詩研究者新的觸角；又如陳高華《遼金元宮詞》北京古籍出版社，此書也完全未立論，但選取宮詞本身已具有研究眼光，對元詩之研究也增加另一範疇；他如元代之題畫詩是眾所矚目的，但目前尚無人整理爲專集，未知何故，只莊申有《元季四畫家詩校輯》香港大學亞洲研究中心出版，此書校輯元代黃公望、吳鎮、倪瓚、王蒙四家詩，然莊氏自謂不免遺漏未爲定本，這本書的整理也未論述，但可提供研究元代詩畫融通的良好角度。

　　元詩之研究在專著上實在少有成果，散篇《詩論》也不多，總論元詩者不出十篇，〔註36〕別論個家的也只有十餘篇，〔註37〕這些論述多半簡略言之，只有部份專題論述者如勞延宣《元明之際詩中的評論》、〈元初南方知識份子詩中所反映出的片面〉及匯泉〈試論元代詩人的隱逸傾向〉等，有深入的主題，較具敏銳眼光，能提供元詩研究以歷史性視野，特別是勞延宣兩文，見人所未見，不僅提示研究者歷史觀念轉換的考慮，同時也解答錢穆先生〈讀明初開國諸臣詩文集〉一文中連連發出的許多「可怪」之問。〔註38〕

〔註36〕實爲九篇，此九篇爲周惠泉〈元詩淺談〉見《古典文學論叢》第一輯、包根第〈元代詩學〉見《中國文學講話》（八）遼金元文集冊中，巨流出版社 1986 年版、高趙夫〈元詩試評〉見《中國詩季刊》一卷三期、包根第〈元詩四大家〉見《輔仁國文學報》第四期、包根第〈元詩的特質〉見《青年戰士報》1987 年 11 日 19 日十版、郭源新〈元明之際的文壇概觀〉見《文學》一卷六期（1934 年上海出版，此文見於明倫 1971 年版的《中國文學研究新編》（化名爲文基原作）、繭盧〈略談元詩〉見《暢流》十六卷十期、徐亮之〈元詩概論〉見《文學世界》廿七期、范寧、吳寧〈元代詩歌散論〉見《語言文學》1982 年六期。

〔註37〕此十餘篇指除去元好問、文天祥及南宋遺民、元末仕明遺民之外的個家，有薩都拉、丁鶴年、郝經、王冕、劉因、盧摯等人。

〔註38〕錢先生〈讀明初開國諸臣詩文集〉一文中連連指出宋濂、劉基、高啓等元亡仕明的詩人，詩中屢屢懷念元代勝國一統，文風上追唐宋，不知「胡虜入生，非我族類」「不知有國家興亡與民族夷夏之判」等，

　　元詩的成果並不貧瘠，但元詩的研究卻眞是貧瘠，以上這些目前可見的研究狀況不是依時代分期略述，就是撮一、二大家淺述其詩作，既無立論體系，又乏深刻見地，總以材料蒐索費力，研究風氣不開所致，然而前修未密，後論轉精，本文之論述，如果能對元詩研究有所增益，也差可安慰。有元一代，詩人多懷時代憂思，詩作饒富新興氣象，惟待後人在一片荒煙蔓草中尋源溯跡，勾沈輯佚，才能勉有所得。

參、元詩之政治社會及文學藝術背景

　　一般人以爲元代是中國歷史上的黑暗時代，元朝也是中華文化淪喪的時代，這是明人故布陷井，強調夷夏之防的結果，清代以來，直至近人已有精詳的考察，〔註39〕但許多人狃於舊說，仍不能恢復元代歷史本貌。本文爲能確切掌握元詩的社會性與藝術性，不能不對元史重點性實況加以客觀探視，許多歷史評見與社會素材，儘量參核元史

錢先生此文尚有續編，凡舉十家詩集，連用多次「可怪」，可見其費解，見《中國學術思想史論叢》（六）頁 77～194。勞延宣二文針對錢先生此文再提解釋，然也止涉及明初功勳將領及朱元璋之草芥無文而已。筆者另有正統觀的新解，見本文上篇第二章第一節中，藉此可了解「元代」遺民的志節。

〔註39〕清顧炎武〈與公肅甥書〉云：「諸史之中，《元史》最劣，以其旬月而就，故舛誤特多。」魏源《元史新編》中亦詳評其缺失。後又有錢大昕、屠寄、柯紹忞、沈曾植、王國維等從而論之，近人則以陳寅恪、陳垣蚤論於前，姚從吾、札齊斯欽等繼論於後，陳垣《元史研究》云：「文化是一事，政治又是一事，政治之紛擾，熟甚於戰國六朝，而學術思想之自由，亦惟戰國六朝爲最。」（九思1977年版，頁125）陳氏言下之意，元代學術思想之自由過於漢唐，這點實在是值得認眞面對的問題，我將在論及元代文化思想時細考之。除以上諸人外，近代歷史學者李則芬辨之最烈，其〈明人歪曲了元代之歷史〉一文載《東方雜誌》復刊八卷五、六期，李氏除舉證說明元代「是中國歷史上一個難得的小康時期」外，並罪責明人淪喪古籍，歪曲史實。而近來大陸治《元史》者亦都肯定元代在中國歷史上的意義，如周良霄〈元朝的統一在中國歷史上的意義〉一文，邱樹森《元朝史話》、黃時鑒《元朝史話》、楊志玖《元史三論》等等，此不贅舉。

學家的高見以求其是，期能爲元詩文藝及社會性徵找出眞正的背景原因。由於本文採雙扇結構，故背景仍以政治社會與文學藝術兩大端爲考量，其實廣義言之，這兩面息息相關，仍互爲一體密不可分。爲了方便陳述，茲分爲三子題論之。

一、蒙元政治下的社會問題及文士地位

　　十三世紀初，成吉思汗以其雄才大略率驍勇善戰之蒙人，縱橫歐亞，建立了中國史上第一個非漢族統治，君臨全國的王朝，然而初期的戰爭傷害、文化衝突、儒士民族意識，確實形成了元代社會先期問題，慢慢在若干元主崇儒好佛，中原文士保存道統的努力下，元代文治也確有小康局面，到了末期，由於民族衝突的糾紛、財政征斂的壓力、天災頻繁、農業吏政的失修才使暴民四起，形成元代社會後期問題，也因而結束了元朝九十餘年的統治，然而可以肯定的是，元朝亡於暴民，而終元之世未聞儒士抗元的事跡，這是歷朝少有的，可見元代政治的社會問題與文士地位應分別觀之，我們才能理解元詩詠史實、抒氣節的不同因素，也才能體會元末遺民不仕明朝，紛紛追懷元治的原因所在。

　　治《元史》必須分辨「蒙古帝國」與「元朝」是不同的，成吉思汗在麾軍中土之前歷東征爭西討已建立龐大的蒙古帝國，同時重用色目人，形成以千戶制度和怯薛制度爲主〔註40〕的初期軍事政治制度，而初期的法律也以成吉思汗制定的「大札撒」（法典）爲〔註41〕依據。窩闊台繼位後，大舉伐金，在攻陷汴京前歷經砲火折衝，漢俘婦老，負薪塡城，死傷無數；繼而忽必烈侵宋，屠襄陽城架民骸骨爲山，這是《元史》中慘烈的兩次大役，其後政治太平少有戰火。〔註42〕然而

〔註40〕所謂「千戶」是成吉思汗分封的諸侯，後來擴大爲「萬戶」，「怯薛」則指可汗近身侍衛，這樣簡單的體制與漢人本有的嚴密官制有很大的差別。

〔註41〕元朝「札撒」蒙語作符 Jasak，即法令。有關元代幾部法典見王民信〈元朝的幾部札撒〉一文，故宮圖書季刊四卷一、二期。

〔註42〕金元之役及宋元之役是許多文人筆下描繪的題材，一般歷史學家也就針對二役（前後不止兩次），認爲元代戰征頻仍，民不聊生。然而

這兩段歷史中，中原漢人流離失所，民不聊生，誠歷史興亡之間必然的現象，但看在儒志存心，仁民愛物的文士眼裡，真是歷史上一段慘絕人寰的大事，因此郝經〈開平新宮五十韻〉云：「華夷塵漲洞，天地血糢糊」，……「九州皆瓦礫，萬國一榛蕪。」（《陵川集》卷十四）然而這種情形只是金元之戰的一時狀態，金亡之後，元朝「定鼎具規模，五讓登皇極」、「簡策詢前代，方旃聘老儒」，國家也就「恢弘回一氣」、「蒼生獲再蘇」了。宋子貞在〈耶律文正公神道碑〉中亦云：

> 國家承大亂之後，天綱絕，地軸折，人理滅；所謂更造夫婦，肇有父子者，信有之矣！加以南北之政，每每相戾。其出入用事者，又皆諸國人，言語之不通，趣味之不同。當是之時，而公以一書生孤立於廟堂之上，而欲行其所學，嘎嘎乎其難哉！幸賴明天子在上，諫行言聽，故奮絕直前，力行而不顧。然而其見於設施者，十不能二三，而天下之人，固已鈞受其賜矣。（《元文類》卷五七）

這段話算是當時文人較接近事實的描寫，其中指出的南北相戾、語言不通、大亂諸事，正是元初的社會問題。

其後，忽必烈極力延攬人才，推行漢化，設樞密院、議復科舉學校，立國子監及各路儒學提舉司，行多元法律等等，才使元政府有初步的規模，此後元代的社會問題轉為民族衝突、經濟困難及元朝中央內部的政爭。

許多人以為元代法律不公、種族階級壓迫是民族衝突的原因。據姚從吾先生的考察，元人雖然嚴格區分四民，但忽必烈對南人（四民之末）「公正與正大無私」「毫無輕視之意」，〔註43〕只因為《元史》先北而南，北方漢人、契丹人、女真人統稱的「北人」與南方漢人

李則芬〈明人歪曲了元代歷史〉一文中，指出除元初及元末戰爭幾乎是兵不血刃，只有幾處發生過真正戰鬥，絕大部分地區全是傳檄而定。我們固然不必如李氏這般誇言，但元代戰火的傷害應有其階段性，是可以肯定的。

〔註43〕詳細史料見《姚從吾先生全集》（七），〈忽必烈平宋以後的南人問題〉一文，正中書局1982年版。

之「南人」彼此嫉忌排斥，形成元代嚴重的民族衝突，如《元史》
卷一六一、卷一八一、卷一五六等，多次記載到呂文德（南人）嫉
忌劉整（北人）與元明善（北人）嫉忌虞集（南人）的事情等。至
於元律方面，蒙人有札撒、漢人有《元典章》、《通制格條》，色目人
有伊斯蘭法，各安其律，多元並行。〔註44〕近人多認爲此事出於必
然，否則以蒙人就漢法或以漢人就夷法都不盡合適，然而由此也可
見元代民族雜存，文化、思想、習俗、法律不同，衝突必然存在，
而《元史》上有關四民階級的考索都是在這個民族衝突的問題上。
〔註45〕

　　元代四民等級的階級制度其實尚未造成嚴重問題，眞正嚴重的
是經濟階級形成的社會矛盾。據蒙思明《元代社會階級制度》的考

〔註44〕日人岩村忍《元典章中之判例法探索》一文中指出：「若要把基於中
　　　　國傳統思想的法律和蒙古慣習法及伊斯蘭法綜合爲一而編纂一個法
　　　　典，事實上或不可能。」見《中國邊政》五二期。其實論元代法律
　　　　正宜分不同屬民來看，否則直論元律紊亂或議其民族歧視，有失公
　　　　允。陶晉生《宋遼金元史新論》頁220也指出：「元代法律因民族的
　　　　差異而不同，是一種二元政策。」姚大力〈論元朝的刑法體系的形
　　　　成〉一文考之精詳，同時也客觀指出：「元朝的刑法體系，始終沒有
　　　　成爲一個統一的完整的有機體，而應當是包括了蒙古法、漢法以及
　　　　部分回回法在內的多元聯合體，不同性質的行事立法，有各自不同
　　　　的施行對象。」見《元史論叢》第三輯。因此早期斥指元代法律矛
　　　　盾不公的諸説，應可不攻自破。
〔註45〕所謂四民指蒙古、色目人、漢人、南人。元人並未明文規定四等，
　　　　但許多詔令文書中卻存在等級的事實。因此若干治《元史》者常著
　　　　力於四民的階級壓迫之研究，從而認定元代壓迫漢人、南人，崇蒙
　　　　古、色目。南人地位最低，當漢人與南人衝突時，吃虧的一定是南
　　　　人。或者從考試分榜科，法律處分不同來論四民的差別，例如丁國
　　　　范〈元代的四等人制〉，見《元史知識》1986年一卷，冉守祖〈從元
　　　　朝四等級制看民族壓迫的階級實質〉見《中南民族學院學報》1986
　　　　年一卷等。凡此，我認爲都跟民族本然存在的歧異有關，而非元主
　　　　存心逼壓而設。前舉姚先生〈忽必烈平宋以後的南人問題〉一文，
　　　　已提供客觀的角度。早在1939年蒙思明《元代社會階級制度》一書
　　　　中也能推考原委，解析元代階級制度不是單純的四等人制問題，漢
　　　　人之地主才是階級矛盾的重大來源。見《燕京大學燕京學報專號》
　　　　十六號。

察，元代種族階級與經濟階級日益混合後，整個社會階級的實況可分為三等：一、貴族官僚僧侶地主富商聯合組成之上層階級，二、各種戶計之中間階級、三由奴隸與佃戶中分南北所組成之下層階級。〔註46〕元入主中原，初時頗能因地因俗制宜，對漢人地主相當尊重，也封以原爵原邑，如廣平壬磐、宿州孟祺、邢州馬亨、濟南張炤，〔註47〕都是當時富豪率眾降元，以保鄉里，而登廟堂之上的例子。滅宋後，更是借士豪以綏寇盜，如忽辛、望仙曾氏等〔註48〕都是義兵助元的例子。忽必烈滅宋後，極力保護南方富民，〔註49〕所以漢人富民地主尚能登官僚為士紳，與蒙古貴族同為社會上層人物。至於僧侶因受免稅及諸多保護（詳見後面論宗教時的考述），也躋身上層，成為社會較高特權份子。因此蒙思明曾發出「其實操牧民之權者，亦何莫非低級之漢人、南人？」之語，〔註50〕在整個上層階級中，操牧民之權的，實際上是漢人南人，因為「元制百官之長皆以蒙人為之，而漢人、南人貳焉」，〔註51〕蒙人不諳漢制，不通漢語文字，當然無法直接治民，只能設達魯花赤〔註52〕監臨之。這些主宰中下階級全體百姓身家安危的蒙古貴族、漢人、地主及官吏、富商等，有的侵略民地，強索民財，有的藉機榨斂，稅收層層剝削，

〔註46〕詳見蒙思明《元代社會階級制度》第四章，燕京學報專號十六。近代史學家多承此說，如陶晉生《宋遼金元新論》第二十章一節論元代社會階級亦如此。

〔註47〕見《元史》卷一六〇王磐、孟祺傳、卷一六三馬亨傳、卷一七〇張炤傳。這類的人物例子極多，此不贅舉。

〔註48〕見《元史》卷一二五賽典赤瞻思丁傳及《吳文公集》卷三十九記載。

〔註49〕元廷保護南方富民的記載極多，如《元史》卷一五三賈居貞傳、《元史》卷一二九李恆傳、《元史》卷一三二虎都鐵木祿傳等等。

〔註50〕見蒙思明《元代社會階級度》頁77。

〔註51〕見《元史》卷八五百官志序。

〔註52〕達魯花赤蒙古語為 Daruguchi 意為鎮守宮、征服者、制裁者或蓋印者，見札奇斯欽〈說舊《元史》中的達魯花赤〉文載《台大文史哲學報》十三期、姚從吾〈舊《元史》中達魯花赤的本意為「宣差」說〉載《台大文史哲學報》十二期，綜合姚先生及札奇斯欽所見，此語應及蒙古大汗欽派常駐某一地或機關之欽差大員。

商賈則乘機哄抬，高利貸錢（當時名爲斡脫），形成整個元代社會嚴重的危機。〔註53〕這也就是元末暴民四起，民不聊生的主因。

　　在這種蒙漢合趨的社會階級狀態下，中間階級的諸色戶計〔註54〕及下等階級的驅口、火佃，〔註55〕成爲被壓榨的對象，加上元末天災頻仍，自泰定帝以來，各種天災的記載不絕於書，水旱災屢見於陝西、山東、河南、河北、浙江一帶，造成數十萬計的飢民；順帝時，河南連續三次決口，人民生命財產遭受莫大損失，因而農民暴動、紅巾軍大起，形成元代另一階段戰役頻繁的歷史。據統計元代叛亂事件由世祖至元十一年到順帝至元八年間的叛亂事件凡一一三條，〔註56〕然而這個統計尚爲滅宋之初，至於元末則以千計，而元軍在鎮壓的過程少不得誅殺俘掠，形成元世人民的另一悲苦。

〔註53〕元代政治經濟上嚴重問題全淬集於此。近代治《元史》者多所論及，如楊志玖《元史三論》中關於元朝統治下經濟的破壞問題一文，人民出版社1985年版。楊樹藩〈論元代的文官制度〉一文也指出「地方官吏多貪暴」諸事，見中國人事行政月刊一卷八期。此外，袁冀《元史研究論集》〈說元代吏治〉一文，提出元代職繁官冗，爵賞濫芋，因而「事有因循敷衍之弊，民有刻剝煩擾之苦」，盜賊四起，元因此而亡，見商務1974年版。袁冀〈十三世紀蒙人之政治特色〉指出當時官吏「凡事撒花」（撒花意指豪取白奪）、「大事抄掠」、「羔羊兒利」（即斡脫錢、高利貸）、「貪風熾烈」等等。見《東方雜誌》復刊二十卷十一期。諸如此類論題的文章極多，足見元代社會問題的重心所在。

〔註54〕元代中間階級的百姓以戶計編籍，每年須負擔徭役、賦稅等事宜。有關戶計的詳情，請參考黃清連《元代戶計制度研究》一文，台大文史叢刊1977年版。

〔註55〕驅口即奴隸，這是蒙人原始已存在的制度，入漢以後，和漢人原有的家僮奴僕等合驅，形成元代特殊的奴隸階級，其中有許多是戰俘及買賣所得。火佃即佃農制，不少佃農後來也被逼爲奴。

〔註56〕見黃清連《元初江南的叛亂》一文，史語所集刊四九本一分。除此外，黃時鑒《元朝史話》頁215也統計元末飢民狀況，單是1328年河南飢民有二萬七千四百餘人，江南有六十餘萬人，浙西有十一萬人八千餘陝西有一百二十三萬四千餘人，這些人淪爲盜賊，起元反元，僅1341年，山東一帶就有盜賊三百餘處，在元末紅軍起役前，就有三千餘起，可見元世民生疾苦之一斑。

　　綜上可知，元代社會普遍存在的問題以階級爭端為最，其間包括南人北人的問題、課稅徭問題、種族岐異問題，而金元之際，宋元之際及元末叛亂、暴民之役，也是人民痛苦的重大來源。

　　然而以上諸端完全是民間所存在的問題，至於元代上層社會問題一為政爭，二為文士地位，也是詩人筆下描摹過的，幾次有名的政爭如阿合馬與桑哥事件、南坡之變及元末諸帝爭位事件等等，〔註57〕據陶晉生《宋遼金元史新論》所載：忽必烈以後的元朝一共十世，統治七十四年，但這十世中從成宗到順宗共易八主，這八主皇帝都年幼命夭，其中還有兩人死於非命，可見其權利傾軋之烈，〔註58〕這些元代帝王與權臣之間的問題除了皇位之爭外，儒家漢法與西域夷制、蒙人貴族的蒙制之爭也穿雜其間，形成元世另一社會問題。

　　元代文士地位如何，是一個倍受爭議的問題，舊說都從元初有許多儒者在戰火中被俘為奴及鄭思肖「七獵、八民、九儒、十丐」，謝枋得「七匠八娼九儒十丐」等說〔註59〕來認定元代文士地位低落，然而近代治《元史》者又有不同的見解，以為前說只是「滑稽之雄」〔註60〕的牢騷之語，於史無憑，因此我們考元代文士地位，實須據史實重新釐清。

〔註57〕忽必烈時期理財名臣為花剌子模人阿合馬、漢人盧世榮、畏兀兒人桑哥，阿河馬先後為忽必烈課入大量稅收，升為中書平章政事，恃寵而驕欺壓漢人，皇太子真金與儒臣合力戮之，阿合馬死後，盧世榮被重用，後來也被殺，忽必烈再起用桑哥，後來因其跋扈貪賄被抄家，僅忽必烈一世，權臣數易，權利爭奪歷時很長。南坡之變則為英宗碩德八剌與皇太后答己的政爭，致使英宗於英年慘遭刺殺。此後如泰定帝到順帝五年間，五易其主，可見元帝與權臣之間嚴重的政爭。

〔註58〕見陶晉生《宋遼金元史新論》頁213。

〔註59〕見鄭思肖〈大義略序〉(《鐵函心史》卷下) 及謝枋得〈送方伯載歸二山序〉。

〔註60〕謝枋得〈送方伯載歸二山序〉云：「滑稽之雄，以儒為戲者曰：『我大元制典，人有十等，一官二吏，先之者，貴之也；貴之者，謂有益於國也。七匠八娼、九儒十丐，後之者，賤之者，謂無益於國也。』嗟乎！介乎娼之下、丐之上者，今之儒者也。」

元初社會變動，儒士確有「被俘為奴」的記載，〔註61〕但歷耶律楚材、高智耀、廉希憲等人推動儒學，救濟儒士的一連串努力，如太宗四年迎孔子五十一代孫元措司禮樂輯佚工作、太宗六年設各路州郡提舉官、太宗八年成立燕京編修所及平陽經籍所，從事經史編輯工作、太宗九年舉行科考，取士四千零三十人、太宗十年設儒戶，儒士可優免徭賦等等，士人在有元一朝的地位雖不在上乘，亦在中上矣！

然而中原儒士自古學優則仕，出將入相，位在編民之上，如今儒士與諸民同入計戶，又仕途阻絕，科舉不興，終有元一代，除延祐開科取士三年一科，凡七次之外，只至正元年以降二十餘年間復行科舉，且每歲所舉不多，凡七十八人，〔註62〕成了儒士效用於朝的一大遺憾。姚燧〈送李茂卿序〉云：「大凡今仕為三塗，一由宿衛，一由儒，一由吏。」（《牧菴集》卷四）其間宿衛指怯薛，多出世襲，科舉或招賢儒進的機會也只十半，惟吏進是元代士人普遍入仕的管道，因此元士為了仕進多權充胥吏，其量多但質劣，與蒙古色目人之顯貴比起來就顯得位階不高，沈淪不得志。蕭啟慶〈元代儒戶 —— 儒士地位演進史上的一章〉云：

> 比起前代來，儒士入仕的主要問題，不在於機會的量的問題，而在於職位的質。無論由吏進或以學官進，大多數的仕人都必須永沈下僚，位居人下。這是元代士人沮喪的主要原因。〔註63〕

蕭氏對元代儒士的地位考之精詳，一語點明元代文士地位的實質狀況，然而終元一代，漢人位在三品以上的官職仍較蒙古、西域為多，〔註64〕實則廣大的屬民皆為漢人，統治與被統治之主體仍為漢人也。

〔註61〕見《元史》卷一四六〈耶律楚材傳〉及卷一二五〈高智耀傳〉。
〔註62〕見《元史》卷八十一選舉志。
〔註63〕見蕭啟慶《元史新探》頁1，新文豐出版社1983年版。
〔註64〕見王明蓀《元代的士人與政治》所考，見1982年文大史研博論。
　　　　王氏考述的簡表如下：

然而實際上元代最高統治階層仍爲蒙古色目人的天下。他如不仕儒生，終身隱居讀書，悠游山林，時發反元之思，結社聯吟，也形成元代文士另一種無形的地位。

二、胡漢文化融合與儒道釋思想之消長

治《元史》者多半肯定元世對中華民族胡漢之融合有促進的作用，同時肯定此一融合對元朝社會生產、技術、工業、商業都有正面的意義。〔註65〕陳垣〈元西域人華化考〉〔註66〕是早期從胡漢融合角度入手的研究成果，近人繼起者極多，以蒙古、色目與漢人（包括南人）綜合而論者不少，也有專作蒙漢融合者，這裡我們先敘蒙漢文化融合的發展狀況，再及於西域華化或西方名物技術東來的問題。

元廷權臣鬥爭的重大因素其實不離胡法與漢法問題，也就是蒙漢文化的基本差異。大抵蒙人屬遊牧文化，漢人屬農耕文化，在經濟生產、政治制度及風俗習慣上都有很大的不同。蒙人遊牧故重牲口而輕土地，或地多掠奪而不知用；漢人重土地，勤耕農，物產自給，不求對外貿易。蒙人重氏族血緣，封建以血緣及結盟爲主，法律簡拙，政體單純，帝位以選汗爲主；漢人則以士爲中堅，以儒學爲社會基礎，有成文律法及複雜官制，帝位以立儲君爲主。蒙人因遊牧，財富得自戰爭者較多，故蒙人多勇士而尚武；漢人重耕稼，世守儒業而尚文，因此蒙人好田獵以習武，漢人則以傷民害稼爲苦，蒙人有蒸報以延血

元 代 三 品 以 上 官 員 各 族 分 配 表							
種 族	蒙古	西域	漢人	女真	契丹	渤海	高麗	大理
人 數	226	188	409	16	14	2	5	4
百分比	22.2	21.8	47.2	1.9	1.6	0.2	0.6	0.4

漢 人 三 品 以 上 官 員 出 身 表						
出 身	蔭襲	宿衛	吏進	軍功	科舉	荐舉	學校	徵舉
比 例	14.7	15.4	30	13.4	6.4	7.1	4.2	8.8

〔註65〕如人民出版社 1983 年版的《中國史稿》第五冊頁 431，湯曉方〈論元朝文化的歷史地位〉內蒙古社會科學 1985 年卷五等等。

〔註66〕收於陳垣《元史研究》九思 1977 年版。

裔，漢人則制以倫常等等。〔註67〕然而蒙漢亦有其相同處，如道德、忠勇、仁義等基本道德相通、尚天、信玄、占卜、祈福等宗教信仰相似，這兩點成爲蒙漢融合的良好的基礎。大抵中國歷朝，元朝漢化最淺，然入中原後仍有不相似，這兩點成爲蒙漢融合的良好的基礎。大抵中國歷朝，元朝漢化最淺，然入中原後仍有不少改變，如忽必烈有勸農政策，〔註68〕仁宗有不獵之舉，〔註69〕此外蒙人在居住、傢具、交通、娛樂上也多有改變，〔註70〕如蒙人尙白，帳爲白色，後有金帳；蒙性簡樸，後則雕繪其居飾衣服；蒙人原習蒸報，後二度下令禁止收繼婚〔註71〕等等。漢人受蒙人影響較少，但亦有融合之跡，如漢人改胡姓、服胡服、〔註72〕飲胡酒、品嚐西域葡萄等物產〔註73〕等等，特別是上層階級與蒙人來往較多的世侯、文士等人更易合趨，甚而形成「夷入中國則中國之」的思想，對蒙人之正統有寬大的態度。

　　生活之外，教育與科舉是文化融合最大的促力。邱處機、耶律楚材二人的努力促使成吉思汗保全道教，重視儒學，窩闊台進一步採行漢法，從孔興學、置編修所、經籍所，忽必烈在姚樞、竇默、

〔註67〕凡此參看札奇斯欽〈塞北遊牧民族與中原農業民族間和平、戰爭與貿易之關係緒言〉，文收於學海 1990 年版《蒙古史論叢》一書，札奇思欽《蒙古文化與社會》商務 1987 年版，袁國藩《從袁代蒙人習俗軍事論元代蒙古文化》商務 1973 年版，李則芬〈和蒙思想衝突對元代政治的影響〉見《東方雜誌》復刊七卷三期等等。

〔註68〕世祖忽必烈對農業極爲重視，藩邸舊屬也多勸以務本勸農的重要性，其具體作爲詳見朱淑萍〈元世祖忽必烈的勸農政策〉，《史原》十三期。

〔註69〕元帝每年春秋二獵，禁止人民捕獵以豐其獲，不止行獵擾民，禁止縱畜，傷害禾稼桑棗等等，亦爲漢人引以爲苦，仁宗時因地方飢荒，不出獵，爲一時儒臣所歌頌。

〔註70〕詳見袁冀〈元代蒙人生活之轉變〉，《東方雜誌》復刊二十二卷八期。

〔註71〕見《元史》卷三四、卷三百。

〔註72〕漢人南人多受壓制排擠，故爲求仕進，偶有冒胡姓服胡服應試者，而宮廷飲宴，與宴者律著一色俘獲皇帝賜姓等，亦可見一斑。見《元史》卷三成宗本紀及輿服志等。

〔註73〕元代詩人筆下多敘胡域產物，如木棉、葡萄等，元人好飲馬湩酒（馬乳製成），好行詐馬宴、服馬裝等，詳見上編第四章。

郝經諸人輔佐下，更是變夷用夏，在學校教育、農業發展，典籍保存上不於遺力。仁宗時學校已興，科舉已開，蒙漢文化進一步得到匯流的管道，元代的教育是蒙漢及西域三重文化的發展，不全然以習漢法，世祖八年設立京師蒙古國子學，蒙漢西域百官及怯薛瓦官員選子弟俊秀者入學，至元六年更設諸路蒙古字學，〔註74〕此外如諸路府州縣學、社學、書院等，元季教育興盛，除以儒學為主導外，蒙古、回回國子學亦多能講授蒙文，亦思替非文〔註75〕及其醫學藥物天文曆算等等，對胡漢文化融合貢獻頗多，而科舉則分四榜，考經義、古賦、詔誥章表、策簡等，以儒家經典，特別是程朱注疏為據，對胡人學漢文化也有促動力量。

其實元季之文化融合，西域文化亦居重要影響，成吉思汗早期先重用色目人，致使蒙廷政治、經濟、宗教都先染西域色彩，成吉思汗起即用哈喇亦哈赤北魯、塔塔統阿等教導諸皇子，成宗以後又有阿失帖木兒、阿鄰帖木兒、沙剌班等出任皇子師保，〔註76〕因此，忽必烈以來諸帝多習畏兀兒教育。西域文明以城居行商與草原遊牧為主，對蒙廷較易起融合作用，因而也對漢化形成抗阻作用，然其重利、經商、海外貿易、天文曆法等，亦漸入中國，〔註77〕影響元世儒學亦以實用為趨。〔註78〕然而西域人華化較蒙人深，西域學者有精中國學術而為儒學教授，有精華語文學而為華化詩人、曲家者，〔註79〕凡此，都是

〔註74〕見《元史》卷八十一選舉志。
〔註75〕亦思替非文指波斯文，見陳垣《元西域華化考》所考。
〔註76〕詳見札奇思欽〈西域和中原文化對蒙古帝國的影響和元朝的建立〉一文，收於大陸雜誌社出版的《遼金元史研究論集》。元廷中西化和華化問題是許多治《元史》者經常觸及的問題，此不贅舉。
〔註77〕有關元西域人對華之影響，詳見匡裕徹〈元代色目人對中國經濟和文化的貢獻〉一文《史學月刊》1958年期。
〔註78〕元儒多議儒學之用，如王惲〈吏能〉、〈儒用篇〉所云，程端禮亦認為士之談詩書而略事功之弊等，見王惲《秋澗先生大全集》卷四六、程端禮《畏齋集》卷四〈送王副使序〉。
〔註79〕見陳垣〈元西域人華化考〉所考，陳氏列舉西域人之儒學家，西域人之佛老家，西域人之文學家等數十人。

元代種族雜處下的文化特色。

在漢人文化背景中，元代是儒、道、釋雜陳的時代，各家思想對元廷作爲及文士心態乃至庶民生活都有相互的影響與變化。元初，邱處機以雪山論道受太祖喜愛，全眞道教通行全國，一方面維護漢地文化經濟，一方面勸元主戒殺祈禱、興道觀、修道教等，對蒙漢文化貢獻極大，〔註80〕然而也引發釋道之爭，全眞道士改佛寺爲道觀者極多，形成佛道爭利的現象，耶律楚材有誅伐邱處機十謬之文，〔註81〕張伯淳〈至元辨僞錄序〉具體記載當時佛道交鋒，並拉攏儒士，載及道者毀孔廟爲文城觀等。〔註82〕邱處機之後接掌全眞道的李志常、張致敬都受到很大的沖擊，忽必烈用耶律楚材後，全眞道勢力才逐漸消退，然道教道侶之多，道觀分布之廣於斯時已大定。元世除全眞之外，北派尚有太一、眞大，南支則有正一、玄教等凡五派，其中全眞顯於初，玄教盛於中晚，爲道教最大兩派。〔註83〕元代的道教文化興盛，形成詩人與道士結合的文化特質，道教掩護遺民文士，供給生存與生活，文士歌詠仙眞，探求道術，也增益了詩文的藝術面貌。〔註84〕這是治元代文學值得一探的角度，也是元代遊仙詩極多的背景原因。

釋教方面，據《元史》釋老傳所云：「元起朔方，固已崇尙釋教」，特別是萬松和尙和海雲和尙，其影響遠在耶律楚材之前，〔註85〕海雲

〔註80〕詳見郭旃《金元之際的全眞道》，《元史論叢》第三輯，札奇思欽〈十三世紀蒙古君長與漢帝佛道兩教〉，《民族社會學報》十五期等。

〔註81〕見耶律楚材《西遊錄》。

〔註82〕見《元史》卷一七八張伯淳及卷二一〈至元之辨僞錄〉。

〔註83〕詳見袁冀〈元代玄教宮觀教區考〉中華文化復興月刊七卷一期、〈元代玄教道侶交遊唱和考〉中華文化復興月刊六卷十一期、孫克寬《宋元道教之發展》元代之部，東海大學1965年版、詹石窗《南宋金元的道教》上海古籍1989年出版等。

〔註84〕見孫克寬《寒原道論》〈元代南儒與南道〉、〈元虞等與南方道士〉二文，聯經1977年出版。另袁冀〈元代玄道教侶交遊唱和考〉一文亦考及此，見〈中華文化復興月刊〉六卷十一期。

〔註85〕見札奇斯欽〈十三世紀蒙古君長與漢帝佛道兩教〉，《民族社會學報》

曾力保儒士，勸主孔裔，壬寅（1242）年並曾列忽必烈宮帳與講佛理，對忽必烈日後皈依佛法有重大影響。〔註86〕其後忽必烈以藏僧巴思八喇嘛為帝師，儒釋合力排道的走向更明顯。一二五五年蒙古汗親自昭集佛道兩派在和林辯論，儒生亦與之，佛教獲得勝利。〔註87〕佛教興盛於元世時以禪宗中的臨濟宗（海雲）和曹洞宗（萬松）勢力最大，他們都是漢法的贊助者，萬松自稱「以儒治國，以佛治心」，〔註88〕這是元世儒學的管道。〔註89〕然而元季優禮僧侶，〔註90〕寺院藉勢巧取豪奪，僧侶多避稅入佛，不守戒律，形成元末社會的亂因，最後演成白蓮教之亂，結束了元代政局。

　　元代儒學最初藉力於佛教，但其規模及發展卻得自許多儒士的努力。初耶律楚材以占兆進，劉秉忠以海雲弟子見重，都是儒家委曲求全的表現，至憲宗朝高耀智力重儒治，憲宗才恍然大悟曰：「前此來有以是告朕者」，〔註91〕然而世祖時尚有「孔子何如人？」之問，得到的答案是：「天之怯里馬赤」（意即天之通譯），〔註92〕可見先元時期的儒學狀況。

　　金元之際，哀宗敗走，漢知識份子以「安社稷，救生靈」為務，

　　　　　十五期。《佛祖歷史通載》卷二一有海雲法師傳，海雲在成吉思汗時
　　　　　已得「告天人」的稱呼。
〔註86〕同上註。關於立孔裔之事有兩出，一說為海雲，一說為耶律楚材，
　　　　　札奇斯欽考之已確。
〔註87〕詳見《元史》釋老傳、《至元辨偽錄》等，今人陳高華《元代佛教與
　　　　　元代社會》考之甚詳，見《中國古代史論叢》1981年一輯。
〔註88〕見耶律楚材《湛然居士文集》卷十三〈寄萬松老人書〉。
〔註89〕元廷初不識儒學，賴法雲、萬松、耶律楚材等以佛入政，勸興儒治，
　　　　　才使儒學立於不敗。
〔註90〕見李幹〈元代宗教政策簡論〉，《中南民族學院學報》一九八三期，
　　　　　考「元代庇護宗教的具體措施」及「元代庇護宗教的得失教訓」甚
　　　　　為精詳。
〔註91〕詳見前引陳高華《元代佛教與元代社會》一文及楊訥〈白蓮教與元
　　　　　末農民戰爭〉《元史叢刊》1983年二期、戴玄之〈白蓮教之反元運動〉
　　　　　《政大歷史學報》三期等。《元史》卷一二五、高耀智傳。
〔註92〕見葉子奇《草木子》卷四下。

其不仕者多致力於中原文化之保存，如元好問、李治、杜瑛等，亡金再仕者亦以儒業爲念，如趙斯文、張德輝、王鶚、楊奐、宋子貞、李旭、劉祈等，〔註93〕後來世祖開金蓮川，姚樞、許衡輩出，元代的儒學始奠規模。元初的漢人世侯雖擁兵立爵，形同唐藩鎭，不免跋扈鄕里，但部分世侯尙知禮重文士，興學養士，對儒學保護有功，〔註94〕其中幕下賓客不乏太宗世祖朝之儒臣，不仕元朝者如元問好也曾上書耶律楚材，薦舉儒士五十四人，〔註95〕並奉啓請元世祖爲儒學大宗師，〔註96〕可見元初世侯的貢獻及儒士栖栖遑遑，以斯文爲念的心志，元代儒學也因而得以保存和傳播。考元代儒學自太宗以降屢有興置，訪賢納士，一時北許南吳燦然復興，〔註97〕於理學、經學、史學成果皆極豐碩。〔註98〕今人孫克寬考述元代儒學之成就頗爲精詳，先

〔註93〕詳見郭慶文《金元之際中原知識階級及其對蒙古汗廷之影響》1988年政大邊政研究所碩論。

〔註94〕據前文所考，時漢世侯護儒者三，東平嚴實幕下及賓客可考者，有元好問、楊奐、宋子貞、王磐、劉肅、李旭、商挺、徐世隆、王玉汝、王構、閻復、孟祺等，眞定史天澤幕下有楊果、劉汝翼、張德輝、王昌齡、李正居、雷膺等，順天張柔之賓有王鶚、郝經等。有關元初世侯興學之事參見袁冀《元史研究論集》中〈東平嚴實幕府人物與興學初考〉一文，商務1974年版及孫克寬《元代漢文化之活動》中第二、三編，中華書局1968年版。

〔註95〕見姚從吾〈元好問癸巳上耶律楚材書的歷史意義與書中五十四人行事考〉一文，收於《姚從吾先生全集》遼金《元史》論文，正中1982年版。

〔註96〕見《元朝名臣事略》卷十「宣慰張公」。

〔註97〕太宗八年立燕京編修所、平陽經籍所，從事經史編輯，中統二年王鶚奏准編修遼金史，至元元年詔令編修國史譯寫經書，同年成立翰林國史院，中統至元間立國子學，命許衡爲祭酒，至元六年設諸路國子學，憲宗四年設京兆提舉，中統二年設諸路提舉等等，邵學亦完備確立，此外如崇孔學與孔廟立孔裔等等，儒學大興，凡此詳見丁崑健〈蒙古征伐時期華北的儒學教育〉及《元世祖時代的儒學教育》二文，《華學月刊》一二九期、一三六期，另郭慶文《金元之際中原知識階層及其對蒙古汗廷之影響》一文考之亦詳，1988年政大邊政研究所碩論。

〔註98〕詳見張興唐〈《元史》劄證（八）——儒學篇〉所考，《華學月刊》

後有《元代漢文化之活動》與《元代金華學述》二書，〔註99〕分別可見元代南北儒學之成果。故而《宋元學案》敘錄云：

> 有元立國，無可稱者，惟學術尚未替，上雖賤之，下自趨
> 之，事則洛閩之沾溉者宏也。

元代學術文化從烽煙戰火之餘復興，與儒道文化，並爲士人與民間生活的重心，由此可以肯定，其中官設郡學與民間書院並盛，〔註100〕成爲仕與不仕者文化工作的重心。

然而元季儒學受蒙廷及色目文化影響，有趨實用之學的走向，忽必烈朝王文統得勢可見一斑，王文統虛姚樞、竇默、許衡等人之權位云：「禮，師傅與太子位東西鄉，師傅坐，太子乃坐，公等度能復乎？」〔註101〕可見元季部分權儒變體爲用的觀念。且元儒多以吏進，吏重實用，亦影響到元代儒學素質，更有吏員剝削民脂，貪饕戕民，有愧孔學門牆〔註102〕者，所幸元儒重朱學，復因官定科舉以程朱注疏爲據，元代朱學方能普及，〔註103〕而朱學求下學而上達，頗能兼顧體用，元代儒學方免偏墜。

三、元代詩學主張與繪畫藝術思潮

詩歌由唐宋入元形成一種變極而復的態勢，因此論者有以元明爲

一二〇期。元際程朱之學有趙復、姚樞至許衡而光大，劉因、竇默、郝經、黃澤繼而宗之，金履祥以朱學傳，蕭爽重振關學，皆有所得。陸學有陳苑昌、李存，朱陸同參者有吳澄、鄭玉等。經學方面戴良齊通六經、陳普以四書五經爲本，汪克寬盡力於經，此外詩、書、易、禮、樂、春秋各有其致力者。史學以王鶚首倡，黃溍、虞集、脫脫、揭傒斯、歐陽玄、馬端臨等繼之。

〔註99〕 分別見中華書局 1968 年版及東海大學 1976 年版。

〔註100〕 參見何佑森〈元代書院考略〉中國歷史研究 1984 年一期。

〔註101〕 《元史》卷一五八許衡傳。

〔註102〕 詳見蕭起慶〈元代的儒戶——儒士地位演進史上的一章〉，《元代史新探》新文豐 1983 年版及許凡《元代吏制研究》，勞動人民出版社 1987 年版。

〔註103〕 見王明蓀〈略述元代朱學之盛〉《中華文化復興月刊》十六卷十二期、陳榮捷〈元代之朱子學〉《中華文化月刊》十四卷四期。

復古期者。〔註 104〕檢視元代《詩論》及元人文集,不難發現元人辨
體以學古,臨古以求神的復古風氣。元人論詩以三百、漢魏、唐爲高
標,古律各有體,須臨模諷詠乃成,然元人不以形似爲上,不以句法
泥求爲工,主張道性情、返自然、求詩之情志高古上躋古人,這點又
非一味復古模擬者所能比。

　　元人論詩以情志爲本,李繼本〈傅子敬紀行詩〉云:

　　　　詩大序曰:「詩者,志之所之也。」詩非本乎志,而規規守
　　　　繩墨以學爲聲律之細,詩則陋矣。(《一山文集》卷四)

王禮〈魏松壑吟稿集序〉云:

　　　　詩大序曰:「在心爲志,發言爲詩。」傳曰:「志之所至,
　　　　詩亦至焉。」三代古詩,何莫非其志之所之也。五言起于
　　　　蘇李,其離別贈答,衷情繾綣,藹然詞古詩,何莫非其志
　　　　之所之也。下至晉、隋,陸機之論詩則曰:「詩者,民之情
　　　　性也。」故詩無情性,不得名詩,其卓然可得于後世者,
　　　　皆其善言情性者也。(《麟原前集》卷四)

王氏既言志又言情,可見元人心中情志一體的觀念。曾師永義〈元
代的文論、《詩論》與曲論〉一文指出:「元人論詩,可以說大抵不
出大序的範疇,……所以元人論詩的本體便有『本乎志』、『發乎情』
二說。」然此二者間,曾師以爲元人所論以「發乎情」最爲習見。
〔註 105〕而實元人情志兼論而多以情性出發的同時,亦兼及禮義,如
揚弘道〈送趙仁甫序〉云:

　　　　於戲!吟詠情性,上乎禮義,斯詩也,江山何助焉。(《小亨
　　　　集》卷六)

王義山〈趙文溪詩序〉云:

　　　　詩發乎情,止乎禮義。(《稼村類稿》卷五)

〔註 104〕吉川幸次郎《元明詩概說》頁 3,認爲元明爲學古擬古之風的盛行
　　　　期,幼獅文化 1986 年版。
〔註 105〕此文收於曾師永義編輯之《元代文學批評資料彙編》之緒論,成文
　　　　出版社 1978 年版。

又如郝經〈與撖彥舉論詩書〉云：

> 詩，文之至精者也，所以歌詠性情以爲風雅，故攄寫襟素，
> 託物寓懷……凡喜怒哀樂，蘊而不盡發，託於江花野草、
> 風雲月露之中，莫非仁義禮智。（《陵川集》卷二十四）

這些主張都以情性本乎仁義禮智爲論，口吻類道學家，然又不脫自然諷詠的情性之正，故吳澄〈蕭養蒙詩序〉有言出乎「天眞」的說法：

> 性發乎情則言，言出乎天眞，情止乎禮義，則事事有關世
> 教。（《吳文正公集》卷十一）

劉將孫〈本此詩序〉亦云：

> 詩本出於情性哀樂，俯仰各盡其興，後之爲詩者，鍛鍊奪
> 其天成，刪改失其初意，欣悲遠而變化非矣。（《養吾齋集》
> 卷九）

劉氏的「天成」說與吳澄的「天眞」說其實都是強調情性之自然，由此可見元人論詩之本體爲情志合一，而情性以自然而合於禮義爲尙，這種觀念完全是詩經「思無邪」的承繼。

　　了解元人論詩的本體之後，進一步宜探察元人學詩的路徑，綜觀元代詩論，以辨體與古論最多，辨體爲求詩體之純正典型，這方面元人多分古、律而論，如楊載《詩法家數》云：

> 凡作古詩，體格句法俱要蒼古。

吳澄〈谷山樵歌序〉云：

> 唐初創近體詩，字必屬對偶，聲必諧平仄，由是詩分二體，
> 謂蕭選所載，漢魏以來詩爲古體，而近體一名律詩。（《吳文
> 正公集》卷十三）

在元人的心中，詩宜分古體與近體兩種，近體又名律體，二者有不同的體格句法，楊載主張古體要「蒼古」，而元人心中的蒼古必須是三百、漢魏的蒼古，因此，古律宜學漢魏以上，學唐古亦可，但律體宜學唐詩，故律體又稱唐體。如劉壎〈月崖吟月稿跋〉云：

> 古體肖古，唐體逼唐。（《水雲村稿》卷七）

吳澄〈孫靜可詩序〉云：

> 孫靜可詩甚似唐人，或者猶欲其似漢魏。夫近體詩自唐始
> 學之，而似唐至矣。若古體詩，則建安、黃初之五言、四
> 愁，燕歌之七言，誠爲高品。(《吳文正公集》卷十三)

近體自唐始有，故學古至唐乃至矣，古體則必上紹建安黃初才算高
品，這是元人普遍的看法，然而有一部分元人論古體也推尊唐古，不
一定非漢魏不可，因此戴表元〈張仲寔詩序〉中記載了一則故事云：

> 異時搢紳先生無所事詩，見有攢眉擁鼻而吟者，輒靳之曰：
> 「是唐聲也。是不足爲吾學也。吾學大出之可以詠歌唐虞；
> 不失爲孔氏之徒。而但用是喁喁爲哉？」其爲唐詩者，然
> 無所與於是則已耳，吾不屑往與之議也。詮改舉賞詩，事
> 件出而昔之所靳者驟而精焉。則不能因亦浸爲之，爲之異
> 於唐，則又曰：「是終唐聲不足爲吾詩也。吾詩懼不達於古，
> 不懼不達於唐。」其爲唐詩者，方起而抗，曰：「古固在我，
> 而君安得古？」於是性情、禮義之具，譁爲訟媒，而人始
> 駭矣。杭於東南，爲詩國之二説者余狎聞焉。(《剡源戴先生
> 文集》卷十一)

由「搢紳先生」所論與「其爲唐詩者」的抗言，可以看出元人對古體
的臨模學習有兩種對象，或學漢魏，或學唐，然而戴表元在〈洪潛甫
詩序〉中云：「唐且不暇爲，尚安得古。」可見古體固宜學三百漢魏，
然學唐乃學漢魏不成，勉強也算得古人一體。這類的論辯頗似嚴羽以
「聲聞辟支果」論漢魏盛唐與大歷以還，只是其時代間差稍有出入，
也頗似明代前後七子「詩必盛唐」、「上躋漢魏」的主張，〔註106〕可
見元人上承嚴羽，已啓明人復古的風潮。

　　元人這類復古學古的論見極多，如王惲評趙西巖文云：「西巖之
氣淳而學古。」〔註107〕王公孫評王惲詩文云：「敏於製作，下筆便欲
追配古人。」〔註108〕方回自云：「每愧詩無古風調，背山樓閣曬花

〔註106〕明人論古體分唐古與漢魏古體，詳見陳國球《唐詩的傳承——明代
　　　　復古詩論研究》一書，學生書局1990年版。
〔註107〕見王惲《秋澗先生大全文集》卷四三〈西巖趙君文集序〉。
〔註108〕見王公孫〈秋澗先生全文集後序〉。

褌。」〔註109〕戴表元云：「爲詩必擬古，自盡古名能詩人陶謝以來之作，規模略盡。」〔註110〕等等。戴表元更直接主張恢復風雅，一掃宋人積弊，其〈皇元風雅序〉云：

> 漢興，李陵、蘇武五言之作，與凡樂府詩詞之見於漢武之采錄者，一皆去古爲遠，風雅遺言，猶有所徵也。魏晉而降，三光五嶽之氣分，而浮靡卑弱之辭遂不能已復古。……然唐詩主性情，故於風雅爲酋近；宋詩主議論，則其去風雅遠矣。

戴表元認爲恢復風雅正聲，「其惟我朝乎！元人這種復古學古的主張不僅發於言論，也表現在編選古人詩篇以資臨模的行動上，如曾子實之《唐絕句》、諶祐之《律選》、程宗旦之《古詩編》、吳澄之《唐詩三體家法》、袁懋昭之《風雅類編》、楊士宏之《唐音》、范椁之《詩學禁臠》等等，〔註111〕其中《古詩編》以唐以前爲主，《律選》以唐爲主，可知元人學習的範圍在風雅、漢魏、唐。然而，學古的主張，臨模的範本，只是爲了學得詩體之正，並非欲爲古人優孟，故吳澄〈孫靜可詩序〉云：

> 品之高，其機在我，不在乎古之似也。(《吳文正公集》卷十三)

劉詵〈與揭曼碩學士〉云：

> 學古而能使人不知其學古，則吾自爲古矣。(《杜隱文集》卷三)

楊弘道〈贈李正甫〉云：

> 詩人有佳句，剿盜相因依，逮其能己出，此道方庶幾。(《小亨集》卷一)

這些詩論見解，都可看出元人以學古擬古爲路途來淬礪詩作，然而或

〔註109〕見方回《桐江續集》卷一〈次韻康慶之題予桐江詩卷〉詩。

〔註110〕戴表元《剡源戴先生文集》卷十一〈李時可詩序〉。

〔註111〕這些選集今已不傳，筆者是考自元人序跋而得。如劉壎《隱居通議》卷六〈蒼山序唐絕句〉、卷八〈律選〉，戴表元《剡源戴先生文集》卷七〈程宗旦古詩編〉、吳澄《吳文正公集》卷十一〈唐詩三體家法序〉、歐陽玄《圭齋文集》卷七〈風雅類編序〉等。此外，楊士宏有《唐音》之編，人皆入於明，而范德機《詩學禁臠》，雖非選詩，然集唐人之詩具爲格式，亦可作公輸子之規矩，師曠之六律。

時運之變，或力有未迨，元詩的表現終不免有部分模擬，剽竊而無法
上躋古人，甚且無出己面貌者，這點我們從下編「模擬風氣之開展」
一章可知。

　　綜上所論，元代詩學主張本乎情志，其論情性者多兼禮義，必求
自然，然以學古模擬爲路徑，期能恢復詩體之正，這些看法對元詩之
所以以言志爲主、傾向唐詩情韻、流於模擬之跡的表現，正好提供了
明白的解釋。元人實在是宋人極詩體之變的導正，然又不免成爲明人
模擬的先導。

　　至如詩法方面，元人論述極多，如方回《瀛奎律髓》專以律法爲
論，范梈《木天禁語》、楊載《詩法家數》、范梈《詩學禁臠》等等，
於古近體之句法、章法多所提示，此不一一贅論。然而其中關乎繪畫
旨趣者，以論詩之命意、寫景、造境等最爲相切，這正是詩畫藝術相
通處。楊載《詩法家數》云：

> 凡作古詩，體格句法俱要蒼古，且先例大意，鋪敍既定，
> 然後下筆。

揭傒斯《詩法正宗》云：

> 古人盡精力於此，要見語少意多，句窮篇盡，目中恍然，
> 別有一境界意思。而奇妙者，意外生意，境外見境，風味
> 之美，優然甘辛酸鹹之表，使千載雋永，常在頰舌。

詩以意爲主，先立「大意」，然要「語少意多」、「別有境界」，最妙者
能「意外生意」、「境外生境」，揭傒斯所論，已直入元人畫趣。范德
機《詩家一指》分詩體爲十科：「一曰意，二曰趣，三曰神，四曰情，
五曰氣，六曰理，七曰力，八曰境，九曰物，十曰事。」其中十科除
理事外，殆近乎元代畫旨之所在。（有關元繪畫之論見如後）

　　他如詩歌流派方面，元人考述亦多，除方回以一祖三宗爲論外，
大部分以宗唐及上追風雅爲主，郝經〈讀麻徵君遺文〉云：

> 高古遠探秦漢前，奧雅要繼詩書後。（《陵川集》卷六）

傅與礪《詩法正論》云：

清江德機先生，獨能以清拔之才，卓異之識，始專師李杜，
以上溯三百篇。

揭傒斯〈詩宗正法眼藏〉云：

詩至唐方可學，欲學詩且須宗唐諸名家，諸名家又當以杜
為正宗，蓋上一等是六朝陶謝為高……又上則建安黃初之
人，……然此兩等詩，其旨與三百篇義不同，時之盛者，
雅頌之旨未能渾以振，而失以宴安，……看杜詩自有正法
眼藏，毋為傍門邪論所惑。〔註112〕

楊維楨〈無聲詩意序〉云：

詩之弊至宋末而極，我朝詩人往往造盛唐之選，不極乎晉
魏漢楚不止也。（《東維子文集》卷十一）

此數人之論都可以看出二人宗唐，以上溯風雅的主張及風潮。郝經所
謂「秦漢前」，揭傒斯所云「上兩等」及雅頌，楊維楨所謂極乎漢楚，
都是這個理念。然而理念如此，實際如何？我們必得稽考元詩而後
知，然從元人自評時人的作品可知，除少數名家如趙孟頫能「詩法高
蹈魏晉，為律詩則專守唐法。」、「古詩沈潛鮑謝，自餘諸作猶傲睨高
適、李翱。」〔註113〕之外，有許多不聞於世的當代詩人仍不免為中
晚唐詩家之餘流，有的則學宋之山谷、後山、簡齋，與方回一祖三宗
之論相為表面。〔註114〕程鉅夫〈嚴元德詩序〉云：「今三十年矣，而
師昌古、簡齋最盛，習時有存者。」可見一斑。

〔註112〕以上二文見明朱紱所編之《名家詩法彙編》卷七、八，廣文 1973
年版。
〔註113〕見袁桷《清容居士集》卷四九〈跋子昂贈李公茂詩〉一文中評趙孟
頫詩，及戴表元《剡源戴先生文集》卷七〈趙子昂詩文集序〉一文
所論。
〔註114〕這類論者如劉壎〈禁題絕句序〉云：「學詩不以杜黃為宗，豈所謂
識大者？」王義山〈陳國錄庚辰以後詩集序〉論陳為后山詩派。方
回〈跋吳蘭皋詩〉、〈跋趙章泉詩〉論吳有貫浪仙之風，趙隱然以後
山為宗。〈跋戴石屏詩〉認為戴詩在晚唐間而無晚唐之纖陋。劉將
孫編刻長吉詩，自序云：「最可以發越動悟者在長吉詩。」，吳澄〈董
震翁詩序〉云董氏嗜簡齋詩，〈曾志順詩序〉、〈謐季岩詩序〉云曾
諧二人學簡齋，〈曾可則詩序〉云曾氏集中「古體頗倣昌古」等等。

　　考元代詩論之餘，必兼明元代畫學，才能了解元人詩畫融通的理論，元人的畫學以黃公望《寫山水訣》、湯垕《畫論》、趙孟頫、錢選、吳鎮、倪瓚、柯九思等人之零散論見及李衎《竹譜》等為主。趙孟頫《清河書畫舫》云：

　　　　作畫貴有古意，若無古意，雖工無益。

《鐵網珊瑚》云：

　　　　宋人畫人物不及唐人遠甚，予刻意學唐人，殆欲盡去宋人
　　　　筆墨。

按趙孟頫此云「宋人」指南宋院體畫。趙孟頫的「復古說」是元代繪畫的名論，可見元代畫學如詩學，一以宗唐求古為尚，然畫之尚古者意也，這是蘇軾以來文人畫的主張（有關文人畫論，我將詳考於下編第五章詩畫融通的基礎之中）。明人張泰階《寶繪錄》云：「唐人尚巧，北宋尚法，南宋尚體，元人尚意。」可見一斑，詩之尚意已如前述，畫之尚意須出以神韻，所謂意到筆不到，方為逸品，也就是錢選的「士氣」說，「愈工愈遠」、「全在用神氣生動為法，不求物趣，以得天趣為高。」〔註115〕這種主張和前述揭傒斯論詩「意外生意」、「語少意多」如出一轍。倪瓚〈答張仲藻書〉也說過：

　　　　僕所謂畫者，不過逸筆草草，不求形似，聊以自娛耳。

吳鎮也表示過：

　　　　嘗觀陳簡齋墨梅詩云：「意足不求顏色似，前身相馬九方
　　　　皋。」真知書也。

湯垕《畫論》云：

　　　　今人看畫，多取形似，不知古人最以形似為末節。……蓋
　　　　其妙處在於筆法氣韻神采，形似末也。

這幾家之論，捨形似而求神韻，與前舉范德機詩體十科所重之「意」、「神」、「氣」、「力」之詩論若合符節。李衎《竹譜》強調「成竹在胸」

────────────

〔註115〕錢選「士氣」說見於明董其昌《容台集》的記錄，明高濂《燕閒清
　　　　賞箋》也解釋「士氣」之意，以上所引為董、高二人之文字。

也是寫意一路的主張，〔註116〕與詩之先立大意，意在筆先仍是一家路數。

此外，元人的畫論也存在著以情志為本質的觀念，特別是關乎道德教化的理念，如李衎《竹譜》云：

> 竹之比德於君子者，蓋稟天地之和，全堅貞之操，虛心勁節，歲寒不變，是宜昔人特號以此君，而不敢與凡草木例名之也。

黃公望〈寫山水訣〉亦云：

> 松樹不見根喻君子在野，雜樹喻小人崢嶸之意。

可見元人以竹比德來表情志，吳鎮曾題畫竹云：

> 動輒長吟靜即思，靜中漸漸贅絲絲，心中有個不平事，盡寄縱橫竹幾枝。〔註117〕

由此可見，元人在寫竹的意興上以道德教化，甚至及於君子氣節為比附。這種看法不僅於竹，於梅、蘭、菊等也都有相同的表現，這種比附和詩之香草美人，也是同一種手法。

綜上所論，我們可以看出元人詩書相通的理論極多，如復古、寫意、神韻、比德等等，雖未直接表明詩畫合論，然其論畫如詩，顯而可見。

〔註116〕見石守謙《元代繪畫理論之研究》1977 年台大歷史所藝術組碩論，石先生說：「『成竹在胸』是元人接受北宋蘇軾之觀念而來者，此亦正式『寫意』概念在墨竹畫上的標準。」葛路《中國古代繪畫理論發展史》亦云：「成竹在胸即意在筆先。」，丹青圖書公司 1987 年版，頁 162。

〔註117〕吳鎮《梅花道人遺墨》，美術叢書三集，頁 39。

上編　元詩之社會性

第一章　詩史精神之發揮

　　在中國古典詩學的範疇裡，「詩史」一詞已形同批評專有的詞彙，它誠然肇自杜甫以偉大的詩篇諷時紀事，號稱詩史而來，然而在歷朝對詩學的思辨中，「詩史」一詞已有了豐富的意蘊，常為詩家藉以評論杜詩及與杜甫相同精神面貌的詩作之用。然而在歷代詩家的演繹中，「詩史」一詞語彙模稜，並無明顯的義界，有人將之定位為敘述手法，有人肯定取材歷史的特徵，有人則以日常生活材料為論，各有對「詩史」一詞的偏執，為了具體掌握這個詞彙的內涵，以度量元詩的社會性徵，本章將從思辨詩史之義界開始，具體界定詩史精神之內涵，然後才進一步詳談元詩的詩史精神，呈現元詩社會性的第一特徵。

第一節　詩史之義辨

　　詩歌可以紀史，但詩歌不等於歷史，詩歌與歷史的關係，微妙而多元，不僅止於以歷史材料入詩而已。在西方，史詩（Epic）是直接對應於詩歌與歷史的文類，然而史詩的敘述性、神祕性、紀傳性、娛樂性及超現實的譬喻吟唱等特質，〔註１〕在中國很難找出相類的文

────────────

〔註１〕關於史詩的特質保羅・麥強（Paul Merchant）《論史詩》一書有所析論，本文所舉幾項是根據龔鵬程〈史詩與詩史〉一文比較史詩與詩史的六點差異性中整理而得，見《中外文學》，十二卷二期。

類。唯「詩史」一詞是中國詩歌中兼涉歷史精神的詞彙,「詩史」不能等同於史詩,〔註2〕不是文類之稱,也非文章風格體裁之形容,其內涵或有關涉歷史之處,但無法真實記錄歷史,只能作為歷史之反映,因此「詩史」可以說是歷史精神,社會寫實精神的表現。

按詩歌「言志」的本質來說,詩是抒寫懷抱的,絕無法等於客觀歷史的記錄。但文字學上,「詩」之本義為「志」(即誌),其另一解是文字之記載,〔註3〕這種說法又顯現詩歌成為歷史記載的可能,這正是宋人以「六經皆史」為論〔註4〕的根源,然而詩歌傳統歷漢魏六朝,一直未直接顯現歷史性徵,直到唐杜甫以詩諷時,以詩紀史,才使「詩史」一詞喧騰後世,詩歌與歷史也才有了明顯的結合語詞,然而這個語詞究竟何指?詩歌能否等於歷史?這是後人論辯不已的重心。

唐孟棨《本事詩·高逸第三》云:

> 杜逢祿山之難,流離隴蜀,畢陳於詩,推見至隱,殆無遺事,故當時號為詩史。

這是目前「詩史」二字連稱以譽杜甫的最早文獻,〔註5〕文中顯然以杜甫遭逢之史事及記錄至隱微處的手法為論,並透露當世已以「詩史」稱呼杜甫的事實。這件事在唐代流傳究竟多廣,我們無法推知,也無

〔註2〕見龔鵬程〈史詩與詩史〉一文,龔先生詳列了二者之間的六項差異,然而筆者認為這種比較只在凸顯各自的特徵,而非等性量的比較,因為「史詩」為文類,「詩史」為詩歌精神,兩者不在比較的相同基點上。

〔註3〕楊樹達《積微居金石小學論叢》「釋詩」文中考證先秦「詩」字之本義為「志」,然而楊氏只從文字形體來分析詩的本義。聞一多〈歌與詩〉一文加以申論,認為「志」有三義,一為記憶,二為記錄,三為懷抱,這個論點使「詩」成為「史」的記錄。然而這種推論與詩之本質不合,我們於下編「言志傳統」一章中將詳論之。

〔註4〕宋人好論杜詩為史外,於六經亦有歷史比附的觀察,明楊慎《升庵詩話》卷十一「六經各有體」之說,對其批責甚多。

〔註5〕根據近人楊松年及龔鵬程的考訂,唐以前無「詩史」連用者,只《宋書·謝靈運傳》:「先士茂碧,諷高歷賞……。並直舉胸情,非傍詩史」及《南齊書·王融傳》:「今經典遠被,詩史北流」兩度用到「詩史」,但其意義與唐宋以後不同。

其他文獻可考，但宋人因此側重「詩史」之論，蔚爲多樣內涵，譬如：

1. 宋祁《新唐書》卷二○一〈杜甫傳〉云：

   甫又善陳時事，律切精深，至千言不少衰，世稱「詩史」。

2. 李朴〈與楊宣德書〉云：

   唐人稱子美爲詩史者，謂能記一時事耳。(見王正德《餘師錄》卷三引)

3. 王得臣〈增註杜工部詩集序〉云：

   白傳自九江赴忠州，過江夏，有〈與盧侍御於黃鶴樓宴罷同望〉詩曰：「白花浪濺頭陀寺，紅葉林籠鸚鵡洲」。句則美矣，然頭陀寺在郡城之東絕頂處，西去大江最遠，風濤雖惡，何由及之？或曰：甚之之辭，如「峻極於天」之謂也。予以謂世稱子美爲詩史，蓋實錄也。(見蔡夢弼《草堂詩箋》)

4. 釋文瑩《玉壺野史》卷一云：

   眞宗嘗曲宴群臣於太清樓，君臣權決，談笑無間。忽聞：酃沽佳者何處？中貴人奏：有南仁和者。亟令進之，遍賜宴席，上亦頗愛，問其價，中貴人以實對之。上遽問：唐酒價幾何？無能對者，惟丁晉公對曰：唐酒每升三十。上曰：安知？丁曰：臣嘗見杜甫詩曰：「早來相就飲一斗，恰有三百青銅錢」。是知一升三十文。上喜曰：甫之詩，自可爲一時之史。

5. 姚寬《西漢叢語》卷上引《劉貢父詩話》云：

   杜謂之詩史，未嘗誤用事。

6. 史繩祖《學齋佔畢》卷四云：

   先儒謂韓昌黎文無一字無來處，柳子厚文無兩字無來處，余謂杜子美詩史亦然，惟其字字有證據，故以史名。

7. 姚寬《西漢叢語》卷上云：

   或謂詩史者，有年月、地里、本末之類，故名詩史。

8. 李復《潏水集》卷五〈與侯謨秀才書〉云：

   杜詩謂之詩史，以斑斑可見當時，至於詩之序事，亦若史傳。

9. 黃徹《碧溪詩話》卷一云：

> 子美世號詩史，觀北征詩云：「皇帝二載秋，閏八月初吉。」
> 送李校書云：「乾元元年春，萬姓始安宅。」……史筆森嚴，
> 未易及也。

10. 黃徹又云：

> 諸子列傳，首尾一律，惟左氏春秋則不然，千變萬狀，有
> 一人而稱目至數次異者旅氏、名字、爵謚，皆密佈其中而
> 寓諸襃貶，此史家祖也。觀少陵詩，疑隱富此旨。若云：「杜
> 陵有布衣」、「杜曲幸有桑麻田」……蓋目見其里居名
> 字。……補官遷陟歷歷可考。至敍他人亦然。……凡例森
> 然，識春秋之法也。

11. 周煇《清波雜志》云：

> 煇復考少陵詩史，專賦梅纏二篇，因他汎及者固多。取專
> 賦、略汎及，則所得甚鮮；若併取之，又有疑焉，叩於汝
> 陰李遄年。李曰：詩史猶國史也。春秋之法，襃貶於一字，
> 則少陵一聯一語及梅，正春秋法也。

12. 陶宗儀《說郛》卷六十七引釋普聞云：

> 老杜之詩，備爲眾體，是爲詩史。

以上十二條宋人資料中，除釋普文以「備爲眾體」將「詩史」解爲詩
歌歷史，較偏離本旨外，其餘十一條分別可以看出宋人如何從詩歌與
歷史的關連性來解釋「詩史」。我們可以約其大端如下：

一、第 1、2 條之中，宋祁與李朴從「善陳時事」「記一時事」解
詩史，肯定杜詩記錄時事的優點，這個說法是宋人解詩史的
大宗，他如潘錞、蔡居厚、蘇軾、喻汝礪、方逢辰等人都持
此說。〔註6〕

〔註6〕 近人楊松年〈宋人稱杜詩爲詩史說析評〉一文考索古籍詳列了諸家
之論。如潘錞之：「故善陳時事，句律精深超古。」蔡居厚云：「子
美詩善敍事，故號詩史。」喻汝礪讚云：「其於治亂隆廢，忠佞賢否，
哀樂忻慘，起伏之變，衍迤縱肆，無乎不備。」方逢辰云：「以史爲
詩者少陵。」蘇軾則常指出杜詩句中人、事與唐代史實。這些看法

二、第8、9、10、11條指出「史傳」「史筆」「凡例」「春秋之法」
　　等來解詩史，也是宋人論詩史的另一大宗，這個看法中包括
　　李復強調的「詩之敘事」，周輝引李遐年所強調的「春秋褒
　　貶之法」等內涵。他如陳長方、黃庭堅等都有相同的文字，
　　陳氏更將杜甫比於太史公，黃庭堅則進一步推尊杜甫的忠
　　義。〔註7〕

三、第3條中，王得臣指出「詩史」的特點為「實錄」，然所舉
　　杜甫詩例乃地理環境之實證，非史事之實錄；第4條中釋文
　　瑩以唐代酒錢為論，更偏於社會物價狀態，非歷史事件，這
　　些聊備宋人一說，與歷史之關涉較少。

四、第5、6二條中，顯然以史事之信實精確，未嘗誤用，且詩
　　中無一字無來處為論，這又為歷史外圍問題，用以解釋詩史
　　似嫌偏頗。

由上所論，我們可以看出宋人偏愛「詩史」，對詩史一詞有極廣泛的
演繹，然其大端在「歷史筆法」及「紀陳時事」兩方面，一指表達手
法，一指表達內容。明清兩代詩家對宋人詩史說有更進一步的考慮，
其承繼與駁責處極多，〔註8〕然而對本文詩史內涵之歸納無益者，我
們不在此贅述，有進一層增補者，才列入考量。

　　大抵明人論詩重比興，因此針對宋人說杜詩之「敘事」手法提出
辨體質疑，明楊慎《升庵詩話》卷四云：

　　直陳時事，類於訕訐，乃其下乘，而宋人拾以為己寶，又
　　撰出詩史二字以誤後人。

都與宋祁、李朴相同。見《中國古典文學評論集》頁130，香港三聯
書局1987年版。
〔註7〕亦見前文所引。陳長方云：「老杜作詩，筆力可方太史公」，黃庭堅
云：「千古是非存史筆，百年忠義寄江花。」（〈次韻伯氏寄贈蓋郎中
喜學老杜詩〉，見《豫章黃先生外集》卷十四）
〔註8〕關於明清詩家對宋人詩史說之承繼與駁責，近人楊松年〈明清《詩
論》者以杜詩為詩史說析評〉一文中稽考詳實，此不贅述。見《中
國古典文學評論集》頁166，香港三聯書局1987年版。

楊慎的說法顯然對詩歌體裁之本色有了自覺與反省，因此視杜詩中以
敘事手法直陳時事之詩爲下乘，〔註9〕在楊慎及明代許多《詩論》者
的心中，詩歌與史傳或散文的筆法最大的不同，在比興與賦的分辨
上，王世貞《藝苑卮言》卷四即云：「（楊慎）所稱皆興比耳，詩固有
賦之述情，切事爲快，不盡含蓄也。」因此杜詩中賦法紀史的文字直
類散文，不盡含蓄，爲詩之下乘。這個觀點也大量出現在王夫之論詩
的文字中，如其《古詩評選》云：

> 詩有敘事敘語者，較史尤不易。史才固以隱括生色，而從實
> 著筆自易。詩則即事生情、即語繪狀，用史法，則相感不在
> 永言和聲之中，詩道廢矣。此〈上山采蘼蕪〉一詩之所以妙
> 奪天工也。杜子美放之作〈石壕吏〉，亦將酷肖，而每於刻
> 畫處，猶以逼寫見眞，終覺於史有餘，於詩不足。〔註10〕

王夫之此說對於「詩史」中之賦法特質提出質疑，顯然也是回到詩歌
體製上加以考量。楊、王一類的看法適足以修正宋人對詩史觀的過度
偏執，因此陳沆在《詩比興箋》卷三指出：「世推杜陵詩史，只知其
顯陳明事耳；……今箋其古詩寄託者若干篇。」可見比興手法亦能寓
寫史事。此外，清人對以史入詩的表現內容也有進一步的增補。錢牧
齋《有學集》卷十八〈胡致果詩序〉中提出了歷史興亡感歎說：

> 春秋未作以前之時，皆國史也；人知夫子之刪詩，不知其
> 定史，人知夫子之作春秋，不知其爲續詩。……曹之贈白

〔註 9〕彭毅〈關於詩史〉一文曾提及楊慎此說犯了三點錯誤：1. 楊氏明白
文學有獨立領域，不能和經史相混，但反對杜甫爲「詩史」有失公
允。2. 詩史非宋人「選」出，唐人已如此稱呼杜甫。3. 楊氏只把「直
陳時事」一類才認爲「詩史」。此文收於《古典文學研究叢刊——詩
歌之部二》巨流 1977 年版。彭先生此論未能直接反省「詩史」一詞
之內涵，龔鵬程《詩史觀念的發展》一文中有更具體而確切的看法，
龔先生指出：「詩史在性質上固然不能屬諸敘述文類，但在表達手法
方面，則確實是以類似作文的敘述手法爲主。……比較接近賦（「賦
比興」之「賦」）。」這個論點正是楊慎批駁宋人「詩史」說的重心。

〔註10〕此見王夫之《古詩選評》卷四評古詩上山采蘼蕪條。《明詩評選》卷
五評徐渭詩也提出「風雅罪魁」的看法。

馬，阮之詠懷，劉之扶風、張之七哀，千古之興亡升降、
感歎悲憤者，皆於詩發之。馴至於少陵，而詩中之史大備，
天下稱之曰詩史。

黃宗羲《南雷文定前集》卷一〈萬履安先生詩序〉提出了以詩補史
說：

> 今之稱杜詩者，以為詩史，亦信然矣。然注杜甫者但見其
> 以史證詩，未聞以詩補史之闕。雖曰詩史，史固無籍乎詩
> 也。逮乎流極之運，東觀蘭臺，但記事功，而天地之所以
> 不毀，名教之所以僅存者，多在亡國之人物，血心流注，
> 朝露同晞，史於是而亡矣。猶幸野制遙傳，苦語難銷，此
> 耿耿者，明滅於爛紙昏墨之餘，九原可作，地起泥香，庸
> 鉅知史亡而後詩作乎？是故景炎興，宋史且不為之立本
> 紀，非指南集杜，何由知閩廣之興廢？非水雲之詩，何知
> 亡國之慘？非白石晞髮，何由知竺國之雙經？陳宜中之契
> 洞，心史亮其苦心；黃東發之野死，寶幢志其處所，可不
> 謂之詩史乎？元之亡也，渡海乞援之事，見於九靈之詩；
> 而鐵崖之樂府、鶴年席帽之痛哭，猶然金版之出地也。皆
> 非史之所能盡也。

這兩種觀點使詩史之表現內容，擴及歷史興亡的情感表達及亡國人物
紀存名教、遙傳野制的佚史內涵。

　　綜上所述，我們可以表現手法及表現內容來歸納詩史一詞的意蘊
如下：

1. 就表現手法而言，杜詩直陳史事多用賦法，但以比興寓史者
   仍不少，宋人以「詩史」為賦法，是以文為詩直敘時事的表
   現方式，明楊慎、清王夫之、陳沆等人分別導正此說，還詩
   歌本來面目，近人馮至進一步論證詩史之抒情成分多於敘事
   成分，[註11] 足見詩史一詞不當以表現手法界其義，如果必

[註11] 馮至〈詩史淺論〉一文指出杜甫「多紀當時事」的長篇古體具濃厚
　　　 抒情成分，少漢樂府、古詩、白居易新樂府之敘事。見《杜甫研究
　　　 論文集》三輯，頁 67。北京中華書局 1963 年版。

以表現手法言，則龔鵬程所謂「它體現了我國抒情與敘事互相穿透的文化特徵」〔註12〕一詞可爲最好寫照。

2. 就表現內容而言，宋人提出詩以紀史，詩以證史說，清人提出詩以補史，詩以發展歷史興亡意識，表現歷史精神說，歷朝詩家共同都有春秋筆法、歷史筆法的意指，因此我們可以確定詩史之內涵是：以詩紀史、諷史、詠史、論史，具有時代關懷，社會憂思，歷史批判的特質，又有時代社會面貌的留存。綜言之，即詩歌之有歷史精神者，可譽爲「詩史」。

第二節　元代大量的諷時紀事詩

從上節的討論中，我們可以得到詩史諸內涵，一、爲備陳時事二、爲批判時事（春秋筆法）三、爲裨補時事（以詩補史）。備陳時事包括時代社會的各種現象與事件；批判時事表達了興亡感慨，成敗毀譽的史論；裨補時事包括了亡國人物之紀存，名教典型的保留，野制佚史的記錄。以上純以內容觀之，至若手法則或比興或直賦，不一而足。

元代歷史紛紜，以區域觀之，囊大江南北，歐亞大陸；以種族觀之，雜蒙古、色目、漢人、南人；以時間觀之，至元年年始定國號，然至元元年之前，太宗端平滅金已稱帝中土，至元十五年才一統中國，其間征戰的傷害、民族的衝突、民生的疾苦、異朝的興亡、名教的存廢、朝臣的傾軋等等，大小事端，無法勝數，《元史》或者只能粗留梗概，元詩卻細膩保存了各種事件的深微面貌，有些詩中直指干支、紀年月、敘時序、論得失，簡直是有韻的史書，以下我們依前述三類內容，分述如後。

〔註12〕見龔氏《詩史觀念的發展》一文。然而龔氏另一篇〈史詩與詩史〉文中卻又認爲：「詩史，乃是以敘事的藝術手法記錄事件，而又能透顯歷史的意義和批判的一種尊稱」，這個說法顯然又與前說矛盾。見《中外文學》十二卷二期。

一、備陳時事，以詩紀史

　　元詩中有豐富的元代歷史，也紀存了大量的時代面貌及社會問題。關於歷史者，以金元之役爲端，這一類作品保留在金元之際的詩人如元好問、李俊民、耶律楚材、郝經、劉因、楊奐等人的集子中較多，因爲這些人歷金元興亡之間的大事，耳目親聞，感觸深慟。

　　十二世紀末，蒙古族鐵騎南下，金兵節節潰敗，中都失陷，天興三年正月，蒙古和南宋聯軍攻下金朝最後一個據點 —— 蔡州，哀宗自縊，金朝正式宣告滅亡。詩人元好問以英年歷經這段亡國滅種的歷史，寫下斑斑血淚。其南渡前後的詩篇，〈陽興寨〉〈石嶺關書所見〉〈避兵陽曲北山之羊谷題石龕〉〈梁園春五首〉〈過晉陽書事〉〈虞版行〉〈箕山〉〈元魯縣琴台〉〈女幾山避兵送李長源〉〈三鄉雜詩〉〈八月并州雁〉〈永寧南原秋望〉〈并州少年行〉等等，充滿著歷史痕跡，也表達著對社會現實的強烈關懷。〈八月并州雁〉詩云：

> 八月并州雁，清汾照族群。
> 一聲驚晚笛，數點入秋雲。
> 滅沒樓中見，哀勞枕畔間。
> 南來還北去，無計得隨君。〔註13〕

這首詩是元好問南避元兵的序曲，此際自己避禍三鄉，面對南來北還的雁群，無計隨還舊京。這年是興定二年八月，蒙軍攻河東，下代州，至隰州，元好問於是年九月移家登封，故鄉一片烽煙，豺虎滿路，一年後他又想移居莘州，想像莘州應是樂土，〈寄趙宜之〉詩云：

> 大城滿豺虎，小城空雀鼠，可憐河朔州，人掘草根官煮弩。
> 北人南來向何處？共說莘州今樂土。莘川三月春事忙，布
> 穀效耕鳩喚雨。舊聞抱犢山，摩雲出蒼棱，長林絕壑人跡
> 所不到，可以避世如五陵。煮橡當果谷，煎兀甘飴餳。此
> 物足以度荒歲，況有麋鹿可射魚可罾。自我來嵩前，旱干
> 歲相仍。耕田食不込，又復違親朋。三年西去心，籠禽念
> 飛騰。一瓶一缽百無累，恨我不如雲水僧。崧山幾來層？

〔註13〕《元遺山集》卷七〈八月并州雁〉，自注三鄉時作。

不畏登不得，但畏不得登。洛陽一昔秋風起，羨煞吳中張
季鷹。

登封這一年，滿城豺虎，無可炊饌，河朔一帶，飢煮官弩，元好問不
只敘寫歷史，也描繪人民生活的苦況。興定五年，元好問三十二歲，
他南渡已歷六年，〈家山歸夢圖〉詩云：

別卻并州已六年，眼中歸路直于弦，
春晴門巷桑榆綠，猶記騎驢掠社錢。
繫舟南北暮雲平，落日潭河一線明，
萬里秋風吹布袖，清暉亭上倚新晴。
游騎北來塵滿城，月明空照漢家營，
卷中正有家山在，一片傷心畫不成。

這三首絕句中，敘寫了時間、事件的地點，也描述當時胡騎掠錢的傷
心之景，正大八年，鳳翔失陷，汴京瀕危，元好問內心憂急，寫下〈歧
陽三首〉，之二云：「百二關河草不橫，十年戎馬暗秦京」其中也敘寫
了時間與歷史。天興元年蒙古圍汴京，元好問困圍城二年，天興三年
四月，蒙軍終於大破汴京，殺皇族，徙宗室嬪紀，元好問也爲金室覆
亡寫下歷史終曲，〈甲午除夜〉云：「甲子兩週今日盡，空將衰淚洒吳
天！」金元一段歷史，在元好問筆下歷歷如史編，我們可依年代事件
先後串連。然而元好問的描述重在俯瞰，敘其大端，郝經的描寫則依
事件，深入摹刻，如〈青城行〉云：

壞山壓城殺氣黑，一夜京城忽流血。弓刀合沓滿抵庭，妃
主喧呼總狼籍。驅出宮門不敢哭，血淚滿面無人色。戴樓
門外是青城，匍匐赴死誰敢停。百年涵育盡塗地，死霧不
散昏清冥。英府親賢端可憐，白首隨例亦就刑。最苦愛王
家兩族，二十餘年不曾出。朝朝點數到堂前，每向官司求
米肉。男哥女妹自夫婦，覷面相看冤更酷。一旦開門見天
日，推入行間便誅戮。當時築城爲郊祀，卻與皇家作東市！
天興初年靖康末，國破家亡酷相似。君取他人既如此，今
朝亦是尋常事。君不見二百萬家族盡赤，八十里城皆瓦礫。
白骨更比青城多，遺民獨向王孫泣。禍本骨肉相殘賊，大

臣蔽君尤薤塞。至今行人不歎承天門，行人但嗟豪利宅。

城荒國滅猶有仞牆，牆頭密匝生鐵棘。

此詩敘述蒙古亡金時，金室皇族被徙北上的凄慘狀態，刻畫入微，時間、地點也明竹如史，降城之民化爲白骨，王孫匍匐就刑，慘不忍睹，因此陳衍《元詩紀事》以爲郝經「敘金亡事最詳」。〔註14〕

李俊民爲金朝遺老，南遷後隱於嵩山，雖歷兵亂，但以性好山澤，所記簡淡，但仍可看出金元間一段歷史。其〈亂後寄兄〉詩云：

萬井中原半犬羊，縱橫大劍與長槍。晝烽夜火豈虛日，左
觸右蠻皆戰場。丁鶴未歸遼已冢，杜鵑猶在蜀堪王。此生
不識連昌樂，目送孤鴻空斷腸。〔註15〕

此詩中寫出中原離亂，烽火無虛日的狀況，脣齒不保，國家滅亡，即令恬淡自隱如鶴鳴李公也不禁灑淚憂國，吟風傷今。元好問、郝經的史筆重在賦法鋪敘，李俊民則比興抒感，各成就不同的詩史風格。

另一段烽煙四起的歷史是宋元之間諸役，詩人筆下，也有各種不同的描繪，方回〈路傍草〉藉野草諷寫云：

野火遼荒原，霜雪日皛皛。牛羊無可漁，眾綠就枯槁。

天地心不泯，根芽蟄深杳。春風一披拂，顏色還媚好。

如何被兵地，黎庶不自保。高門先破碎，大屋例傾倒。

間或遇茅舍，呻吟遺稚老。常恐馬蹄響，無罪被擒討。

逃奔深谷中，又懼虎狼咬。一朝稍甦息，追胥復紛擾。

微言告者誰，勸我宿須早。人生值艱難，不如路傍草。

〔註16〕此詩寫出元兵蹂躪後黎民百姓身家不保的紛擾亂世，賦法與比喻交織敘寫，感歎亂世生年之艱難直不如路傍野草。郝經時在眞州牢中，目睹伯顏率軍南下，南宋覆亡的干戈，也寫了〈冬至後在儀眞館賦詩以贈三伴使〉〈白溝行〉〈緯亢行〉〈化城行〉〈趙州石橋〉〈江梅

〔註14〕見陳衍輯《元詩紀事》卷四：「《元詩選》：陵州集詩敘金元事最詳」，
　　　然筆者查《元詩選》並無此語，恐版本歧出，著錄不一，暫以陳氏
　　　爲論。

〔註15〕李俊民二詩見《元詩選》初集之甲集頁110、112。

〔註16〕見《元詩選》初集之甲集頁194。

行〉等等以抒慨紀事。〈冬至後在儀眞館賦詩以贈三伴使〉云：

> 突兀天壤間，洞視及八軌。區宇入割裂，疆場更彼此。
> 闌怒尋干戈，禍亂無期巳。孰能著手援，下石往往是。
> 予方閉關居，不忍安坐視。復有弓旄招，飄然爲時起。
> 仁義一萬言，麻鞋見天子。天道本好生，天顏亦爲喜。
> 乃曰哀吾民，去殺兵當弭。今日踐阼初，急務惟爾耳。
> ……

此詩長五十韻，夾敘夾議，寫出宋室瀕亡，元兵南下的危急存亡景況，郝經自比杜甫麻鞋見天子，以去殺勸止元兵，南土生民終能免於踐踏。〈化城行〉云：

> 東郊野馬如馬驚，依稀隱約還成城。……人間城郭幾廢興，
> 一抔聚散皆化城。君不見始皇萬里防胡城，人土並築頑如
> 冰。屈丐按劍將土蒸，堅能礪刀草不生。神愁鬼哭枯血腥，
> 殺人盈城著死爭。只在與地平，平地深谷爲丘陵。江南擅
> 守鐵瓮城，城外有田不敢耕。西北廣莫無一城，控弦百萬
> 長橫行。身爲心城屋身城，一朝破壞俱化升。佇立感化參
> 玄冥，乾坤翻覆一化城。

此詩從化城之歷史寫來，對人間城郭廢興，不勝感慨。〈江梅行〉云：

> ……爲言儀眞梅最多，苔花古深煙蘿，一年十月至二月，
> 紅紅白白盈江沱。自從天馬飲江水，草根醬盡梅無柯。揚
> 子人家楚三户，今年幸有燒殘樹，忽聞星使議和來，書貯
> 筥籠待供具。從今江梅好顏色，爛醉長吟嚼佳句。〔註17〕

此詩藉梅諷詠，書寫烽火之下民不聊生，醬盡梅根的慘狀。郝經雖爲元朝信國史，但不以護元爲論，直陳時事，對《元史》的認識保留了精微的一面，對宋元議和也有更好的詮解，筆下的江梅與百姓同體，是仁者襟懷關注的重心。劉因對宋元一段歷史也有含蓄的記錄，〈白雁行〉云：

> 北風初起易水寒，北風再起吹江干。
> 北風三吹白雁來，寒氣直薄朱崖山。
> 乾坤噫氣三百年，一風掃地無留殘。

〔註17〕見《元詩選》初集之乙集頁 391、405、414。

萬里江湖想瀟灑，佇看春水雁還來。

《元詩紀事》卷五錄有此詩，並加箋注云：「西湖志餘：先是臨安有謠云：『江南若破，白雁來過。』蓋伯顏之讖也。劉靜修白雁云云蓋寓言也。」可見劉因此詩未記干戈淒苦，翻以白雁寓言，以記存伯顏讖謠的用意，又是詩史的另一種情態。此外汪元量的〈湖州歌〉、〈北兵入城〉等敘寫更爲精詳，近人程樹德已有〈宋元間一段詩史〉專文考述比附時事〔註18〕詩史筆法或正寫或側寫，或直敘或諷喻，各以記存時事爲主，可見一斑。

　　除了金元與宋元間詩歌歷史外，《元史》上某些重大事件，也不少見存於詩歌中，如王惲〈東征詩〉寫李壇事件云：

東藩擅良隅，地曠物滿盈。漫川計畜歌，蕩海驅群鯨。
盛極理必衰，彼狡何所懲。養虺得返噬，其能逃天刑。
遠接強弩末，近誅乳臭嬰。一朝投袂起，甄裘擁矛矜。
天意蓋有在，聚而剿其萌。萑蜂有螫毒，大駕須徂征。
寅年夏五月，海甸觀其兵。憑軾望兩際，其勢非不勍。
橫空雲作陣，裹抱如長城。囂紛任使前，萬矢飛橪槍。
我師靜而俟，銜枚聽擊聲。夜半機石發，萬火隨雷轟。
少須短兵接，天地爲震驚。前徒即倒戈，潰敗如山崩。
臣牢最愾敵，奮擊不留行。卯鳥嘔都間，天日爲晝冥。
僵尸四十里，流血原野腥。長驅抵牙帳，巢穴已自傾。
彼狡不自縛，鼠竄逃餘生。太傅方窮迫，適與叛辛迎。
選鋒不信宿，逆頸縻長纓。死棄木罌河，其妻同一泓。
彼狡何所惜，重念先王貞。擇彼順祝者，其歸順吾氓。
萬落脅罔治，無畏來爾寧。王師固無敵，況復多算并。
君王自神武，豈惟廟社靈。三年哂東山，殱戎營柳清。
都人望翠華，洗兵雨何零。長歌入漢關，喜氣鬱兩京。

〔註18〕見程樹德〈宋元間一段詩史〉一文，此文據汪元量〈湖山類稿〉五卷、〈水雲集〉一卷，撮舉吟詠史事者比附而論，以見宋元一段詩史，故本文不再贅述。程氏此文收入《宋遼金元史論集》存萃學社編，崇文書店1971年版。

小臣太史屬，頌德職所承。雖非平淮雅，動蕩耳目精。

赫赫桓撥烈，仰之如日星。泚筆爲紀述，發越吾皇英。

召穆美常武，且莫誇雷霆。

李壇爲李全養子，李全叛宋降元，封爲世侯，專制山東，壇襲其爵，世祖時加封江淮大都督，然中統三年叛元歸宋，世祖命史天澤將兵攻之，城破壇手刃妻妾，自投湖中，不死被執而殺之，這件事是《元史》公案，爭訟不一，近代治《元史》者已認爲李壇基於漢族反元立場起義，[註19] 但劉因此詩則純以元室爲論，於史或有不公，但敘史的手法詳實，從李壇東藩擅地營聚寫起，夾敘夾議，一言其「盛極必衰」一言其「彼狡何所懲」，不能「遁天刑」，寫至亂起，直書年月，與杜陵詩史筆法相同。王盤有一篇〈巨源相遇話舊〉也記述此事：

中統三年春二月，變起青齊帶吳越，鯨鯢轉側海波翻，城郭橫尸野流血！我時辛苦賊中來，兵塵模糊眼不開，妻孥捐豺狼口，飛蓬飄轉無根荄。天寒日暮齊河縣，破驛荒涼絕煙爨。騎行驛馬鈍如蛙，官吏散地無處喚，與君此地忽相逢，行台郎中氣勢雄。憫我白頭遭喪亂，壯我臨難全孤忠，急呼驛吏具鞍馬，使我回路還亨通，明日相隨濟南去，出入條侯營壘中………四郊斫木桑柘盡，濼源飲馬波濤空，兇渠腰領膏野草，始見齊魯收煙烽…… [註20]

從此詩可以看出李壇起事聲勢不小，王盤也詳紀了事件發生的時間及進兵的路線、戰爭的慘況等等。

元皇室權臣中有一件阿合馬事件，也被詩人記入詩中，王惲〈義俠行〉云：

君不見悲風蕭蕭易水寒，荊軻西去不復還。狂圖祇與蝥蛛

[註19] 李壇認爲蒙古統治中原，不見得已成定局，他不甘心屈居蒙人汗權之下，一直伺機抗元，因此營聚已久，早有準備。關於這件史事黃時鑒《元朝史話》論之已詳，見北京出版社 1985 年版。孫克寬〈元初李壇事變的分析〉也有精詳的考述，《大陸雜誌》一三卷八期。

[註20] 見《元文類》所載，此詩轉引自孫克寬《蒙古漢軍及漢文化研究》一書。王磐詩集，台灣不存。

靡，至今恨骨埋秦關。又不見豫讓義所激，漆身吞炭人不
識。劘軀止酬一己恩，三剺喪衣竟何益。超今貫古無與儔，
堂堂義烈王青州。午年辰月丁丑夜，漢允策祕通神謀。春
坊代作魯兩觀，卯魄已遷曾夷猶。袖中金鎚斬馬劍，談笑
馘取姦臣頭。九重天子爲動色，萬命拔出顛崖幽。陂陀燕
血濟時雨，一洗六合妖氛收。丈夫百年等一死，死得其所
鴻毛輶。……〔註21〕

這首詩爲刺殺阿合馬的王著而寫，王惲云「超今貫古無與儔，堂堂義
烈王青州」，王青州即王著，事件發生在「午年辰月丁丑夜」，王著袖
懷「銅鎚斬馬劍」，取下漢儒忌恨的姦臣阿合馬的腦袋。這是一件親
者痛、仇者快的元室歷史，阿合馬專擅聚斂，排擠漢法，忽必烈因爲
寵信他善於理財，任其專權，皇太子金眞與安童及朝中太臣史天澤、
張謙、廉希憲、許衡等紛紛起來抗爭，然而忽必烈一意迴護，王著假
皇太子之命召來阿合馬弒殺之，痛快地除去漢臣心中的大忌，王惲因
此對王著大加頌揚，從史上刺客喻寫而來，整件事原委、時間交待得
清清楚楚，如同史紀。

除了歷史事件之外，元詩中對社會現象的反映也極多，如陸仁〈天
馬歌〉云：

至正壬午秋之日，天馬西來佛郎國。
佛郎之國逸西域，流沙彌漫七海隔。
浪波橫天馬橫涉，馬其猶龍弗顛踣。
東逾月窟對回紇，陸地不毛千里赤。
太行積雪滑如石，電激雷奔走飆歘。
四年去國抵京邑，倐看闕廷拜葡萄。
帝見還臣重怵惕，慰芳以酒賜以帛。
還臣奔馬赤犀立，金羈絡頭朱汗滴。
房星下垂光五色，內駿巍巍橫虎脊。
崇尺者六修丈一，墨色如雲蹄兩白。

〔註21〕見《元詩選》初集，乙集頁464。王惲此詩原名〈劍歌行〉更名後并
序說明始末。

天間麒麟俱駿骨，天馬來時皆辟易。
驍駿屈乘未足惜，大宛渥洼斯與敵。
穆王八駿思游歷，漢武窮兵不多得。
天馬自來征有德，史臣圖頌永無勒。〔註22〕

此詩是元代中西關係的記錄。十三世紀中，元代與歐洲水陸大通，當時曾有歐洲使團來訪，詩中的「佛郎國」即歐洲國家，他們向元廷進貢天馬，元順帝賜酒帛慰勞，還親自騎上天馬讓史臣圖畫作詩頌讚，這是元代與歐洲外交的寫實。朱德潤一首〈外宅婦〉則描寫元代僧人娶妻的劣俗云：

外宅婦，十人見者九人慕；
綠鬢輕盈珠翠妝，金釵紅裳肌體素。
貧人偷眼不敢看，何是誰家好宅眷？
聘來不識拜姑嫜，逐日綺筵歌宛轉。
人云本是小家兒，前年嫁作僧人婆。
僧人田多差役少，十年積蓄多財資。
寺旁買地作外宅，別有旁門通巷陌。
朱樓四面管絃聲，黃金剩買嬌姝色。
鄰人借問小家主，緣何嫁女爲僧婦？
小家主云聽我語，老子平生有三女。
一女嫁與張家郎，自從嫁去減容光，
產業既微差役重，官差日夕守空床。
一女嫁與縣小吏，小吏得錢供日費，
上司前日有公差，事力卑微無所恃。
小女嫁僧今兩秋，金珠翠玉堆滿頭，
又有肥鱢充口腹，我家破屋改作樓。
外宅婦，莫嗔妒，廉官兒女冬衣布！（《元詩選》初集《存復
齋集》）

元代的僧侶享有免賦的權利，又受到崇佛的諸多優遇，因此許多住持和耆舊僧人往往把寺院的金銀財物掩爲己有蓋造住宅，開設店舖，飲

〔註22〕陸仁集子今亦未見，此詩轉引自黃時鑒《元朝史話》頁194。

酒茹葷，嬖妻納妾，朱德潤筆下這位綠髮珠翠妝的女眷就是僧人妻，與嫁為民婦的大姐比起來，民婦產業微差役重，日子過得苦，與嫁為吏婦的二姐比起來，吏婦得錢得供日，事力單微無所恃，而僧婦則金銀翠玉堆滿頭，充肥羶，住高樓，簡直是元代異常社會的鮮活寫照。迺賢的〈新鄉媼〉也充滿現實社會的控訴：

> 蓬頭赤腳新鄉媼，青裙百結村中老，
> 日間炊黍餉夫耕，夜紡綿花到天曉。
> 棉花織布供軍錢，借人輾穀輸公田，
> 縣里公人要供給，布衫剝去遭苔鞭。
> 兩兒不歸又三月，只愁凍餓衣裳裂，
> 大兒運木起官府，小兒擔土填河決。
> 茅簷雨雪燈半昏，豪家索債頻敲門，
> 囊中要錢甕無粟，眼前只有扶床孫。
> 明朝領孫入城賣，可憐索價旁人怪，
> 骨肉分離豈足論，且圖償卻門前債。
> 數來三日當大年，阿婆墳上無紙錢，
> 涼漿澆溼墳前草，低頭痛哭聲達天！

元代賦稅層層剝削，賦稅之苦常是詩人筆下的題材，此詩寫新鄉棉紡織工業生活的民戶。元代加征夏稅，木棉和棉布都在課徵之列，重稅之下，夫耕女織仍不敷供，借貸之後，利上加利，窮愁凍餓與豪家索債之苦催逼下，只好賣孫還債。這類民生疾苦的詩作在元代頗多，如范梈的〈寒食後百丈山夜坐〉、〈閩州歌〉、揭傒斯的〈高郵城〉〈楊柳青謠〉、〈秋雁〉及薩都剌的〈鬻女謠〉、〈早發黃河即事〉王冕的〈江南婦〉等等。此外，科舉不公，仕宦無望，也是元代詩人常見的牢騷，朱思本〈觀獵詩〉云：

> 良家子弟盡驕悍，彎弓大叫隨跳梁，
> 停鞭借問誰氏子，虎符世世縮銀章。
> 或在鷹房久夕籍，或屬愛馬從藩王，
> 生來一字都不識，割鮮豪飲須眉張。
> 夜歸酣笑詑妻妾，鞍馬累垂縣兩狼，

> 古今治亂殊未省，豈有謀策輸忠良。
> 一朝親故相拔荐，起家執戟齊駕行，
> 剖符作郡擁旄節，炙手可熱勢莫當。
> 儒生心事良獨苦，皓首窮經何所補？
> 胸中經國皆還謀，獻納何由達明主？
> 獵徒一出專城居，慎勿平原輕列徒！

前已考述元代仕進的方式有三，一爲吏進，一爲蔭補，一爲儒進，因此社會用人毫無標準，學者不用，用者未必有學，世世官銀章或通籍久的藩王隨從，做官機會大，儒生皓首窮經終無所用，可見一斑。

在種種不平等與軍政紛擾下，人民苦難竄離，詩人對時事的控訴也紛紜雜陳，張實〈富陽行〉有句云：

> 城南城北血成注，十里火雲飛火鴉，
> 將軍豪飲不追殺，掠盡野民三百家。

軍平賊盜卻不追殺，反以虜掠爲事，這也是元代社會現況之一。朱德潤〈水深圍〉云：

> 東南民力日漸窮，不願爲農願爲盜，
> 人生盜賊豈願爲，天下貪官實迫之。

這是典型官逼民反的控訴，元末東南農民受不了官吏逼迫之苦，紛紛起義，終於釀成元末的大亂，我們從元詩系列中檢拾，也已親睹有元一代歷史的種種面貌，元詩中之備陳時事，爲數豐碩，可爲詩史的發揚時期，是毫無疑義的。

二、批判時事，以詩論史

除了紀存時事外，詩史的另一重要義蘊是春秋筆法，亦即史贊史論的功能，在元詩中也有充份的例證。批判金元之際的歷史者，如元好問〈續小娘歌〉十首云：

> 吳兒沿路唱歌行，十十五五和歌聲。
> 唱得小娘相見面，不解離鄉去國情。
> 北來游騎日紛紛，斷岸長隄是陣雲。
> 萬落千村籍不得，城池留著護官軍。

山無洞穴水無船，單騎驅人動數千。
直使今年留得在，更教何處避明年。
雁雁相送過河來，人歌人哭雁聲哀。
雁到秋來卻南去，南人北渡幾時回。
竹溪梅鄔靜無塵，二月江南煙雨春。
傷心此日河平路，千里荊榛不見人。
太平婚嫁不離鄉，楚楚兒郎小小娘。
三百年來涵養出，卻將沙漠換牛羊。
飢鳥坐守章間人，青布猶存舊領巾。
六月南風一萬里，著爲白骨便成塵。
黃河千里扼兵衝，虞虢分明在眼中。
爲向淮西諸將道，不須誇說蔡州功。

此詩清顧嗣立注云：「此爲宋助攻蔡州而發」，〔註23〕天興二年蒙古圍
汴京急，哀宗幸蔡州，蒙古久攻不下，宋遣荊鄂都統孟珙以兵糧三十
萬石助蒙古，十二月蒙古合軍攻蔡州，城破，翌年，金亡，當時南宋
將領史嵩之在獲得金哀宗遺骨後，大出文告，渲染滅金戰功，元好問
對此事極爲憤慨，因爲此詩痛斥之。好問此詩以小娘不解亡國之痛開
端，歎金朝三百年來的文化涵養，如今「卻將沙漠換牛羊」，宋元之
間的結合，造成中原一片人歌人哭，離鄉去國，縱使攻蔡有功，也無
顏誇說。元好問此詩在諷刺中帶批判，訴說他對南宋助元的不滿。又
如〈癸巳四月廿九日出京〉一詩云：

塞外初捐宴賜金，當時南牧已駸駸，
只知灞上眞兒戲，誰謂神州遂陸沈，
華表鶴來應有語，銅盤人去亦何心，
興亡誰識天公意，留著青城閱古今！

此詩對金朝自海陵王正隆以來，只知以「宴賜」的辦法籠絡蒙古，不
能正視蒙古南侵的問題大表不滿，金朝的妥協退讓，文恬武戲，終使
神州陸沈，追悔莫及！

〔註23〕此外節選五首，見《元詩選》初集，甲集頁51。

　　天興二年（癸巳）有一件歷史公案，時蒙古圍汴，崔立以梁王從
恪、荊王守純及諸宗室男女五百餘人至青城獻蒙古，蒙古殺二王及諸
宗室男女，驅太后皇后等北遷，崔立自詡救城中生靈有助，諷立功德
碑，傳說元好問與其文，成爲謗議叢集的目標，此事喧騰一時，直至
耶律楚材死，其子鑄延好問撰碑仍再臻謗議，元好問倍受亡國大夫之
毀，當時已有〈秋夜〉詩自訴：「春雪謾說驚坏戶，皎日何曾入覆盆。」
郝經也有〈辨磨甘露碑〉說論此段史事云：

　　　國賊反城自爲功，萬段不足仍推崇，勒文誦德召學士，濰
　　　南先生赴一死，林希更不顧名節，兄爲起草弟親刻，省前
　　　便磨甘露碑，書丹即用宰相血，百年涵養一塗地，父老來
　　　看闇留涕，數樽黃封幾斛米，賣卻家聲都不計，盜據中國
　　　貴金源，吠堯極口無靦顏，作詩爲告曹聽翁，且莫獨罪元
　　　遺山（陵川集）

郝經此詩指出當時王若虛能顧全名節，「濰南先生赴一死」，林希則不
顧名節，兄弟親赴其事，磨甘露碑實出林氏兄弟之手，非好問所爲，
只因好問名重爲人所署，曹聽翁指曹居一，郝經斥其不當獨罪好問一
人。關於此事眞僞近人繢琨及吳天任考辨已詳，〔註24〕此不贅論，然
郝經以詩爲論，辨歷史事件之虛實的作法，誠詩史的作風。
　　對蒙古滅金，李俊民〈和王季文襄陽變後二首〉也有議論：

　　　逐鹿中原未識眞，指蹤元自有謀臣，虞全不念唇亡國，楚
　　　恐難當舌在人。
　　　拔劍挽回牛斗氣，舉鞭麾起漢江塵，相逢空灑英雄淚，誰
　　　是荊州一角麟！
　　　天命須分僞與眞，衛蜂戰蟻盡君臣，蛟龍不是池中物，燕
　　　雀休嗤壟上人。
　　　衣不能勝嵇紹血，扇無可奈庾公塵。自從絕筆春秋後，誰
　　　復傷時爲泣麟？

〔註24〕見繢琨《元遺山研究》清明印刷行 1974 年版，吳天任〈元遺山撰崔
　　　　立碑疑案〉，收於《元好問研究文集》山西人民出版社 1987 年版。

李俊民在金亡後不仕元朝，隱于嵩山，然仍受世祖在藩邸時的延訪，世祖常曰：「朕求賢三十年，惟得竇漢卿及李俊民二人。」〔註25〕此詩寫出俊民對天下局勢自有天命的看法，然而，李俊民也指出「逐鹿中原未識眞，指蹤元自有謀臣」，金之覆亡實有賣金求榮者，俊民自歎「衣不能勝稽紹血」，但是他傷心金亡的心是可比孔子獲麟絕筆的，這段歷史議論寫得含蓄隱微，頗有春秋一字一褒貶的意味。

　　宋亡的歷史也是詩人筆下議論最多的題材，劉因的〈白溝〉〈渡白溝〉都是針對此事而發，〈白溝〉云：

　　　　寶符藏山自可攻，兒孫是誰出群雄？
　　　　幽燕不照中天月，豐沛空歌海內風。
　　　　趙普元無四方志，澶淵堪笑百年功。
　　　　白溝移向江淮去，止罪宣和恐未公。

劉因以儒志修身，不事異朝，至元十九年徵拜右贊善大夫，以母疾請辭，廿八年召爲集賢學士，故辭不起，終老山林。此詩以宋室南移爲論，認爲宋太祖曾積藏寶符，自可謀取幽燕，可惜兒孫無人群雄，只知空歌海內。趙普爲宋太祖、宋太宗。兩朝宰相，無恢復疆土之志，澶淵一戰雖勝遼軍，但當時只知求和貢金，維時百年安寧，白溝爲宋遼河界，界河南移，無法只怪罪徽宗，先朝失策，實不能旁貸其責。郝經亦有〈入燕行〉、〈白溝行〉論此事譏諷至深，對宋亡之因推溯至遠。宋遼之間史事其實去宋元尙遠宋元之役的議論才是詩人詩史精神之淬聚。郝經有〈緯亢行〉云：

　　　　歲臨鶉火斗插子，稀陽欲復老陰死。朱靈南極元龜首，望
　　　　舒北至明堂裡。乾坤翻覆變已窮，氣數朝元將有啓。……
　　　　誰知總向亢上聚，同舍參差不同度。歲鎭熒惑共光明，金
　　　　水煌煌俱不怒。東西絡繹似連珠，色正芒寒共昭布。往年
　　　　常星掃金源，前年字入紫微垣。攙槍妖客不時出，天狗枉
　　　　矢還驚傳。今朝太平有此象，不久再見成康年。……後來
　　　　丁卯煥文章，二百餘年方季世。曾逢丙五當百六，今日重

> 逢又重六。五星忽來會辰前，不知誰禍誰為福？綱紀梁棟
> 兩攝提，招搖玄弋動光輝，馬祖直欲飲亢池。星翁曆史休
> 相欺，正是君臣會合時。

此詩以寫於丙午之後，〔註26〕丙午年冬五星會於亢，郝經以星象斷宋亡元將有天下，「氣數朝元將有啓」，五星來會正是君臣遇合時，郝經為元國信使，為元齎書入宋，對於宋元之間心中自然以元朝的立場來論。其〈居庸行〉也一再提到南宋「舉國南渡尤倉皇」，「但留一旅時往來，不過數歲終滅亡。」〈長星行〉亦云：「五年江館戴片天，變古紛紜翻覆手，……天傾地裂由積釁，敗國亡家皆自取，吾聞有道必得壽，長星勸汝一杯酒。」郝經屢以星象為論，暗示天命與元，其〈長星行〉更明白指出五年江館之後所見，南宋「無道」，「敗國亡家皆自取」也。郝經的議論並未直指亡宋的人是誰，劉因、宋無等詩人則進一步有指責亡宋者在王安石、蔡京、童貫、賈似道等。宋無〈王介甫〉云：

> 投老歸耕白下田，青苗猶未罷民錢，
> 半山春色多桃李，無奈花飛怨杜鵑。

劉因〈書事三首〉之一云：

> 當年一線魏瓠穿，直到橫流破國年，
> 草滿金陵誰種下，天津橋上聽啼鵑。

此二詩楊升庵《詩畫補遺》曾云：「二詩言宋祚之亡由於安石，而含蓄不露，可謂詩史矣。」〔註27〕楊慎直接推許二人含蓄不露的諷刺筆法，可謂詩史，我們姑不論罪魁鵠的是否得當，光以史官論得失之隱微也不過如此來看，元詩對詩史精神之發揚可謂至矣！

　　南宋亡國之禍首推至王安石，似乎是件奇怪的事，但元代詩人多發此論，方回〈半山〉詩云：

> 力引豺狼噬九州，獯郎於世果何仇？

〔註26〕見《陵川集》附注云：「丙午冬十有一月，越十有五日辛未，五星會於亢。」

〔註27〕見《元詩紀事》卷五，引楊升庵語於劉因〈書事三首〉下。

青苗法令初爲祟，玉斧封疆半已休。

紹聖南行多不返，靖康北狩欲誰尤？

兒時曾讀前朝史，幾夜寒燈見淚流！

詩中也是斥責王安石變法，認爲它給國家造成了極大的危害，「獾郎」是用《邵氏聞見後錄》卷三十，王安石出生時有獾入室的典故，紹聖四年變法派追貶司馬光等人，流放嶺南後，已啓靖康北狩，這種說法比前舉劉因〈白溝〉郝經〈白溝行〉等的議論，罪責更遠及王安石時代，這個結論未必爲後代史學家所接受，但元代詩人以詩論史的情形可見一斑。

　　也有一些人看法歸罪蔡京等人，南北宋之交的張九成在《橫蒲集》卷十六〈盡言集序〉指出靖康前有五人得王安石眞傳，一是呂惠卿、二是蔡卞、三是章淳、四是蔡京、五是王黼。宋元的知識分子明顯接受到這種影響，﹝註28﹞因此汪元量〈花石岡〉云：

假山雖假總非眞，未必中間可隱身，若使此山身可隱，上皇不作遠行人。(《增訂湖山類稿》卷四)

尹廷高〈靖康北狩〉云：

舟楫江南方運石，兵車漢北又通金。

喚回艮岳游仙夢，五國城中夜雪深。(《玉井樵唱》卷上)

汪、尹二人皆爲南宋遺民，對上皇遠行，舟楫南下等事，他們都直斥是蔡京一伙人驕奢遙逸，腐朽昏庸所致。這種將南宋的覆亡與北宋的荒佚聯系起來的詩歌精神，正是詩史的表現。當然也有將這段罪過歸於賈似道的，如陳普〈壬辰日蝕〉云：

憶昔度宗皇帝時，十年十三日蝕之。

似道贔屭湖海曲，天子宮庭耽樂嬉。

滿朝翕翕皆婦人，禍來照鏡方畫眉。

北軍順流日食既，兩國正爾爭雄雌。

興亡豈必皆有數，百年以來士氣衰。

﹝註28﹞見張宏生《感情的多元選擇》一書頁 47，對此有精詳推論，北京現代出版社 1990 年版。

　　文臣稗肉不識馬，武士驚魄怕見旗。

陳普借日蝕之由，斥責賈似道玩歲嬉樂，緩急倒施，權臣弄國，皇帝
荒淫，上下渙散，致使百年以來漫無鬥志，終至亡國。賈似道當權誤
國已是歷史定評，宋亡後遺民深自檢討也都公認賈氏禍國，除陳普
外，汪元量〈越州歌二十首〉云：「師相平章誤我朝，千秋萬古恨難
消。」（《增定湖山類稿》卷二）也是痛陳此憾。汪元量另有〈醉歌〉
一首，指責歷歷，詩云：

　　援兵不遣事堪哀，食肉權臣大不才。

　　見說襄樊投拜了，千軍萬馬過江來。

方回〈木綿怨〉諷刺尤深：

　　湖山一笑乾坤破，欺孤弱寡成遷播。

　　不念六官將北行，太師雙擁嬋娟臥。

汪元量詩中歷寫賈氏玩樂，不增兵援，輕易投降，方回側寫太師擁嬋
娟到漳南，天兵已至，漳南仍爭看並藥芙蓉美女，二人詩中諷詠深微，
讀來無不令人義憤填膺，無限悲憤。文天祥是眾多議論中最深入討論
並批判宋元之間一段歷史的人，其〈集杜詩〉兩百首，前四十四首題
為〈社稷〉、〈理宗・度宗〉、〈誤國權臣〉、〈瀘州大將〉、〈襄陽〉、〈荊
湖諸戍〉、〈黃州〉、〈陽邏堡〉、〈京湖宣閫〉、〈渡江〉、〈鄂州〉、〈江州〉、
〈安慶府〉、〈魯港之遁〉、〈建康府〉、〈相陳宜中〉、〈臣張世杰〉、〈鎮
江之戰〉、〈將相棄國〉、〈京城〉二首、〈陵寢〉二首、〈江陵〉、〈淮西
師〉、〈揚州〉、〈京湖・兩淮〉、〈景炎擁立〉、〈福安府〉、〈幸海道〉、〈景
炎賓天〉、〈祥興登極〉、〈祥興〉七首、〈陳宜中〉、〈張世杰〉二首、〈蘇
劉義〉、〈曾淵子〉等，近人張宏生說，這簡直就是一部宋朝亡國史。
〔註29〕其實文天祥在〈集杜詩序〉中已云：「余坐幽燕獄中無所為，
誦杜詩，稍習諸所感興，因其五言，集為絕句……昔人評杜詩為詩史，
蓋其以詠歌之辭，寓紀載之實，而抑揚褒貶之意，燦然於其中，雖謂
之史可也。予所集杜詩，自余顛沛以來，世變人事概見於此矣！是非

―――――――――――

〔註29〕同註16，頁61。

有意於為詩者也，後之良史尚庶幾有考焉……。」可見〈集杜詩〉兩百首之作非為詩，乃為史，「後之良史尚庶幾有考焉」正是文天祥的用心，也是詩史的創作態度。而集杜詩中關於史的議論部份全在序文中，如〈社稷〉第一云：

> 三百年宗廟社稷，為賈似道一人所破壞，哀哉！
> 南極連銅柱，皇皇太宗業，
> 始謀誰其間，風雨秋一葉。

〈揚州〉第二十六云：

> 李庭芝在揚州十餘年，畏怯無遠謀，惟閉門自守，無救於國。及景炎登極，以為首相，乃引兵輕出，渡海南歸，朱煥尋以城獻虜，哀哉！
> 城峻隨天壁，胡來但自守，
> 士卒終倒戈，仰望嗟嘆久。

前一詩感慨宋三百年基業毀於賈似道一人，後一詩感歎李庭芝懦夫當將，畏怯無謀，引兵輕出獻降，這些史論都見於序文中，所集詩句含蓄隱微，這又是新一種型態的詩史作法，近人陳貴麟考文天祥集杜詩時指出，文天祥已看出杜甫「以詩證史」的獨特風格，但文天祥除了「以詩證史」外，更想要「以詩補史」，在抒情和敘事的兩難矛盾中終於找到一條解決的途徑，那就是敘事的部份交給序文，由此又開展了「詩史」的新風格。〔註30〕事實上，文天祥所作不僅「證史」「補史」，實際上也「論史」，這正是本章論題的綜合。

關於「詩史」的論史作法，本節詳考了宋元一般歷史的各種寫法與說法，共因其材料特豐，可為詩史代表議題，其實論史的作法元人表現仍多，不只宋元一段歷史而已。如張養浩對元代南坡之變便有二詩論及，〈贈李秘監至治間畫御容〉云：

> 封章曾拜殿堂間，凜凜丰儀肅九州，
> 回首橋山淚成血，逢君不忍問龍顏。（《歸田類稿》卷二十）

─────────────────

〔註30〕見陳貴麟〈論文天祥集杜詩的關鍵地位與作品價值〉，載於《中國學術年刊》九期。

〈拜東平王拜住丞相畫像〉云：

> 孤忠自倚了澄清，笑視群奸不足傾，
>
> 壯志未酬還中彼，披圖老淚雨如傾。（《歸田類稿》卷二十）

此二詩中對至治三年間鐵氏南坡店夜弒英宗及拜住的歷史事件而發。英宗是仁宗保守政治之後的元代英主，他對漢族文化頗爲傾心，從小生長在二程的故鄉，受過中原士大夫式的生活教育，被立爲太子期間即極力上奏，請求加強儒家正統教育，引起元皇室答已太后和權臣鐵木迭兒的不滿，多受排斥，英宗即位後匆匆罷黜及誅殺擅權大臣，任用年輕的拜住爲相，因此演發了這段歷史血案。〔註31〕張養浩此二詩以「凜凜耒儀」論英宗，以「孤忠」論拜住，一位是將大有爲的君主，一位是壯志未酬的忠臣，二詩都以「淚」字來表達無限的很憾與哀思，眞是元代儒臣對英宗新政的表態。

　　元朝歷代諸王屢興權位之爭而死於非命，我們在緒論背景一節已考述，這種紛亂的內廷大事，元代詩人也有所議論，如薩都剌〈紀事〉詩云：

> 當年鐵馬遊沙漠，萬里歸來會二龍，周氏君臣空守信，漢家兄弟不相容。
>
> 祇知奉璽傳三讓，豈料游魂隔九重。天上武皇亦灑淚，世間骨肉可相逢。

這篇作品從泰定帝，文宗至周王一路寫來，結以「世間骨肉」無法相逢的感慨，對元帝室之爭譏諷鮮明。明初瞿宗吉〈歸田詩話〉云：「薩天錫以宮詞得名，……惟紀事一首，直言時事不諱。蓋泰定帝崩於上都，文宗自江陵入據大都；而兄周王遠在沙漠，乃權攝位。而遣使迎之，下詔四方云：『謹俟大兄之至，以遂固讓之心。』及周王至，迎見於上都歡宴，一夕暴卒。復下詔云：『夫何相見之傾，宮車弗駕。』加諡明宗。文宗遂即位，皆武宗子也。故天錫末句云然。」這段話有

〔註31〕有關南坡之變的歷史詳見蕭功秦〈英宗新政與南坡之變〉一文，《元史論業》第二輯。

助我們了解此詩。同樣的題材，薩都剌還寫了〈台山懷古〉〈寄舍弟天與〉等，元人不興文字獄，[註32] 詩人有極自由的議論空間，因此詩史的表現，題材不拘朝野歷史，手法不拘顯直隱晦，含蓄者則隱諷，直斥者則辨議，情態橫生，痛快淋漓，在論史的角度裡特別能看出各種不同的表現。譬如王冕〈寓意〉二首，又是另一種以比喻為諷諭，來議論元代政治得失的寫法，詩云：

森森廊廟具，蕭艾成長松；蠢蠢川澤靈，蛭蚓為游龍。

蠻蝕雜奔競，蠅蚋紛爭喧；鳳凰巢枳棘，鴟梟集琅玕。

這兩首詩以長松喻朝廷棟樑，如今蕭艾都成長松，川澤中的蛭蚓都成游龍，小蟲爭喧，鳳凰只退到枳棘處，這樣的諷刺，明明針對時政失綱而論，卻不著一字，妙入隱微。其他如〈山中作寄城中諸友〉也是以比興諷濁世求仕者，〈蛤蟆山〉則是譏刺剝削者，都極隱微而尖刻，王冕更逆料時代歷史即將巨變，〈山中作寄城中諸友〉云：

游蟻上枯槎，歸鳥隱叢薄，

寄語遠行人，莫待風雨惡。

王冕此時已預卜暴風雨即將來臨，變亂即將發生。他甚至還進一步規箴元主，〈漫興〉詩云：

一說妖氣起，生民欲斷魂。村墟空壁壘，市井變營屯。

盡道無生計，誰為奉至尊？吾道更蕭索，事業不須論。

他把民間的起義，元末暴民的動亂視為「妖氣」，期望元帝能早作事業，計劃生計，方能被人民奉為至尊。王冕這種諷諫實為元末詩人憂虞諷論的重心。元末世亂，讀書人多站在朝廷立場，以暴民為寇賊，痛哭時亂賊起，恐將亡國，甚至也如王冕一樣，希望明諫元朝君王，早定大猷，一清天下。劉基在這方面的表現最可看出他對元朝一片孤臣孽子之心，〈過東昌有感詩〉云：

況聞太行東，水旱存為虐，饑氓與暴客，表裡相依著。賑

─────────────

[註32] 見李則芬〈明人歪曲了元代歷史〉一文，李氏指出終元之世沒興過文字獄。見《東方雜誌》復刊八卷五期。李氏另文〈《元史》之研究〉亦論及此。見《東方雜誌》復刊十五卷四期。

郵付群吏，所務爲刻削。征討乏良謀，乃反恣剽掠。往者諒難追，來者猶可作。歌詩附里謠，大猷希聖莫。

〈丙申歲十月還鄉作〉七首之一云：

五歲辭家未卜歸，歸來如客鬢成絲。親知過眼還成夢，事勢傷心不可思。且喜松楸仍舊日，莫嗟閭井異前時。修文偃武君主意，鑄甲銷戈會有期。

〈從軍詩五首送高則誠南征〉云：

牧羊必除狼，種穀當去草，凱歌奏大廷，天子長壽考。

元末社會暴民四起，我們已考述於緒論中，從這些詩中一方面可見暴民之狀，可作社會紛擾的紀實，一方面又看出劉基不斷提出建言，希望元主早定大猷，或賑卹或征討，要有良謀，希望修文偃武的君主早日興兵伐亂，除去狼犬雜草，方能牧羊種穀。錢穆先生說：「蓋伯溫之於元室，亦可謂孤臣孽子，每飯不忘者矣。」〔註33〕不只劉基，宋濂、高啓等元末之士，雖入仕於明但其追憶元季，頌念元主的心跡，又成了元明間一段詩史。

三、裨補時事，以詩補史

黃宗羲〈萬履安先生詩序〉云：

今之稱杜詩者，以爲詩史，亦信然矣。然注杜者但見其以史證詩，未聞以詩補史之闕。雖曰詩史，史固無藉乎詩也。逮乎流極之運，東觀蘭臺，但記事功，而天地之所以不毀，名教之所以僅存者，多在亡國之人物，血心流注，朝露同晞，史於是而亡矣。猶幸野制遙傳，苦語難銷，此耿耿者，明滅於爛紙昏墨之餘，九原可作，地起泥香，庸詎知史亡而後詩作乎？是故景炎祥興，宋史且不爲之立本紀，非指南集杜，何由知閩廣之興廢？非水雲之詩，何由知亡國之慘？非白石晞髮，何由知竺國之雙經？陳宜中之契闊，心史亮其苦心；黃東發之野死，寶幢志其處所，可不謂之詩

史乎？元之亡也，渡海乞援之事，見餘九靈之詩；而鐵崖
之樂府、鶴年席帽之痛哭，猶然金版之出地也。皆非史所
能盡矣。(《南雷文定前集》卷一)

黃宗羲這段文字指出詩於歷史的另一重要功能在「以詩補史之闕」，
亡國人物，名教僅存、野制遙傳等史亡而後作的詩，可以補史之闕，
因此《指南集》、《水雲村稿》、《晞髮集》、《心史》等南宋遺民之作適
足以補宋史之闕，《九靈集》、《鐵崖樂府》，等適足以補《元史》之闕。
黃宗羲此論相當可貴，誠然使「詩史」一詞之內涵增添意蘊。然而，
我以爲補史者不一定要亡國之作，當世之野佚拾零，皆可爲史，因此
這個單元我們將兼論二者之例。

　　元世詩人除抒情述志或反映民生之外，於詩史表現上屢有紀存當
世可稱頌之人物以資表彰的作法，特別是在節婦與義士，所記猶多，
可見元際詩人以詩爲傳，頌揚氣節的作法，如劉因〈翟節婦詩〉云：

兵塵浩無際，烈女難自全。婦人無九首，志欲不二天。燕
山翟氏女，既嫁夫防邊。一朝聞死事，健婦增慨然。生有
如此夫，早寡非所憐。求尸白刃中，負土家山前。事去哀
益深，義盡身可捐，無兒欲何爲？所依惟黃泉。鄉鄰救引
決，烈日丹衷懸。誰辨節孝翁，重賦睢陽賢。我昨過其鄉，
山水猶清妍。聞風髮如竹，飄蕭動疏煙。千年吟詩臺，峨
峨太寧巔。爲招馮太師，和我節婦篇。

太寧山有馮道吟詩臺，距翟婦居甫數十里。劉因此詩詳敘節婦里籍、
姓氏、懸志始末，其自序之：「予聞之，爲作是詩，俾其外孫田磐刻
之石。或百世之下，有望燕山而歌予詩者，使翟之風節，凜然如在。」
[註34] 劉因的詩序已說得很明白，這篇即婦篇一爲立其風節，一爲傳
之百世之下，詩之補史可知。郝經〈原古上元學士〉詩云：

麟死九鼎論，萬世無孔孟，文字糠秕餘，扶藉不絕聖。……
金源東北來，一洗河海淨，斯文甚濫觴，幾墜土梗橫。……
中原有奇才，詞賦方餒餒。天門黃金榜，赫耀動萬姓。君

───────────

〔註34〕見《元詩選》初集，甲集《靜修遺詩》頁159，〈翟節婦詩并序〉。

臣此爲得，父師此爲令。或者語詩文，環視驚盼瞠。孰意
元化精，不遂入昏暝。浚發自蔡黨，高步出遼敻。墨浸天
壞深，筆掃風雷勁。絲綸帝載熙，訓誥王言瑩。……清風
玉樹鳴，千古一輝映。……哀哀汴蔡亡，六合爲懸罄，此
老獨巍然，聲價駭群聽。……經也生已晚，弗及拜先正。
窮閻一束書，十載成墮甑。學問苟有歸，貧窶安足病。今
乃得溟渤，問津有龜鏡。挈我登龍門，綆我出虎窜。搖搖
風中旌，茲始見依凭。緬思先世澤，于今果無竟。嗚呼世
道喪，欲語寒淚迸。

郝經爲元翰林侍讀學士，《陵川集》中充滿對斯文典型的期許與維護，
此詩以記金源時期飽學老儒之事蹟來宣其護存儒學，弘肆六藝的用
心，同時也爲金元歷史紀存典型，垂人物芳澤。郝經〈巴陵女子行〉
寫下另一元世節婦，有古烈士未到之風節，詩云：

北來諸軍飛渡江，突騎一夜滿岳陽。樓頭火起入閭巷，曹
逃偶走如牛羊。巴陵女子尚書婦，生平不見門前路。亂兵
驅出勢倉皇，夫婿翁姑在何處？吞聲掩淚行且啼，啼痕沾
溼越羅衣。此身忍使人再辱，裂帛暗寫臨終詩。上言社稷
安危事，下說投江誓天志。一回宛轉一悲辛，心折魂飛不
成字。詩成淚盡赴江流，蛾眉蕭颯天爲愁。芙蓉零亂入秋
水，玉骨直葬青海頭。古來烈婦纔一二，誰似巴陵更文理。
名與長江萬里流，丞相魏公還不死。

郝經在此詩亦詳敘節婦殉節始末，並序其里籍，名氏，錄下節婦臨終
的衣帛詩，使韓孟希這一奇女子的志節得以傳世，也使其詩能留存於
史，[註35] 凡此紀事之作，都是以詩補史之一端。陳衍《元詩紀事》
卷三引《元詩選》云：「《陵川集》詩敘金亡事最詳，又有金源十節士
歌序：金源氏播遷以來，至於國亡，得節義之士王剛忠公等十人，……
天興諸臣，國亡無史，不能具官，故皆衹以當世所稱者，如郭蝦蟆、
仲德行院等書之，俟國史之出，當爲釐正云。十節士謂王子明移剌都、

[註35] 郝經自序「并其詩錄於左方」，今韓氏女之詩見載於《元詩選》初集，
　　　 乙集《陵川集》頁 407，〈巴陵女子行〉詩後。

郭蝦蟆、合答平章、陳和尙、馬烏古、孫道原、仲德行院、絳山奉御、
李豐亭、李伯淵也。」可見郝經的詩史功能，其他如元好問喪亂詩作，
更是金元歷史的極佳補述。元好問不僅喪亂之作可以補史，其歌頌人
物之作也可以補史，如〈賀中庸老再被恩綸〉詩云：

> 萬古千秋麗澤堂，紫泥恩詔姓名香，
> 治朝例有高年敬，神理經歸晚節昌。
> 東魯儒生傳舊學，曹南方志發幽光。
> 季春羔雁秋風酒，準擬年年薦壽觴。（《遺山先生全集》卷十）

此詩爲東平嚴實幕下的張特立而寫，張特立爲忽必烈眷顧，元好問以
詩相賀，後來《元史》卷二九有〈張特立傳〉。元好問的詩文未嘗不
是史家之據，而且元好問晚期之作有歌頌蒙古的思想，〔註36〕其〈劉
時舉節制雲南〉詩稱「漢家弦聲雷破壁，九州之外更九州」已把蒙古
稱作「漢家」，這類的看法對治《元史》者考其正統說裨益頗大。元
好問這種詩中思想的轉折，也正是《元史》儒者心態的轉折，對分析
《元史》有很大的幫助。至如《中州集》之編輯自云：「平世何曾有
稗官？亂來史筆亦燒殘，百年遺稿天留在，抱向空山掩淚看。」（《元
遺山先生全集》卷十三〈自題中州集後五首〉之五）元好問的用心在
人以詩傳，詩以人傳，詩以傳史，也是裨助時事選詩作詩的大類，與
文天祥集杜序史互見其功。

　　紀亂世之詩可補史實，寫人物之詩可立典型，也可補史傳。徐世
隆〈哭文丞相〉詩正是這個用意，詩云：

> 當今不殺文丞相，君義臣忠兩得之。義似漢王封齒日，忠
> 如蜀將斬顏時。乾坤日月華夷見，嶺海風霜草木知。只恐
> 史官編不盡，老夫和淚寫新詩。

此詩一作王磐作，〔註37〕然無文集可查，國史中又不載，權從《元詩
紀事》，作徐氏所作。徐世隆自認「只恐史官編不盡」，對文天祥的血

〔註36〕見郝樹侯著《元好問傳》頁180-184所考。山西人民出版社1990年
　　　　版。
〔註37〕見陳衍《元詩紀事》卷三，考《史鑑》與《風化錄》作王盤云云。

淚史蹟，他有刻意留存，以補史官之不足的意思。可見徐世隆已意識到詩以補史的功能。

考黃宗羲所云國史亡而詩作的補史功能必須以遺民詩為論，如前云汪元量、鄭所南、文天祥集杜等作，可以看出宋亡以後的歷史，元好問、李俊民、趙秉等人之作可以看出金亡以後的歷史，至於元末的歷史必待元末遺民補敘之，元末的歷史在王冕、丁鶴年，楊維楨、趙汸、戴良等一干元末知識份子的作品中為多，以黃宗羲所指之戴良、丁鶴年、楊維楨為例可知。楊維楨《鐵崖古樂府》卷六〈奉使歌美答理麻氏〉云：「太史筆不貶褒，我作歌詩繼春秋。」〈孔節婦〉云：「楊子作詩歌不諏，他日太史春秋書。」《鐵崖逸編》卷七〈答詹翰林同〉云：「老夫一管春秋筆，留向胸中取次栽。」都可看出楊維楨以詩議論歷史，以論繼存歷史的自我要求，檢點楊氏作品，實際上楊維楨也誠然元末之詩史矣！楊維楨論史諸作包括詠史詩，不在本章考慮範圍，其論史者也入上一個小節之範疇，此節純以其補史功能來看，楊氏之作一則可以記元末天災、兵禍、吏治及民生疾苦之實狀，[註38]如〈陳孝童〉詩詠孝子陳福割股故事，〈丁孝子〉詠丁孝子母有眼疾，孝子抱母泣而舐之，療親疾等事，〈虞丘孝子詞〉詠孝子顧亮復親仇事[註39]〈盧孤女〉詠盧女貞節，〈處女塚〉詠楊雪聘而未嫁，夫死殉節，〈翁氏姊〉〈女貞木〉詠夏氏女不受脅迫，貞烈而死，〈孔節婦〉詠貞母昔節撫立遺孤等等；[註40]此外，楊維楨記載了許多元末死難殉節之臣子，如〈聞定相死寇〉記存了聞定相為國效死的精神云：「珍重子儀誰可繼，三軍氣色倍精明。」(《鐵崖逸編》卷七)〈挽達兼善御史〉詠力戰死難的泰不華云：「報國豈知自有死，誓天不與賊同生。」(《鐵崖逸編》卷七)，〈彭義士歌〉(《鐵崖古樂府》卷六)詠亂世供

[註38] 詳見劉美華《楊維楨詩學研究》頁59-70，文史哲出版社1983年版。
[註39] 以上諸詩見《鐵崖先生古樂府》卷六〈陳孝童〉詩、《鐵崖逸編》卷二〈丁孝子〉詩、〈虞丘孝子詩〉。
[註40] 見《鐵崖古樂府》卷六〈盧孤女〉、《鐵崖逸編》卷二〈處女塚〉、〈翁氏姊〉等。

給民食，義行不望償報的彭義士等等，都是爲元末紛亂的時代留下可名垂青史的人物行誼。至於元末社會的描寫，有〈地震謠〉（《鐵崖古樂府》卷五）、〈苦雨謠〉（《鐵崖古樂府》卷五）、〈大風謠〉（《鐵崖古樂府》卷五）、〈擬戰城南〉（《鐵崖逸編》卷一）、〈毘陵行〉（《鐵崖逸編》卷二）、〈書錢唐七月二十三日事〉（《鐵崖逸編》卷七）等等有的詠天災，有的詠兵禍，連戰役時間、地點也都清楚描刻入詩，完全是元末的歷史縮影。

　　其它如丁鶴年避亂海上，隱居幽悶，前引黃宗羲〈萬履安先生詩序〉以爲其「席帽之痛哭，猶然金版之出地也。」《丁鶴年集》今四庫僅有一卷，新文豐叢書集成據琳琅密室本刊刻仍存四卷，〔註41〕其中「哀思集」一卷正是黃氏所謂席帽之痛哭。戴良序其集云：「鶴年乃泊然無意於仕進，遭時兵亂，逃隱海上，邈不與世接，凡幽憂憤悶悲哀痛苦之情，一於詩焉發之……一篇之作，一語之出，皆所以寓夫憂國愛君之心，愍亂思治之意。」〔註42〕戴良又云：「蓋其措辭命意，多出子美。」〔註43〕可見丁鶴年亦元末詩史也。譬如其〈胡節婦詩〉〈樂節婦詩〉、〈輓定海章處士〉、〈輓修竹處士〉（以上俱見《丁鶴年集》卷一）諸作，實元末人物之表彰。「哀思集」中〈輓唐都事〉云：

　　　　十年滄海上，辛苦贊戎機，帷幄籌雖在，轅門事已非，黃
　　　　金從百鍊，白璧竟全歸，生死俱無恨，千秋傾德輝。

〈脫太師〉云：

　　　　淮海重聞斧鉞臨，一時士庶盡傾心，……

〈哭陣亡仲兄烈瞻萬戶〉云：

　　　　獨騎鐵馬突重圍，斬將搴旗疾似飛，金虎分符開幕府，玉
　　　　龍橫劍衛邦畿，……

他如〈兵後還武昌二首〉、〈過安慶追悼余文貞公〉、〈題太守兄遺稿後二

〔註41〕見新文豐 1985 年版《叢書集成新編》之《丁鶴年集》，關於此集之版本，筆者將考之於台灣現存元人詩集之序錄中。

〔註42〕見琳琅本《丁鶴年集》卷首載良之〈鶴年先生詩集序〉。

〔註43〕同註29。

者〉等等，多紀元末戰役與效死之將領、太守、太師、萬戶等等，對於死事諸人痛哭哀輓，無限悲憤，心在社稷，其忠貞史筆不遜杜甫，戴良編次其集，凡此哀輓之作，都爲哀思集次於卷二，可見其補史作用。

　　戴良其《九靈山房集》中渡海乞援之作，也得黃宗羲以詩史功能許之，戴良與胡翰等十二人曾爲明太祖召會省中，更講經史，然良棄官逸去，本擬投擴廓軍，道梗不得達，終隱居變姓名，冀以山林終老，但仍爲太祖辟召，固辭忤旨而自裁於洪武十六年，其成仁取義，忠於元室的憂思見諸集中。三十卷之中如〈邁里古思公平寇詩〉、〈平饒信詩〉、〈贈趙謙齋〉、〈吳集賢新堂詩〉等等，紀忠勇、大業、孝悌、儒行等人物者不勝枚舉，亦爲元末詩史，其補元明之際正史不錄者良多。

　　綜上所述，殆以元詩中能映顯時代，彌綸史事者爲主，其詠史辨史者，不切元際當世，不在考慮之列，如吳景旭《歷代詩話》卷六十五云：「子虛作詩以正史氏之譌，如啽囈一集當與楊鐵崖詠史樂府並傳。」宋無字子虛，《啽囈集》諸作如楊維楨《鐵崖樂府》之詠史，屬詠史詩，是在本章題外，故亦不列論。

　　中國古典詩歌自詩經以來即有以詩紀史的「史官文化」，〔註44〕如詩之〈生民〉、〈公劉〉、〈綿〉等，國風之敘事諸作也具詩史性質，建安到黃初，天寶到元和都是詩史功能發揮的時期，中國詩歌這種敘事與抒情，言志與紀實的融匯，已成爲文學史上特色，〈詩大序〉云：「上以風化下，下以風刺上。」、「先王以是經夫婦，成孝敬，厚人倫，美教化，移風俗。」、「國史明乎得失之跡，傷人倫之廢，哀刑政之苛，吟詠性情，以風其上。」白居易〈與元九書〉云：「文章合爲時而著，歌詩合爲事而作」，都是此類功能的彰顯，詩之能達社會性特徵，莫不以「詩史」爲最高成就，元世屬時局憂危，民族文化巨變的時期，政廢刑失，天綱折，地軸毀，其詩史功能適足以應時而興，成爲中國詩歌史上另一社會寫實的高潮時期。

〔註44〕這個詞彙借自蕭馳《中國詩歌美學》一書，頁123。北京大學出版社1986年版。

第二章 民族氣節之彰顯

　　宋亡於元，一個來自西北大漠的異族，自古以來，「非我族類，
其心必異」，〔註1〕孔子說：「微管仲，吾其被髮左衽矣！」這不僅是
文化危機意識，也是夷夏之防的民族意識。然而宋亡於夷後，當汪元
量隱居湖山高歌「滿朝朱紫盡降臣」〔註2〕的同時，許多儒臣仍在元
廷上運籌帷幄，折衝樽俎之前；元好問號稱金朝遺老，「自少時有志
於世，雅以氣節自許，不甘落人後。」（《元遺山先生文集》南冠錄引）
但癸巳前後，反而與耶律楚材先有境外之交，後有〈癸巳寄中書耶律
楚材書〉，金亡後更與張德輝應忽必烈之召北上，共尊忽必烈為「儒
教大宗師」，〔註3〕寫下〈劉時舉節制雲南〉等許多盛頌蒙古朝廷的詩
篇；〔註4〕元亡後，戴良、楊維楨、趙汸等一干儒士不但無欣幸驅逐

〔註1〕左傳成公四年載：「史佚之志有之，曰：非我族類，其心必異。」
〔註2〕汪元量《增訂湖山類稿》卷一〈醉歌〉詩。
〔註3〕見《元史》卷一六○張德輝傳。
〔註4〕元好問〈劉時舉節制雲南〉詩云：「漢家弦聲雷破壁，九州之外更九
　　　州。」對忽必烈平定雲南的統一正業大加頌揚，這種態度與癸巳前
　　　歌哭淋漓，控訴蒙古殘暴的情形有很大的不同。近人劉澤〈元好問
　　　在癸巳之變中的思想轉折〉及降大任〈且莫枉罪元遺山——重評元
　　　遺山的氣節問題〉二文中已有明白的解釋，二文皆收於《元好問研
　　　究文集》山西人民出版社 1987 年版。劉澤云：「元好問這種思想上
　　　的巨大轉折，還在於它是件隨著十二、十三世紀所出現的少數民族
　　　入主中原，勢將造成各民族間更加密切的相互影響產生的一種精神

韃虜之心，反而歌哭山林，抗不仕明，凡此種種奇異的現象，是儒家思想中文化與民族正統觀的轉折歷程，在有元一代，民族紛雜，道統續絕的危急存亡之秋，更顯得矛盾中見深思，衝突中見開闊，泛顯出生機勃勃的民族精神來。本章將從元詩看此民族精神，然而這種民族精神非單純的夷夏之防與忠臣不仕二君的問題而已，其間已有許衡所謂「道之行」，劉因所謂「道之尊」的問題，我們將先從第一節的思辨中，論正統與道統等諸問題，以盱衡元代所謂民族氣節，進一步才在第二節中檢視元詩的民族大義。

第一節　民族精神內涵與元代正統論

在儒家內聖外王的要求下，正統與道統應合而爲一，然而理想如此，現實卻往往不盡如此，因此歷朝中有仕而非君者，有夷狄入主者，都曾引起中原衣冠的矛盾與徬徨。論民族氣節之前，宜先審視此政治之正統及文化道統之正統等問題。

關於政權的正統論，宋人談論頗多，然而都是討論宋以前分裂及統一的問題，並涉遼、金與宋的關係，但這些觀念對元代仍有暗示作用。如宋得國於後周，歐陽修與司馬光都認同五代之正統，南宋偏安，朱熹則以蜀漢爲三國時之正統，這些看法都是想要使當世王朝有正統的立足點，元代統一中國，取得政治之正統地位，然因修史問題，也曾引起正統說的相關爭議。

據《文獻通考》記載，元世祖設國史院，以王鶚修遼、金二史，加上南宋亡後，又命史臣修三史，後來在仁宗、明宗時也屢次下詔修

上的覺醒。」換言之，元好問以多民族中國的整體爲考慮，側重在文化傳承的要務，而非斤斤於民族的差別。元好問〈癸巳上耶律楚材書〉的歷史意義及其對保全中原文化的貢獻，姚從吾先生已有專文考述，見《姚從吾先生全集》（六）──遼金《元史》論文（中）〈元好問癸巳上耶律楚材書的歷史意義與書中五十四人行事考〉及〈金元之際元好問對於保全中原傳統文化的貢獻〉二文。正中書局1982 年版。

史，終以義例未定而不能成。〔註5〕所謂義例未定，就是分裂時代的正統難定。元人之論正統，有不少與宋人一樣地討論到宋以前的問題，但元之際，這個問題已在儒士心中引起省思。耶律楚材〈進西征庚午元曆表〉云：「天兵南渡，不五年而天下略定，此天授也，非人力所能及。」（《湛然居士文集》卷八）劉秉忠上世祖書中說：「天生我成吉思汗皇帝，起一旅，降諸國，不數年而取天下。」〔註6〕這些說法顯然想以天命說確立元朝正統。中國歷朝都打著奉天承運的口號，這種天命觀始自《書》、《詩》中「天命不易」「天命靡常」〔註7〕等觀念，然而天命無一定之常態，人惟修德可以配天，也就成了儒家內聖外王惟仁者可得天下等說法，但鄒衍另有五德終始說，所以金亡後，一批儒臣認為金代的正統以德運為繼，係受天命入中國的正統，耶律楚材、劉秉忠仕元，也以天命相率為認同的歸依。

然而儒者內聖外王，以仁義倡天下的文化道統觀，才是金元儒臣考慮以金政權為元朝繼承之正統的原因，元好問認為「金源氏有天下，典章法度幾及漢唐，國亡史作，己所當任。」可見元好問重視的是「典章法度」的道統。劉秉忠也有這種看法，〔註8〕因此元好問在家築野史亭，記錄金史達百餘萬字，〔註9〕劉秉忠也極力為元廷效命，以續存漢文化。

元好問、劉秉忠這種看法正是金元之間一般儒臣的看法，因此金亡後，當時儒士的出處有三種狀態，一是忠於金室，保有傳統名教觀念，隱居不仕，如李治買田講學，杜漢避居河南，搜訪書籍，元好問熱心史料，編修遺文，這些人多以文化保存工作為務；另一類是再仕新朝，夷狄進於中國則中國之，協助元朝再立道統，如趙斯文、王鶚、張德輝等；也有金朝未仕，金亡仕元者，如李昶、宋子貞、徐世隆、

〔註5〕見馬端臨《文獻通考》。
〔註6〕見《元史》卷一五七，劉秉忠傳。
〔註7〕見《尚書》君奭、大誥、康誥及《詩經》大雅、文王等。
〔註8〕元好問、劉秉忠對金之正統觀看法相似，詳見王明蓀《元代的士人與政治》，頁271，1982年文大史研博論。
〔註9〕見《金史》卷一二六，元德明傳附元好問。

楊奐、劉祁等，這三類人不論仕不仕元皆以保存中原文化爲務。〔註10〕即使不仕元的元好問也先後和蒙廷有所接觸，可見北方文士對正統觀念的認同並無嚴格的夷夏之防，而以道統與政統結合爲考慮。

關於遼、金、宋、元的正統問題在金元之際即起爭議，金亡當年九月，修端即有〈辯遼宋金正統〉一文，主張仿南北史之例，以遼爲北史，五代爲南史，北宋爲宋史；金與南宋對分，可別爲北、南史。修端所論明白肯定金朝正統，但未涉元朝。〔註11〕王禕〈正統論〉（《王文忠公集》卷一）則提出朱熹的「無統」說，以爲唐亡以後，五代都非正統，至北宋乃得正統，南宋不能一天下，金又爲女眞外族，不得居天下之正，故正統乃絕，至元朝統一天下，方爲正統。這種說法不認爲元承宋或承金得正統，而是合天下復歸正統。至正二年，右丞脫脫等奏命史臣纂修宋遼金三史，又引起一次正統之辨，當時楊維楨有〈正統辨〉一文，批評脫脫所裁斷的義例「三國各與正統，各繫其年號」是不當的，楊維楨認爲「後宋之與前宋，即東漢前漢之比耳」，因此天下正統不當在遼金而在宋，北宋之後而南宋，元在平宋時就繼承了正統。楊維楨同時提出了「道統者，治統之所在」，〔註12〕可見此際的考慮包括治統、道統、夷夏之間等問題。

元際許多文人都曾直接或見接與論此事，虞集在〈送墨莊劉叔熙遠遊序〉（《道園學古錄》卷卅二）中雖未明表主張，但他提出歐陽修之五代史以契丹、女眞爲四夷附錄之事，可見虞集不以遼金爲正統；劉岳申〈策問修遼金宋三史〉（《申齋劉先生文集》卷十五），主張以五代史之例修遼金史，以唐書之例修宋史，看法也與虞集相似。虞、劉二人同楊維楨一樣都涉及夷夏及漢文化正統問題。脫脫之所以裁定三史並立，顯然也是不想捲入這種夷夏問題之中的中立作法。此外如

〔註10〕三類士夫詳見郭慶文《金元之際中原知識階層及其對蒙古汗廷之影響》1988 年政大邊政研究所碩論。

〔註11〕參考王明蓀〈宋元時期的分裂統一與正統〉一文，《歷史月刊》第五期。

〔註12〕楊維楨〈正統辨〉詳載於《南村輟耕錄》卷三。

王惲〈請論定德運狀〉(《秋澗先生大全文集》卷八五)，楊奐〈正統八例總序〉(《元文類》卷卅二)都曾參與討論，但二人同意繼金代德運而來的正統，與前列諸子不同。

綜上所述，可知在宋金遼分治時期，元代士人尊宋爲正統者佔大多數，他們不以金、遼爲正統的原因有二，一爲漢文化之承繼，一爲夷夏之防。但金元之際的士人則以金爲正統，他們所持的理由則單純只是漢文化，而不涉夷夏之防。而大部份的元代士人皆以元爲正統，或許是因爲一朝天子一朝臣，元已取得政治統治權，而不得不然，然而也可以看出元代士人夷夏之防的觀念淡薄，除了南宋遺民抗不仕元，偶有恢復宋朝正統之思外，大抵元人以文化道統爲考量，元能倡行漢法，則爲漢人天子，夷夏之間的顧忌倒是不多了。

中國從西周已來，久已深植退夷崇夏的觀念，長城爲界是早於秦始皇的事實，然中國歷朝也出現許多胡漢雜糅的政權，史學家稱之爲「複合王朝」，如五胡、北朝、遼、金，外族統治的政權早見於元之前，只是未有如元代之全面統一中國者，這些在異族王朝下的士人，也早已歷經胡漢政統與道統的矛盾與協調，因此正統觀發展到元代，夷夏之防已爲次要問題，眞正的問題在道統，即漢文化的延續，凡能行漢文化者則爲正統，即使教導朱元璋打出夷夏之辨以號召天下的方孝儒，也在其〈釋統〉中篇云：「所貴乎爲君者，以其建道德之中，立仁義之極，操政教之原，斯可以爲正統。」(《方正學集》)，因此，中國在異族統治下的士人，早已養成「以夏變夷」的政治理想，其重要性並不下於漢族政權下的行道於天下。元處異族之治，蒙人已取得政治上的權力正統，因此士人以道統配合之成了當務之急，此時的夷夏之防或忠於舊王朝的觀念都成了次要問題。箭內互在考元代種族歧異的差別待遇之後，結論出「漢人對此制度無大不平矣」箭內互並解釋漢人對異族統治能保持恬靜的原因是：「漢人所謂華夷之別，非種族之別，實文物風俗之別」「夷狄之君主若尊重漢人文化，不但不受排斥，且視爲優於施暴虐之漢天

子」，〔註13〕箭內互稱這種現象是「漢人自重心之冷卻」，其實我們可視爲重視文化甚於種族差別。

基本上，元得政權之正統，這是毫無問題的，但道統能否與此政統相符，則是元代士人岌岌惶惶的重心，天下有道則仕，無道則隱，部份士人以國亡邦危，道不能行而隱居不仕，部份以忠臣不仕二君而講學山林，但大部份士人仍努力行道，繼存傳統。因此元代士人更重於道統的傳遞，中國的道統從堯舜禹湯文武周孔，延續到宋代成爲理學，程朱得其大端，特別是朱子，是宋代理學集大成者，故而元代朱學大盛，成爲士人對道統努力的成果。

胡祇遹〈論道〉云：

> ……道一也，曰王道，曰二帝三王之道，曰聖人之道，曰君子之道，所稱各不同，何也？曰：能由是路，用此理者，二帝三王聖人君子耳；背是理，舍正路而妄行者，五霸小人也。（《紫山大全集》卷廿）

汪克寬〈重訂四書集釋序〉云：

> 四書者，六經之階梯，東魯聖師以及顏、曾、思、孟傳心之要，全是無以他求也。孟子歿，聖經湮晦千五百年，迨濂洛諸儒，先抽關發矇，以啓不傳之祕，而我紫陽子朱子，且復集諸儒之大成，擴往聖之遺蘊。（《環谷集》卷四）

虞集也指出，吳澄在十九歲時，就對道統有所思辨云：

> 道之大源出於天，聖神繼之。堯舜而上，道之原也，堯舜而下，其亨也，洙泗魯鄒，其利也，濂洛關閩，其貞也。分而言之，上古則羲皇其元，堯舜其亨乎，禹湯其利，文武周公其貞乎。中古之統，仲尼其元，顏曾其亨，子思其利，孟子其貞乎。近古之統，周子其元也，程張其亨也，朱子其利也，孰爲今日之貞乎？未之有也！然則可以終無所歸哉？盍有不可得而辭矣！〔註14〕

〔註13〕見箭內互《元代蒙漢色目待遇考》頁95，商務1975年版。
〔註14〕見虞集《道園學古錄》卷四四所寫吳澄之行狀。

透過這些論見，我們可以認識元代士人以道統配政統的努力，而元人所選的儒學道統以朱子爲重心，汪克寬說「朱子且復集諸儒之大成」，吳澄說「朱子其利」也，都是這種儒學正統的考量，因此西人狄百瑞有〈元代朱熹正統思想之興起〉之說，〔註15〕探討朱學如何在元代取得正統地位的前後問題。而終有元一世，朱學確已普及，以至於定爲科考之範本，近人王明蓀曾詳考朱學在元代的流行情形，指出元人著書本朱意、論文述朱學、頌揚朱子、北許南吳之講學以朱子爲主、刊書譯書以朱著爲主、科舉方面主朱學等等，〔註16〕也因爲元代士人這種提升朱學爲國家正統思想的努力，才使元代政統與道統能結合而成爲中國之正統。

　　然而，元代士人猝然面對異族入朝、道統存廢的問題等，他們的內心是矛盾的，選擇是多元的，陶宗儀《輟耕錄》卷二「徵聘」條記載許衡與劉因的故事云：

> 中統元年，（許衡）應召赴都日，道謁文靖公靜修劉先生，因謂曰：公一聘而起，毋乃太速乎？答曰：不如此，則道不行。至元二十年，徵劉先生至，以爲贊善大夫，未幾，辭去，又召爲集賢學士，復以疾辭，或問之，乃曰：不如此，則道不尊。

這個故事顯出元人面對民族思想的考量，一仕一隱，爲的是「道之行」與「道之尊」，黃俊傑稱此爲「〈儒學價值系統中的兩難式〉」，〔註17〕儒者的道德修持至此面臨嚴重的兩難考驗，「不齒異族政權，高蹈不仕，固然做到了『聖之清』的理想，但就儒者對天下國家的責任言，又難免有虧大節；但如以天下爲己任，出而仕元，則於個人之操守又有未安。」〔註18〕元儒眞德秀、許衡、吳澄、程鉅夫、劉因等，每個人都面臨這個困局，少數儒者走上「聖之清」的道路，多數則選擇了「聖之任」的道路，宋亡後，趙復不仕元朝，

〔註15〕此文經侯健先生譯爲中文，載於《中外文學》八卷三期。
〔註16〕見王明蓀《元代的士人與政治》頁290，1982年文大史研博論。
〔註17〕見黃俊傑〈儒學價值系統中的兩難式〉中外文學八卷九期。
〔註18〕同註17，頁104。

但應姚樞之請任教於太極書院，顯然是想兼有「聖之清」與「聖之任」的理想。劉因應詔爲承德郎右贊善大夫，教授近侍子弟，至元廿八年以集賢學士嘉議大夫召則不就，[註19] 這種先進後退的出處行藏，也顯然是基於兩全的考慮。儒家忠君思想、夷夏之防，至此將何以言之？

因此，我們在考慮元人民族精神之內涵時，除了傳統的忠貞觀念與夷夏之防外，更應考慮元儒尊道行道，一以漢文化爲重的時代面貌，元文人氣節之所萃，集於文化道統之憂虞，實不能單純以仕隱出處爲論。蘇天爵〈七聘堂記〉云：「士君子之出處，有義存焉，審其時而後動，合乎禮而後應，……蓋本諸道義之正，循於禮節之宜。」（《滋溪文稿》卷三）郝經〈漢高士管幼安碑〉也認爲：「君子當出而處，則失義，當處而出，則違道。」（《陵川集》卷三四）可見元人進退節操的標準。元人之仕與隱，殆有其宜，[註20] 不能一元以視之，而據以論其氣節。緣此，我們才能了解元末不仕於明者爲數之多的根本因素。清張其淦有《元八百遺民詩詠》之編輯，得元代遺民八百五十人，詩四百餘首，云：「有元一代，以蒙古入主中國，中葉而後，權倖用事，盜賊蜂起，蹂躪遍於各行省，然皆飢民窮困，鋌而走險，未聞士夫有倡爲犯上作亂之謀，散壞倫紀，悍然不顧者，順帝大去，仍主故土，一時耆獻，如鐵崖清閟九靈席帽諸君子，皆能貞介自守，雖以明太祖之雄猜，亦不爲屈。」[註21] 另汪兆鏞有《元粵東遺民錄》其志趣與張其淦同 [註22] 千秋大義，於蒙元何異？從張汪二書之輯可知。而且

〔註19〕見《宋元學案》下冊卷九一，靜修學案。

〔註20〕關於元人之仕與隱者，周祖謨、王明蓀考之甚詳。周氏〈宋亡後仕元之儒學教育〉一文指出元儒出仕的原因有三，見《輔仁學誌》十四卷一、二合期。王明蓀《元代士人與政治》則歸納元人不仕的原因爲七，然不論其仕與不仕，道與義的考量才是眞正的重心。

〔註21〕見《續修四庫全書提要》集部頁 592《元八百遺民詩詠》之提要所錄張氏序。

〔註22〕見註 21 之提要。

元末明初即或出仕於明者如劉基、宋濂、高啓等，也屢表故國之思王逢甚且有復元之盼，〔註23〕這正是元代民族氣節內涵的底蘊。蕭公權《中國政治思想史》指出：「故蒙古入侵，而程朱學派之大儒許衡，竟爲之劃謀定制……推衡之意，殆謂夷狄能行漢法，雖異族亦可以爲君；三綱五常須正，而華夷可以不別。然而類殊族異，不可同群；用夏未能變夷，奉夷卒以陵夏。」〔註24〕蕭氏顯然不知元代正統論之政統與道統內涵，故有「奉夷卒以陵夏」之說，甚至認爲明太祖〈諭中原檄〉才是「中國最先表現之民族國家觀念」的文字，如此狹義的民族觀，實不足以明白元代知識份子民族思想的眞正內涵。

第二節　元代大量的遺民志節詩

宋金元這交差的三個朝代，在以元爲核心的觀察中，出現了幾段歷史激流，一爲金亡於元，一爲宋亡於元，一爲元亡於明，每一次激變國亡的戰亂之後，流離之苦，銅駝荊棘之哀，孤臣孽子之恨，常鬱結形成一股遺民志節，因此我們觀察元詩的遺民志節須以宋元、宋金、元明交接的三階段詩人爲考查對象。而且，上節已考述，元代的民族氣節除了傳統名教之忠貞觀念與夷夏之防外，文化道統的存廢更是遺民們心力萃聚的重心，顧炎武《日知錄》正始篇云：「有亡國、有亡天下，亡國與亡天下奚辨？……。是故知保天下，然後知保其國，保國者，其君其臣，肉食者謀之，保天下者，匹夫之賤與有責焉。」因此近人蘇文婷在研究宋遺民時指出，遺民的身份有兩大類，第一是政治遺民，他們忠於舊有的政權，一是文化遺民，

〔註23〕關於元末明初文人的心態，錢穆有〈讀明初開國諸臣詩文集〉一文懷疑在前，見《中國學術思想史論叢》（六）頁77～頁194。錢先生對明初諸臣戀元的情緒感到奇怪。後有勞廷宣《元明之際詩中的評論》一文解釋在後，收於《陶希聖先生八秩榮慶論文集》食貨出版社六八年版，勞先生提出三點原因，一爲元廷政治合朱熹正統，二爲元廷對士子的優待，三爲士人對元廷推動漢文化的滿意。

〔註24〕見蕭公權《中國政治思想史》第十六章第二節，聯經出版社。

忠於舊有的文化傳統〔註25〕然而這兩類並非截然爲二，故而我們檢視元代遺民詩作時，兼採政統與道統兩路徑，別爲五種情志內涵來看。

一、忠臣烈女的頌詠

中國歷朝史料中遺民的記載寥寥可數，惟自宋亡，遺民之多超越前代，《宋史》忠義傳列有本傳七十三人，附傳一百零一人，凡一百七十四人，宋亡後《招忠錄》一書列南宋忠義之士一百三十人，其中多爲宋史所無，這大量的遺民中有堅守孤城，壯烈殉節者如李庭芝、張珏等，有毀家抒難、慷慨從軍者如謝翱、蕭資等，有召兵買馬、血戰到底者如文天祥、陸秀夫等，也有節烈女子，不屈淫威者，如韓孟希、翟節婦等，他們都成了宋亡後詩人歌哭哀輓，傳頌宣揚的對象。忠臣烈士的頌詠以宋亡元初爲多，但金元之際及元明之際，亦偶有及之者，只是爲數較少，不及宋元之間之貞定義勇。這種因素與南宋理學教化有極大的關係，而這些歌詠忠臣烈女的詩章，固然以寄抒自我的孤忠遺恨爲主，但伸張民族大義，忠貞氣節的用意也非常明顯，有的則純爲氣節之表彰，並不明顯涉及自己的耿介孤忠。

早在金亡後，金元諸役中的忠臣烈女，已常爲詩人頌詠的對象，劉因〈翟節婦詩〉之：

> 兵塵浩無際，烈女難自全，婦人無九首，志欲不二天。燕山翟氏女，既嫁夫防邊，一朝聞死事，健婦增慨然。生有如此夫，蚤穿非所憐。求尸白刃中，負土家山前。事去哀益深，義盡身可捐。無兒欲何爲，所依惟黃泉。鄉鄰抹引決，列日丹衷懸。（《靜修集》卷十三）

劉因詩歌詠一「志欲不二天」「烈日丹衷懸」的節烈女子，並序云：「昔金源氏之南遷也，河朔土崩，天理蕩然，人紀爲之大擾，誰復維持之

〔註25〕見蘇文婷〈宋末遺民文學之研究〉一文，收於《中國文學講話》八——遼金元文學，巨流出版社 1986 年版。

者？」可見劉因的用心在「人紀」之倫序，其於自身之間，並無感同身受，切膚之痛般的情感。金亡對於劉因來說，文化的存危，人紀的倫常，顯然大過於國家的意識。郝經也有〈巴陵女子行〉歌詠書詩衣帛赴江而死的烈女：「上言社稷安危事，下說投江誓天志。」（此詩見引詩史一章中）。另〈武昌詞三首〉歌詠三烈女、〈金源十節士歌〉頌揚金亡後節義之士王剛忠等十人，死事死國，有古烈士之風。金元之際，這些歌詠忠臣烈女的詩篇都是爲了「起末俗，振貪懦」，〔註26〕頌揚民族氣節，文化垂統，於個人的忠烈情感並無直接的關係，而且此時之忠臣烈女，見諸詩章者數量也不多。

宋元之間，吟詠忠烈的詩大量出現，劉壎有〈補史十忠詩〉記載宋亡時死節之臣張玨、陸秀夫、文天祥、李芾、趙卯發、李庭芝等十位忠臣《小雲村吟稿》，徐世隆有〈哭文丞相〉、盛彪有〈挽陸秀夫〉楊載的〈題文丞相書梅堂〉、仇遠的〈挽陸右丞秀夫〉等等，這一類的詩歌中不乏歌哭淋漓，哀痛歔愴，引人悲鳴的作品，特別是南宋遺民之詠忠臣，與金遺士之詠忠臣，別有一股國仇家恨難以言宣的切齒之痛，謝翱的〈哭所知〉之：

> 總戎臨百奧，花鳥瘴江材，落日失滄海，塞風上薊門。雨
> 青餘化血，林黑見歸魂，欲哭山陽笛，鄰人亦不存。

謝翱曾投文天祥幕下，參加抗天戰役，失敗後匿居民間，流離浙東，此詩是聞知文天祥就義後，內心悲鬱痛哭化爲文字，寫來血淚淋漓，滄海之痛，江材之悼，魂夢牽繫，令人悲不自勝。較之徐世隆的〈哭文丞相〉，情志迥然不同，徐詩如下：

> 當今不殺文丞相，君義臣忠兩得之。義似漢王封齒日，忠
> 如蜀將斬顏時。乾坤日月華夷見，嶺海風霜草木知。只恐
> 史官編不盡，老夫和淚寫新詩。

《七修類稿》說「此作膾炙人口久矣」。〔註27〕然而詩中以「忠」「義」

〔註26〕見《元詩紀事》卷四，郝經〈青城行〉詩末，頁36。
〔註27〕見《元詩紀事》卷三，徐世隆〈哭文丞相〉詩末注錄，頁25。

倡言，不見情語的表現，與謝翱痛失英才，慘悲亡國的感情，直是不同義蘊，徐世隆爲金朝遺臣，金亡仕元，謝翱是南宋義士，忠義抗元，兩人同詠忠臣，情志自然有所不同。謝翱寫過不少歌詠文天祥的作品，都能顯出滿懷忠義，與文天祥心靈相通，孤憤相應的眞情至性。〈書文山卷後〉云：

> 魂飛萬里程，天地隔幽明。死不從公死，生如無此生。丹心渾未化，碧血已先成。無處堪揮淚，吾今變姓名。

文天祥已死，謝翱之生只不過行屍走肉，生如無生，丹心碧血，並未隨文天祥的死而化去，只有隱姓埋名，揮淚空山。我們從謝翱詠文天祥的同時，也洞見謝翱內心鬱鬱塊壘。文天祥之忠就是謝翱之忠，他們以不同形態，一死一生，隔絕於天地與幽明之間，這種直寄性命的志節，和倡頌詠歎的義理之間是元代民族氣兩種不同的情志。

至於烈女者，《南宋輟耕錄》卷三「貞烈條」記載宋宮人安定夫人陳氏、安康夫人朱氏與二小姬在伯顏入杭後，沐浴整衣，焚香自縊，臨海民婦有王氏者也貞烈殉死，她們分別都有詩章警示世人，朱夫人詩於衣中云：

> 既不辱國，幸免辱身，世食宋祿，羞爲北臣，……

王氏血書崖石云：

> 君王無道妾當災，棄女拋男逐馬來。夫面不知何日見，此身料得幾時回。兩行清淚偷頻滴，一片愁眉鎖未開。迴首故山看漸遠，存亡兩家實哀哉。

元代實在是一個多事之秋，朝代的興亡，名教的熏習下，宋末遺民如婦人女子亦能忠烈如是，這眞是一個民族氣節大爲彰顯的時代。元末，楊維楨亦有〈王烈婦詩〉詠宋末王氏云：

> 介馬駸駸百里程，青楓一夜血詩成，祇應劉阮桃花水，不似巴陵漢水清。

《元詩紀事》錄存此詩時附載《南濠詩話》云：「後廉夫得夢悔之，

乃更作詩，有『寧從湘瑟聲中死，不向胡笳拍裡生』之句。」〔註28〕
此詩如以改作來看，則王女之忠節更有胡漢之間的大義。

　　元末，紅巾軍為亂，文士都以效忠元室為志，此時歌詠平賊忠臣
者有之，如張翥〈挽忠襄王〉詩云：

　　　　聖主中興大業難，元戎報國寸心丹。
　　　　軍中諸將驚韓信，天下蒼生望謝安。
　　　　羽檄北來兵氣肅，樓船南下海波寒。
　　　　老臣擬直詞林筆，細傳成功後代看。

忠襄王指察罕帖木兒，察罕起兵平河南山東諸處紅巾，至元壬寅為田
豐、王士誠所刺，張翥敘寫其丹心報國以為頌詠，此時的氣節已雜胡
漢，不別夷夏，純以效忠致死為歌頌。元末詠烈女之詩亦不少，如貢
師泰〈段節婦吟〉、〈金漢縣葛烈女廟〉、〈李貞母〉、〈陳堯妻〉等等，
然貢師泰之作為厚倫理，樹風操，〔註29〕與君臣之義，家國之痛有別。
其他如周霆震〈李潯陽死節歌〉（《元詩紀事》卷廿五）、王逢〈七月
聞河南平章凶問〉〈帖侯歌〉〈張武略〉（《元詩紀事》卷廿六）等等，
所詠者或死於紅巾，或死於海寇，皆為效死元室的忠臣義士，其中李
潯陽「李侯仗節忠貫日，存沒誓與城池俱」，帖木兒「洪濤鯨鯢去咫
尺，再戰身與城存亡」，他們的忠義氣節與當年李庭芝、張珏等人並
無二致，而且高昌帖木兒是買住猶子，李忠襄為察罕帖木兒，皆為異
族，元人的民族節義，內涵實已非單純的九夏關係可言。

二、故國淪亡的悲哀

　　元代詩人彰顯民族氣節的情志，以故國淪亡之嘆最為普遍，每一
次改朝換代，詩人心中追懷故國的銅駝荊棘之哀常綿泛滿紙。金亡，
元好問〈詩即事〉云：

　　　　秋風一掬孤臣淚，叫斷蒼梧日暮雲。（《元遺山先生全集》卷八）

〈甲午除夜〉云：

<hr>

〔註28〕見《元詩紀事》卷十六，楊維楨〈王烈婦詩〉末附。頁378。
〔註29〕見貢師泰《玩齋集》〈楊維楨序〉。

甲子兩周今日盡，空將衰淚洒吳天！（《元遺山先生全集》卷八）

〈洛陽〉云：

千年河岳控喉襟，一日神州見陸沉，

已爲操琴感衰涕，更須同輦夢秋衿。……《元遺山先生全
集》卷九）

這些詩章，篇篇有淚，句句哀思，無限悲涼淪落之感。元好問是亡金
遺民的代表，其時之李俊民郝經等也同樣充滿故國淪亡的悲痛。李俊
民〈和子榮悼恆山韻〉云：

灑盡英雄憂國淚，變風那得不傷今。（《元詩選》初集）

〈和王季文襄陽變後二首〉云：

相逢空灑英雄淚，誰是荊州一角麟。……《元詩選》初集

李俊民的哀痛雖不如元好問之雄急哀切，但灑淚歌哭，一樣是懷故傷
今的遺臣忠懷。

宋亡，遺民益多，志節彌切，除了不事異族的文天祥、謝翱、鄭
思肖、汪元量、林景熙等人有大量浩歌凜然的孤臣孽子之痛外，北人
郝經、劉因，元中葉之趙孟頫、吳萊、許謙等，也都宣達了追念宋室
的哀惋。文天祥在征戰期間及被俘北上後，遺下大量的忠義之思，〈過
零丁洋〉詩云：

辛苦遭逢起一經，干戈落落四周星。山河破碎風拋絮，身
世飄搖雨打萍。

惶恐灘頭說惶恐，零丁洋裡嘆零丁。人生自古誰無死，留
取丹心照汗青。

（《文山先生全集》卷十四）

山河破碎，救亡不及，身世零落的感歎，效死亡國的悲痛，都在此詩
中簡潔表出。文天祥後期的作品中，句句是國家，章章是忠愛：

眼看銅駝燕雀羞，東風花柳自皇州。（〈求客〉）

唇齒提封舊，撫膺三嘆吁。（〈常州〉）

山河風景元無異，城郭人民半已非。（〈金陵驛〉）

獨自登樓時柱頰，山川在眼淚浪浪。（〈登樓〉）

乾坤醒醉裡，身世有無間。（〈竹簡〉）

山河易色，草木搖落，文天祥以大無畏的精神，征戰南北，終被執於五嶺坡，國破、家亡、徒囚、母死、子夭，文天祥的痛苦都牽繫於故國之歡。林景熙的痛苦與文天祥相似，但故國的哀思則淒愴如夢：

客鄉弔古重登臨，隔水斜陽鳥語深。賜葛尚餘唐闕夢，傾葵猶抱楚臣心。（〈五日次韻〉）

江湖有夢追前事，天地無根笑此生。（〈酬潘景玉〉）

故山入夢草芊芊，半窗疏雨寒食天。（〈春感〉）

江湖舊夢衣冠在，天地春風鼓角知……野人問我行藏事，自向庭前采柏枝。（〈元日即事〉）

獨抱素心誰是伴，羅浮山夢隔天涯。（〈催梅〉）

亂山愁外笛，孤驛夢中家，……西來兩三客，閒說舊京華。
（〈道中〉）

故人經亂少，歸夢入秋多。（〈客意〉）

林景熙的詩中用了許多夢，他自云：「青衫蕉鹿夢，江海一畸人。」（〈初夏病起〉）國亡人畸，每一寸故國之思只有夢裡可得。這類宋遺民的心跡除了充斥各家詩集如張觀光《屏嶺小稿》、謝翱《晞髮集》、汪元量《湖山類稿》、文天祥《文文山集》等外，有大量保存在《宋遺民錄》及《谷音》集中，如王澮〈痛哭〉、張琰〈出塞曲〉、鮑輗〈天馬〉、孟鯁〈折花怨〉等皆見於《谷音》集，林景熙〈秦吉了〉、謝翱〈西台哭所思〉等皆見《宋遺民錄》，這些詩中都哀痛低徊表達了故國的宗國之思。除了遺民血淚外，仕元儒臣也多故宋亡國的哀痛，如王惲〈椒蘭怨〉云：

唐家大業至此盡，自古亡國未有若此之哀恫。（《秋澗先生大全文集》卷十）

趙孟頫〈送孟中則遊荊湖兼往襄漢〉云：

登高弔古一長嘯，萬事慘淡悲中腸。（《松雪齋文集》卷三）

黃溍〈宣和畫木石〉云：

石邊古木尚青枝，地老天荒石不知，故國小臣誰在者，蒼

梧落照不成悲。(《金華黃先生文集》卷六)

這些人對宋的哀悼固然不及林景熙、文天祥、汪元量等人之濃哀厚思，但其中泛顯的華夏文化淪亡的悲哀卻寄於故宋的追思裡。劉因北人也，詩中屢致追悼宋朝的哀情，就是這種文化的悼念，〈題宋理宗詩卷〉云；

己未天王自出師，眼前興廢想當時。

臨江釃酒男兒事，誰向深宮正賦詩。(《靜修集》)

〈宋理宗書宮廟〉云：

……乾坤幾度春城月，扇影無情也解愁，王雲回首燕山北，

燕山雪花大如席，雪花漫漫冰峨峨，大風起兮奈爾何。

南宋滅亡，隨元軍南下的漢族官吏收得一些南宋遺物，如宋理宗的書畫、石硯等，劉因睹物生情，感慨橫生，「儒人顛倒不如人」「斯文一脈微如線」，劉因及仕元儒臣們對宋朝的心跡雖不像文天祥等盡忠盡節，然而護念華夏文化的民族情感，也都寄於故國的哀痛中，一樣是故國淪亡的悲痛，文化遺民與政治遺民在情感的表達，關注的角度的確有所不同。

此外，元末明初一批文士悼念元朝的哀情更突破了夷夏藩籬，顯出純以名教典型及華夏文化為念的價值觀。宋訥〈壬子(即洪武五年)過故宮十九首〉云：

事事傷心亂若絲，宮前重詠黍離詩。百年禮樂華夷主，一旦干戈喪亂師。鳳詔用非麟閣老，雉門降是羽林兒。行人莫上城頭望，惟有山河似舊時。(《西隱集》卷三)

詩中除了責備朝中文臣侍衛的無能和怯懦外，宋訥稱「百年禮樂華夷主」，對元朝百年的正統是肯定的，他不僅肯定了元朝的政統，也肯定了元朝於禮樂上的道統。戴良〈自贊〉亦云：

處榮辱而不仁，齊出處於一致，歌黍離麥秀之章，詠剩水殘山之句，則於二子庶幾無愧。《九靈山房集》

戴良言語之中也表達對元室的效忠與懷念。劉基〈感懷〉云：

客有持六經，翩翩西入秦，衣冠獨異狀，談舌空輪囷，獻

納竟何補，焚坑禍誰因，抑抑採芝士，矯矯蹈海人，龍驤
九淵外，豈復歎獲鱗。

錢穆先生〈談明初開國諸臣詩文集〉中備舉劉基、宋濂、高啓、貝
瓊、胡翰、戴良、王逢、方孝孺、楊維楨、趙汸等人詩中故國的哀
悰云：「伯溫之於元室，亦可謂孤臣孽子，每飯不忘者矣。」〔註30〕
其時元末文士，不論仕明與不仕明者，都不忘故主，對元室依迴思
念，我們從劉基〈感懷〉可以看出，他們的心情一則哀悼元室春秋
之亡，一則繫念六經無傳，芝士只有蹈海入山，這種心情與明太祖
出身草莽，缺乏文化素養，濫殺文士，摧殘儒學有極大的關係，〔註
31〕同時也看出元末文士的氣節除了忠君外，忠於文化道統不迂拘
於華夷之辨的態度。至如丁鶴年庚申北遁，飲泣賦詩，王逢黍離之
泣，激昂愾歎，這類的文字見於元末，縷難盡，其氣節實在不能以
夷夏之防來抹殺它。

〔註30〕見錢穆《中國學術思想史論叢》頁111。東大圖書1985年版。
〔註31〕錢穆先生解釋明初諸臣懷念元朝的原因說：「群士則多輕鄙草莽，伯
　　　　溫亦其一人耳」，又說：「元明之際，江浙社會經濟豐盈，詩文鼎盛，
　　　　元廷雖不用士，而士生活之寬裕優游，從容風雅，上不在天，下不
　　　　在地，而自有山林江湖可安，歌詠觴宴可遊，彼輩心理上之不願驟
　　　　見有動亂，亦宜然矣。」見前引書頁114、125。錢先生顯然站在漢
　　　　族立場同情明室，對明太祖誅殺儒臣之事表示皆文士追憶故元，無
　　　　歸山林所自取。並責之「拘君臣之小節，昧民族之大義」嗚呼！民
　　　　族大義所在者何？對元儒來說真是進退兩難。勞延宣則指元末士人
　　　　無胡漢之別，仕而懷念故國，甚至對張士誠寄有深厚感情，除了元
　　　　朝衰謝的哀歎外，王逢更有盼望恢復元室的心跡，這種原因是：「一
　　　　元朝統治中國日久，『諸侯朝覲，獄頌皆歸』，這在基本上符合朱熹
　　　　的正統定義。二元政府對有產階級經常加以庇護，對於中產階級的
　　　　儒戶又不斷給以免役的優待。……三所謂『父老歌廷祐，君臣憶至
　　　　元』的情感，還意味著讀書人對於元代朝廷在推進漢文化運動一點
　　　　上所感到的滿意。」見《元明之際詩中的評論》一文，頁157。此文
　　　　收於《陶希聖先生八秩榮慶論文集》食貨出版社1979年版。勞先生
　　　　同時也指出朱元璋殺功臣的內心因素實在是草莽賊寇的自卑感所
　　　　致，勞先生此論大抵是中肯的，它較錢先生能中立地考慮到元代文
　　　　士心繫文化的基本心態。

三、孤忠芳潔的心跡

　　元人的民族氣節，表現在孤忠心跡者頗多，最能凜然動人。宋亡後的遺民，指天爲誓，比興諷詠，完全在強調一片冰心。元亡後的志士，也都宣明效忠元室，不仕異朝。金元之際的文士雖未指天呼地以表赤忱，但含蓄隱微的文字仍流露耿耿心跡與芳潔人格，這點和第二類「故國淪亡的悲哀」相爲表裡。劉因詩中就屢用冰壺之典來表示純淨的人格，〈有懷〉詩云：

> 飄飄遺世覺身輕，尚友千年凜若生。瑞日祥雲程伯子，冰壺秋月李延平。浮沈滄海人事換，晴雪太行眉宇清。曳杖歸來北窗下，一樽濁酒爲誰傾。（《靜修集》卷四）

〈放歌〉詩云：

> 未須鵬翼賦垂雲，老眼冰壺亦自新，碧落銀河見高梁，紅塵白日屬何人，纍纍坐閱秋風客，擾擾空悲地上臣，左挽浮丘一杯酒，吾言誇矣不須嗔。（《靜修集》卷四）

〈中秋〉詩云：

> 天借無雲雨借晴，月邊涼露滴無聲。只知老子興不淺，誰信太虛白亦生。四海惟當共人影，寸心直攬配高明。乾坤元有冰壺在，回首紅塵意未平。（《靜修集》卷四）

冰壺典出王昌齡〈芙蓉樓送辛漸〉「一片冰心在玉壺」之句，用以表明心潔如冰，不慕榮利。劉因在乾坤翻覆，人事暗換之中，不爲秋風客，寧爲地上臣，一片忠耿之心雖未直接表明，但其人品芳潔，宣露無遺，據《元史》載，世祖至元十九年徵拜右贊善大夫，劉以母疾請歸，二十八年再召爲集賢學士，固辭不起。〔註32〕劉因愛慕孔明「靜以修身」之語，表所居曰「靜修」，杜門深居，不爲苟合，人格正可證諸詩章。宋元之間，忠臣烈士的孤忠心跡則因元代文網不密，而敢於囂囂抗言，如張琰〈出塞曲〉：

> 男兒當野死，豈爲印如斗，忠誠表壯節，燦爛千古後。（《谷音集》卷上）

〔註32〕見《元詩選》初集中《靜修丁亥集》顧嗣立之敘錄所載。

鄭思肖〈塞菊〉云：

> 寧可枝頭抱香死，何曾吹落北風中。

王澮〈歲雲暮矣〉云：

> 望塵下拜乃東市，山中茹芝可白頭。嗚呼此道棄如土，眼
> 中歷歷聖賢蠹。鄉里小兒紀那歌，前輩先生八風舞。欲挽
> 東流無萬牛，抱膝長吟聽更雨。（《谷音》卷上）

孟鯁〈折花怨〉云：

> 匆匆杯酒又天涯，晴日牆東叫賣花，可惜同生不同死，卻
> 隨春色去誰家。（《谷音》卷上）

王冕〈墨梅〉詩云：

> 我家洗硯池邊樹，個個花開淡墨痕，不要人誇好顏色，只
> 留清氣滿乾坤。（《元詩選》二編庚集《竹齋集》）

〈梅花六首〉之一云：

> 和靖門前雪作堆，多年積得滿身苔，疏花箇箇圍冰雪，羌
> 笛吹他不下來。（《元詩選》二編庚集《竹齋集》）

這些詩中或宣表忠誠，或諷喻失節，都是一片忠誠丹心。其中鄭所南畫蘭、王冕詠梅，已成為宋末元人志節的表徵，傳為家喻戶曉的佳話。宋亡多年，江南各地仍不斷有武裝抗元的行動，除了暴民飢民外，有部份存在著反元復宋的呼聲，與這些詩人的忠義互為表裡，南宋容或有腐儒誤國，但忠義的漢文化大節卻普遍熏習於朝野文人心中。

忠於宋室或者理所當然，忠於元室則更耐人尋思，元末亂起，有一些文士一樣直表對元朝的忠貞，誓與元室共存亡，殉志節，浩氣凜然，不遜王冕之「清氣滿人間」（〈墨梅〉），「中原地古多勁草」，「十月霜風吹不倒」（〈勁草行〉），如汪澤民之〈罵賊〉云：

> 江城欲破竟何為？獨有孤臣謹自持。罵賊肯教雙膝屈？忠
> 臣不顧一身危。（《元詩紀事》卷十四）

劉鶚之〈絕筆〉云：

> 生為元朝臣，死為元朝鬼，忠義既無慨，清風自千古。（《元
> 詩紀事》卷十二）

汪氏死於長槍賊，劉氏死於贛寇，他們慷慨賦詩，直表丹心，文字雖淺直囂叫，但義行忠語，絲毫無損。此外，陳有定、王翰、伯顏，或為漢或為夷，但在元氏禮樂之教下，他們都能明辨忠奸，有磊落心跡與義行。陳有定為元朝守閩州，明兵至，被執送京死，其子宗海亦自藥死，父子皆能完節，其〈被收作〉云：

> 失勢非人事，重圍戰似林，乾坤今已老，不死萬臣心。(《元詩紀事》卷廿六)

王翰居有定幕府，陳氏敗，屏居十年，明祖辟書再至，歎曰：「女豈可更適人哉！」屬九歲長子於友人，自決而死。〈賦詩見志〉云：

> 昔在潮陽我欲死，宗嗣如絲我無子。彼時我死作忠臣，覆祀絕宗良可恥。今年辟書親到門，丁男屋下三人存。寸刃在手顧不惜，一死了卻君親恩。(《元詩紀事》卷廿六)

伯顏西域人，持節發兵救閩被執不屈，義而蒙舍，變姓名，冠黃冠，浮於江湖，太祖千方日計營求，脅妻幣聘不受，歌七哀，飲酖而死。〈七哀詩〉之一、七云：

> 有客有客何纍纍，國破家亡無所歸。荒村獨樹一茅屋，終夜泣血知者誰？燕雲茫茫幾萬里，羽翮鍛盡孤飛遲。嗚呼我生兮亂中遭，不自我先兮不自我後！
>
> 鳩兮鳩兮置女已十年，女不違兮女心斯堅。用女今日兮人誰我冤，一觴進女兮神魂妥然。嗚呼鳩兮果不我誤，骨速朽兮肉速腐！

七詩從國破離亂到簪纓高祖、淑善母儀、師德教育、友朋高節、嬌癡子女，一一呼唱，哀痛逾恆，末以鳩飲速腐骨肉來全節示志，以表不愧國家、父祖、母儀、師友、子女云云，詩章仿杜甫同谷七歌，然憂慮者家國，沈吟者忠節，義干雲斗誠慟天地，與杜甫之時代憂慮生計苦厄不同，卻應同垂青史，大加表彰。

四、夷夏之防的大義

在整個元世的民族氣節中，夷夏之防的觀念算是最淡泊的，但幾

千年的春秋大義，民族傳統仍深值人心，因此，有些遺民心中仍堅持夷夏大節，不事胡元，這類的觀念以亡宋遺民民較多，金亡後的遺民也偶有觸及，但元末遺民，則完全沒有這種心態。

　　金亡不仕胡元者以元好問、李俊民、劉因爲代表，元好問的喪亂之作最多，只以「洛陽城闕變灰煙，暮虢朝虞只眼前。」（〈俳體雪香亭雜詠十五首〉之二）及「三百年來涵養出，即將沙漠換牛羊。」（〈續小娘歌十首〉之九）等，來感慨金朝覆亡，文化陵夷，對於華夷的種族分辨倒甚少涉及。李俊民〈毋應之餉黍〉提到「胡兒皆飽肉，我民食不足」，雖然以胡我對舉，但全詩的用意在反映蒙古掠奪，民生疾苦，也無鮮明的胡漢意識。郝經〈夜行潤陂〉則云：「蕩蕩唐虞世，區區虱蟻臣，……風霜儘蒙犯，庶用苔涓塵。」所感慨的也只是秋風蒙犯，唐虞之世化爲涓塵，與華夏之辨無明顯關係。然而宋亡之後，遺民志節，浩然天地之間，則顯出較多的胡漢分辨。王冕〈應教題梅〉云：

> 獵獵西風吹倒人，乾坤無處不生塵。胡兒凍死長城下，始信江南別有春。（《元詩選》初集）

鄭思肖〈德祐二歲旦〉云：

> 此地暫胡馬，終身只宋民。

〈補夢中所作〉云：

> 此身不死胡兒手，留與君王取太天天。（《鐵函心史》）

文天祥在就義迤市途中歌哭云：

> 如何天假此強胡，宋廟不輔丹心孤。

從這些遺民指斥胡兒竊國的文字中，他們的忠君愛國思想顯然才是主題，胡漢之辨實際是附帶其中而已。這類有胡漢對舉的文字中和他們直抒忠忱，哀戀故國的文字比較起來，數量尚屬微少，可見有元一代民族氣節的重心在忠君愛國與文化傳統，夷夏之間實爲末節。

五、存文保種的憂虞

　　這是有元一代志士文人共同的憂慮，乾坤變色，異族入主，忠不

忠，夷不夷是次要問題，生靈的救贖，文化傳統的維繫才是根本大計。
當蒙軍圍汴時，中原儒士最先考慮的是：「死不難，誠能安社稷、救
生靈，死而可也。」〔註33〕因此，當時雖有商衡、馮延、周昂等死難
之士，〔註34〕但也有隱居不仕，致力保存文化及仕元獻策，推行漢法
者，這批人倒是開啟有元文化的先導。如元好問、張德輝、王鶚、宋
子貞、楊奐、劉秉忠、姚樞、許衡等等，加上之前的耶律楚材、邱處
機等，他們心力所瘁，皆於漢文化道統的延續。邱處機是最早影響蒙
廷，傳達仁民愛物思想的漢人，其〈愍物詩〉云：

> 鳴呼天地廣開闢，化出眾生千百億，暴惡相侵不暫停，循
> 環受苦知何極！皇天后土皆有神，見死不救知何因？下士
> 悲心卻無福，徒勞日夜含酸辛。（《磻溪集》卷三）

邱處機雖為道人，但他所以萬里赴戎關，雪山講道，勸成吉思汗戒殺，
一切辛苦為的是保全漢人生命，全真道因此興盛於元，其收容士子，
存文保種之功最大。許衡為元儒導師，其不顧名節，速出行道，為的
也是漢文化的千秋大業，〈訓子〉詩云：

> 干戈恣爛熳，無人救時屯。中原竟失鹿，滄海變飛塵。我
> 自揣何能，能存亂後身。遺芳藉遠祖，陰理出先人。俯仰
> 意油然，此樂難擬倫。家無儋石儲，心有天地春。況對汝
> 二子，豈復知吾貧。大兒願如古人淳，小兒願如古人真。
> 平生乃親多苦辛，願汝苦辛過乃親。身居猷致君，身在朝
> 廷思濟民。但期磊落忠信存，莫圖苟且功名新。斯言殆可
> 書諸紳。莫圖苟且功名新。斯言殆可書諸紳。

此時明訓二子，以致君濟民，磊落忠信存志，可見許衡護衛文化的一
片赤忱。其他劉秉忠〈江邊晚望〉之：「千古周郎餘事業，一時曹孟
漫英雄」（《藏春集》卷一），姚樞和〈聰仲晦古意廿一首〉之：「四海

〔註33〕見《金史》卷一一五，〈完顏奴申傳〉及《歸潛志》卷十一，〈錄大
　　　　梁事〉。
〔註34〕見郭慶文《金元之際中原知識階層及其對蒙古汗廷之影響》頁127，
　　　　1988年政大邊政研究所碩論。

一紅爐，焦心得時雨。」(《元詩選》二編乙集《雪齋集》) 都是爲民請命，憂世憂民的儒者本色。郝詩中更時時流露時亂無文的感歎：

> 世運何無涯，質文繫所尚。(〈寓興〉之五)
>
> 落日下西極，仲尼悲死麟。(〈寓興〉之六)
>
> 新莽何爲者，剽竊資篡盜，大典即委地，生民弊殘暴。(〈寓興〉之九)

郝經的〈感興〉多達三十五首，篇篇是「質文」「六經」「大典」「學術」「史鰌」「周孔」之感慨，他對聖人經典，萬世人極的憂虞深慟感人。郝經述「吾道」「斯文」的詩章極多，不勝枚舉，其《陵川集》卷三更以曲阜懷古專卷追述先聖先賢，沈吟紛披，形成其詩作的主要情志。劉因《靜修集》雖以隱逸爲志，但斯文不傳，周邵無期的文化責任，也時時流現，如：

> 冀北高寒境，英靈海嶽全。斯文若程邵，家世亦幽燕。祀典今誰舉，遺經會有傳。吾鄉此盛事，瞻仰在他年。(〈雜詩五首〉之二)
>
> 百年周與邵，積學欲何期。徑路寬平處，襟懷灑落時。風流無盡藏，光景有餘師。辜負靈臺境，圖書重一披。(〈周邵〉)
>
> 文廟秋風默坐時，慨然千古入沈思。許身尚省初心在，道在而今竟似誰。(〈己卯元日〉二首之二)

郝經心中一片斯文典型、周邵學術的期許如此可見。

初期文士如此，中晚期文士在仕隱之間的矛盾中也不乏存文保種的哀痛，王惲〈椒蘭怨〉云：「唐家大業至此盡，自古之國未有若此之哀恫。」(《秋澗先生大全文集》卷十)，袁桷〈觀真文忠公畫像〉云：「生世我已後，正緒遺顓蒙，惕然拜公像，斯道非終窮。」(《清容居士集》卷四) 虞集〈送西臺治書仇公哲〉云：「豈無憂世士，受仕在芻牧，爲義苦多違，好多常不足，治書肅將指，善類庶有晟。」(《道園學古錄》卷一) 即使仕隱矛盾情緒最深的趙孟頫，也不斷在詩中表現他出仕的始命在創造和發揚文化藝術，其〈論書〉云：「書法不今已久，楮君毛穎向誰陳？」(《趙孟頫集》卷五)〈廉山曉行〉

之：「緬焉心如結，詠言著斯文。」（《趙孟頫集》卷二）〈題耕織圖二十四首奉懿旨撰〉其中十一月詩云：「衣食苟給足，禮義自此生，願言與學校，庶幾教化成。」（《趙孟頫集》卷二）由此可見元初及元代中晚期，儒生文士內心憂虞的重心都在文化道統的維繫，生靈生存的保障。

　　元朝的漢文化在初中期的儒臣不斷努力下，一方面保存於民間書院，一方面促使元廷設立官學，恢復科舉（詳見緒論所考），甚至有奎章閣之立。〔註 35〕為書畫繪藝開闢發展與典存的空間，為元末培育了相當數目的文化人。〔註 36〕由於如此，元末的漢文化能於歌舞昇平中隨處流現，文人雅士群集結社，他們可以不虞生計，終日浸淫於詩書酬祚中（詳見結社一章），而樂不思蜀，夷夏之防的民族大義，此際除了王冕等少數人外已不復存在，然而他們的理學教化，君臣之義則仍嚴明，故而元季世亂，上下奔相赴義，抗不仕明者不少，而且元亡，遺老極多，如楊維楨等，不仕新朝，如宋濂等仕明而心懷元朝者，都流露許多文化的憂虞及綱常志節的頌詠，王逢〈遊崑山懷舊傷今〉云：

　　………乾坤宥孤臣，風雨猖玉兔，銅駝使有覺，涕懼荆棘杞。（《梧溪集》）

此詩中的楚國公是元末降將張士誠的先人，張士誠起義後一度降元，元追封其先人為楚國公，廟祀崑山，王逢在此頌詠流連，可見他對故元的一片心跡，而且同情流寇張士誠的背後，就是對元朝的

〔註35〕元初一切漢文化只能作到為漢人爭生存，為文化圖衍續的大前提，尚不及藝術，後來雖有趙孟頫、高克恭、康里巙等藝術家，但元廷用他們為仕，官居要職，卻始終與藝術無多大關係，主要因為元人漢化不深，對藝文的了解不夠，到文宗時，精通漢文，能詩文，加上有虞集的擘劃，柯九思的協助，終於至元六年詔改宣文閣為奎章閣，董理文化藝術事業。有關奎章閣史料，詳見姜一涵《元代奎章閣及奎章人物》一書，聯經 1981 年版。

〔註36〕姜一涵《元代奎章閣及奎章人物》一書之結論指出奎章閣對元末歷史文化之貢獻為：「它最大的成績是為元代末年訓練並培育了相當數目的文化人──尤其是藝文之士。」見該書頁 215。

懷念，〔註37〕對元的懷念是因爲明初的無道，明初殺儒臣極多，王
逢在此微言奧義間存有對元代文化的追念。當明太祖改元時，王逢
以〈得兒掖書時戊申歲〉云：「月明山怨鶴，天黑道橫蛇，寶氣空遺
水，春程不見花。」來暗諷明太宗的新朝一片「天黑」「不見花」，
戊申年正是明太祖洪武元年，王逢心中的憂虞可知。顧瑛也一樣存
著亂離無文的憂念，〈金粟冢中秋日燕集〉云：

> ……十載苦國難，豪傑紛戈矛……三年盡忠歸，身作抱官
> 囚，平生萬卷書，怒焚遭鬱攸。廬墓讀內典，守節事清修。
> 親友散如雪，雲樹空悠悠。獨爾數君子，艱棘見何由。……
> 《元詩紀事》卷廿七）

元末的十載國難中，顧瑛心中最憂慮的一是餓莩，二是節義，三是書
卷，親友離散，一片荊天棘地中，他唯一的希望是能讀內典，事清修，
可見他憂虞文化生靈的心跡。此外如劉基〈北丘感懷〉詩長五百七十
字，結語云：

> 青徐氣蕭索，河濟俱泥滓。痛哭賈生狂，長歎漆室裡。何
> 當天門開，清問逮下俚。

對乾坤蒼痍，白骨荒蕪的景像無限憂慮，文士無能，只有痛哭狂佯，
長歎於漆室之中。〈聞鳩鳴有感呈石抹公〉云：

> 疲氓眞可憐，忍令飼豺虎。追憶至元年，憂來傷肺腑。

〈感興〉詩又云：

〔註37〕元末有部分知識份子都曾表示對張士誠的惋惜，劉基的〈詠史〉二
首、〈過蘇州〉、〈有感〉等，把朱元璋比喻爲秦始皇及殺功臣的漢高
祖，而對張士誠的懷念感歎尤爲淒涼。王逢〈聞吳門消息〉把張士
誠比爲陶侃，載良《詠懷古蹟》對吳地懷念特多，高啓〈姑蘇懷古〉
也暗寫對吳王張士誠的歎惋，這些詩人們都表達對吳王的同情，而
且宥於時勢，只好一再以戰國的吳王爲喻，與元末的吳王相映襯，
隱曲地表現出自己對元室的懷念。據勞廷煊所考，元末文士之所以
惋惜吳王，實因張士誠能招賢禮士，重視文化且屢與元朝和談，並
歸順於元，在他身上，文士們能有復元的冀望，至少也有傳統文化
的冀望。見《元明之際詩中的評論》一文，收於《陶希聖先生八秩
榮慶論文集》食貨 1979 年版。

　　大哉乃祖訓，典章尚流傳。有舉斯可復，庶用康迪遵。

劉基一再哀痛歎惋，對至元的追憶，對生民的憐愍，其根本也正是「典章尚流傳」的考慮。其他如高啓云：「伯圖以歇昭王死，千載無人延國士」（〈吳中逢王隨朝京使赴燕南歸〉）貝瓊云：「父老歌延祐，君臣憶至元」（〈五言書事二十韻〉）趙汸云：「皓首陳王道，時君孰可匡，艱難思稷契，容易託齊梁。」（〈觀輿圖有感〉）等等，都是元末遺民心存文化的志節表現。

　　有元一世，時代歷經金元、宋元、元明諸變，民族融諸夷華夏爲一，因而遺民志節也存在多元的價值，故國的哀悼，夷夏的分辨，忠誠的抒慮，都是可歌可泣，感人肺府的大節。然而文化的續絕、生靈的憂苦，更是他們的內心憂惶所繫。考察元詩，論述元人氣節，不能捨此紛紜面貌，只以舊說爲論。更不能以今鑑古，遺其元末明初，無華夷之辨下的文士志節。這是元詩社會性中極爲可貴的現象，對儒家民族氣節的內涵也有了更廣更深的詮釋。

第三章　隱逸思想之興盛

　　山林文學不一定是隱逸思想的產物，舉凡登臨、遊歷、行旅，都涉山林；但大量的山林文學卻與隱逸思想有極密的關係，元詩中摹寫山水，刻劃幽居情趣的詩佔全部詩作之大半，足見與元人心中蘊存的隱逸之思有關。元人除少部份仕宦於朝外，絕大部份都是隱士，或仕而後隱，或隱而後仕，或終身不仕。這幾乎是整個元代文士的絕大部類型。雖然《元史》隱逸傳只列九人，〔註1〕然傳曰：「元之隱士亦多矣。」顯然是爲數極多，記其一二已。廣義說起來，元代絕大部的士人皆隱，因爲他們雖食皇糧，而實際只是教師，不干與政治。狹義說來，元人以隱留名者極多，如劉因、張養浩之屢召不起，起而驟歸，蒲道源、宋無、陳樵、方瀾、趙偕、倪瓚等等，或以處士名，或以逸士、布衣名，皆終身不仕，也有仕後旋即乞歸，返回田里者，如黃溍、吳澄等。而南宋遺民之抗節不仕者亦多態，由於異族入主，抗節而隱者多；由於科舉不興，仕宦無門，故沈淪而隱者多；有的則仕而不能行其道，毅然乞歸；有的則隱居多時而學行俱優，屢遭徵辟，遂隱而後仕。不管情況如何，元代文士與山林田園的生活時間多過京華魏闕，形成大量的自然田園詩。這裡舉自然田園之名以泛稱山水詩、田

〔註1〕《元史》卷一九九隱逸列傳正傳有杜瑛、張特立、杜本、張樞、何中、武恪等六人，附傳則有張極、吳定翁、危復之三人。

園詩、自然詩等，取其在野的山林之趣，而不拘泥於詩歌歷史上山水詩、田園詩等狹義的義界。析論元代這股隱逸之風與其自然田園之作，固宜先從元代的社會結構、政治環境說起，同時也必須重新省察中國文人的仕隱心態與道釋思想對文士的啓發等問題。因此本章將分兩路進行，一看中國歷史背景中的仕隱心態與儒道釋思想和山林的結合，一看元詩中隱逸情態的表現。

第一節　隱逸思想與山林文學

　　隱逸思想不盡然是道家思想，儒者志不達於上，遂鬱抑而在野，這也是隱士的情態之一，因此隱士實可類分爲三，一是儒家志士之隱，一是道家全生之隱，一是佛家道家靈修之隱，三者都能產生大量的山林文學，然三者情志各有不同，顯現出人與自然之間的不同定位。

　　以儒志存心的角度來看，邦有道則仕，邦無道則隱，達則兼善天下，窮則獨善其身，中國傳統文士傾向政治參與的原因在求人文世界的圓滿和諧，一旦局勢不可爲，或小人當道，國君昏騃，這些文士往往悲鳴山林，抗憤幽壑，有些則全節隱退，拂袖絕塵，陶淵明在少時「猛志逸四海」（〈雜詩〉），而後自謂「少無適俗韻，性本愛丘山」（〈歸園田居〉），其實是這種士志於道之後的轉向。杜甫的儒志極爲徹底，卻在「明朝有封事，數問夜如何」（〈春宿左省〉）之後，時興「吏情更覺滄洲遠，老大徒傷未拂衣」（〈曲江對酒〉）之嘆，可見儒者志深軒冕之餘，另一片泛詠皋壤的心思。因此，儒者仕與隱的情況極爲複雜，如陶淵明者，已由儒轉向道；杜甫則雖隱猶仕，「許身一何愚，竊比稷與契」的心志始終深篤；另外如孟浩然者，則徘徊於仕與隱之間的矛盾之中，而在「不才明主棄」的感歎中終隱山林；至於王維則是另一種雖仕實隱的狀況，這種環繞於一元政治，多元情感的仕隱之情，正是儒家人文世界與自然世界之間不同的結合與對立，我們很難以有形跡可考的仕宦與否來論定，但卻可從其自然詩作中看出其世界

觀與宇宙思想的定位。屈原是儒家仕隱矛盾之對立中最典型的人物，他的思維完全以人文世界的理想為終極，思毫不作出世之思，因此他詩中的自然川澤全蒙上危慮憂懷，形成幽獨深閉，壯烈殉志的儒家理想人格，然而屈原的隱逸生活隨著他沈江而結束，許多儒者則道不行，乘桴浮於海，成為避世全節的隱者，如東漢仲長統〈述志詩〉云：「抗志山棲，游心海左；元氣為舟，微風微柁，翱翔太清，縱意容冶。」〔註2〕政綱失紀其實已表示道德蕩然無存，志士唯有避居山林，才能全節存志，這是儒志隱者的絕大部份狀態。

　　比較來，道家思想人物的隱居生活就顯得逍遙自在得多了，他們的山林之作少去歌哭、歎惋、憂虞、鬱懑的狀態，而充滿自然的和諧與情性的安適，這些人「遯世不悶，以德存身」，或「樂天知命，無憂無欲」〔註3〕徜徉在山水之中，「專一丘之歡，擅一壑之美」，〔註4〕精神在娛賞自然中得到超脫，完全是老莊玄思之後的體現。老子云：「吾所以有大患者為吾有身，及吾無身，吾又何患！」莊子云：「終身役役而不見其成功，薾然疲役而不知其所歸，可不哀邪！」（〈齊物論〉）因此道家之徒能於有無之間，體驗自然與自性，終而棄人事而返自然，在自然中獲得空靈的智慧，因此，這些人在描寫山林時自能有份任真自得的機趣，陶淵明是其中最典型的代表，「採菊東籬下，悠然見南山」是山川丘壑與自性相和諧的超悟自得，人與宇宙同為自然，又何憂何懼？因此陶淵明在〈形影神〉中清楚地表達出道家對永恆之流的體會，他說：「縱浪大化中，不喜亦不懼，應盡便須盡，無復獨多慮。」陶淵明的生命與自然為一，故能於山水田園中傳達出悠然沖淡之境。道家之徒未必都能有淵明的境界，但魏晉時以神仙之思為主的遊仙詩和以模山範水為主的山水詩都有一定程度的隱逸之趣。元人遊仙之作不少，明顯與道教相關，元代道士詩人的遊仙之作

〔註2〕見丁福保《先秦漢魏晉南北朝詩》，晉詩卷十四。
〔註3〕見《全晉文》卷三，陸雲〈贈鄭曼季四首〉之二、三的序文。
〔註4〕《全晉詩》卷一〇〇，陸雲〈逸民賦序〉。

亦是隱居情態之一。但道家及道教思想的隱士，終究仍迥異於儒志存心的隱士，他們對自身性命的體悟大過於群體安危的憂思，因此山林皋壤在他們筆下也形成不同的風貌。

佛家思想初入中土時，許多時候常假托於道教之中，然而到唐代三教融合之後，佛教思想的山林文學也能顯出有別於道家的天人合一的冥思。佛道兩家都是人對宇宙本體的證悟，道家的心齋、坐忘來參天地之化，佛家以調心祛妄來淡化人的主體，使皈依於宇宙本體，因此在傾觀山林、俯聽幽泉、旁眄草木時，都能有物我兩忘的境界，但陶淵明的沖淡寧和與王維的圓融無礙又有不同，陶淵明「悠然見南山時」是識得此中有真義，南山如宇宙真宰，予人融洽諧和的境界，人處境中現象與本體兩合，王維卻是「君問窮通理，漁歌入浦深。」只有水浦深處，才能萬事不關心，窮通無礙，這完全是一種出離現實返歸本體的境界。簡而言之，道者是一動一靜莫非自然，有時是「寂兮寥兮」，有時是「大音希聲」，自成其趣；佛家則以寂靜為本然面目，也就是僧肇〈物不遷論〉所云：「必求靜於諸動，故雖動而常靜。」所以王維才以「晚年惟好靜」來終結其修為。然而佛道清靜妙理，澄淡詩境仍然相通。

許多人誤以為隱逸思想是老莊的產物，也有人純以儒家思想獨善其身與兼善天下之別來考慮，這都是一偏之見。例如近人吳璧雍《人與社會》一文，定出仕隱之間，是以仕途的迴響為主題，可分「積極的入世情懷」、「激切的諷諫精神」、「疏離的感傷情調」等三種類型，而以老莊為出發的思想則定為隱，屬仕的變奏。〔註5〕這個說法誠然考慮儒道思想在仕隱之間所扮演的角色，但等於將隱逸思想定為老莊思想或易經玄思，這就有失中國隱士的全貌。據蔣星煜《中國隱士與中國文化》一文指出隱士名稱主要有「隱士、高士、處士、逸士、幽人、高人、處人、逸民、遺民、隱者、隱君子等十一種」〔註6〕因此

〔註5〕見《抒情的境界》中〈人與社會——文人生命的二重奏：仕與隱〉一文，聯經中國文化新論1987年六版。

〔註6〕蔣星煜《中國隱士與中國文化》頁1，上海三聯書店1988年版。

有曾出仕而退居，有亡國而隱等，其思想內涵不完全是老莊之自然，仍為儒家士志於道的延伸。誠然《莊子》中有隱士的說解，如〈繕性篇〉云：

> 古之所謂隱士者，非伏身而弗身也，非閉言而不出也，非藏其知而不發也，時命大謬也。當時命而大行乎天下，則返一無跡，不當時命而大窮乎天下，則深根寧極而待，此存身知道也。

隱士是道家所謂「時命大窮」的存身之道。但儒家也提到隱，《論語》泰伯篇云：

> 危邦不入，亂邦不居，天下有道則現，無道則隱。

可見隱是一種動處的選擇，而非仕後挫折的避世而已。何況《莊子》刻意篇云：「就藪澤，處閑曠，釣魚閑處，為無而已矣。此江海之士，避世之人，閑暇者之所好。」莊子的避世之士，實為「無」而全生養性者，未必即現實困挫的逃避者，故而，早期隱士實源於儒、道兩家，至佛教興盛後，又有三教合流或三教融合的趨勢，隱士的思想內涵因而愈形廣泛，隱士的定義也趨於多元，成為在野文士的總稱。近人姜亮夫在〈中國文士階級的類型〉一文中論及隱士類型，更將僧道等人置入，〔註7〕可知後代隱士的概念已極廣泛。

　　隱士以山水田園為棲居之所，了解隱士的思想內涵有助於了解山林文學。隱逸思想與山林文學的關係，正是透過思想多元形態鋪敷於山林而形成的多種情貌。近人郎寶如說：「儒與佛道兩家影響下的山林文學，最根本的差別並不在於藝術境界上的差異。因為意境之有我與無我，優美與宏壯，並無優劣之分，高下之別，是不可厚此薄比，有所軒輊的，關鍵在於作者藝術功力的高下。而思想境界上的出世與

〔註7〕同註6見蔣星煜所引，蔣氏將姜亮夫意見歸納如下：

隱士 ┤ 修士 ┤ 僧道…如鳩摩羅什玄奘大師
　　　　　　　　準僧道……如郭璞、郭弘、陶宏景、林逋
　　　　 逸士……如阮籍、嵇康、劉伶、陶潛

入世，兼善天下與獨善其身，卻是截然相悖的價值取向。」〔註8〕這個觀點基本上相當客觀，因此我們在檢視山林文學時，自然也能看出儒、道、釋不同的跡貌，同時對我們分辨「隱身」與「隱心」的不同隱者，也有合理的思想根據，傳統文士未必隱居不仕，但愛好吟詠皋壤、謳歌田園、摹刻山水的隱逸傾向卻是詩歌文學中極大的主調。

　談到山林文學立刻會聯想到六朝的山水詩、田園詩、唐代的自然詩等，這些是山林文學的大宗（此處專以詩言）。然而描寫自然，模山範水的作品從詩經到宋元明清都有，王漁洋〈雙江倡和詩序〉云：

> 詩三百五篇，於興觀群怨之旨，下逮鳥獸草木之名，無弗備矣；獨無刻劃山水者，間亦有之，亦不過數篇，篇不過數語；如漢之廣矣，終南何有之類而止。漢魏間詩人之作，亦與山水了不相及。迨元嘉間謝康樂出，始創為刻劃山水之詞，務窮幽極渺、抉山谷水泉之情狀。昔人所云：莊老告退而山水方滋者也。宋齊以下率以康樂為宗。至唐，王摩詰、孟浩然、杜子美、韓退之、皮日休、陸龜蒙之流，正變互出，而山水之奇怪靈秘，刻露殆盡，若其濫觴於康樂，則一而已矣。〔註9〕

這段話是王漁洋談山水詩流的論點，這個說法雖未涉陶淵明的田園詩，但與整個山林文學有很大的關係。顯然王漁洋在此犯了兩點錯誤：（一）將山水界定為模山範水之作，其取景自然而以抒情述志為主體者不算山水，所以才以謝康樂為山水詩為「始創」。（二）莊老告退，山水方滋的說法似有誤解《文心雕龍》明詩篇的文字本意。關於前一個問題，近人在山水詩的起源之系列討論中多主張山水詩不是謝靈運創始，而是內外條件充足形成新的感性與美感意識。〔註10〕李豐

〔註8〕見《常經堂講話》卷五序論。

〔註9〕見郎寶如《儒家思想與山林文學》一文，見《內蒙古大學學報》1991年第三版。

〔註10〕關於山水詩的起源，林師文月〈從遊仙詩到山水詩〉一文說明遊仙詩與山水詩的關係。見《山水與古典》純文學1976年版。洪順隆〈山水詩起源與發展新論〉一文歸納前人的說法有源於詩經、有源於遊

梄在〈山水詩傳統與中國詩學〉一文中有極客觀的看法：

> 謝靈運所以能完成山水之作，乃是綜合各種題材始能創
> 新：其中包括雛形的模山範水的山水詩、以名山洞府爲場
> 景的遊仙詩、嘉遯山林的隱逸詩。

又說：

> 儒學衰微，道家思想得以爲知識分子重新發掘；加以釋、
> 道二教逐漸影響讀書人的生活習慣，社會上瀰漫希企隱
> 逸、嚮往神仙的風氣，促成知識分子自我意識的覺醒；將
> 精神境界的追求不再拘束於祿利一途，而求個體自我的自
> 由與逍遙；尤其東晉南渡之後，江南地區新的山水景象更
> 激發一種遊覽的風氣。由於內在、外在的充足條件，形成
> 新感性，對中國人的美的意識具有開拓作用。至晉、宋之
> 際，陶淵明以隱逸詩人抒寫田園、謝靈運則專力於模山範
> 水的功夫，以自然山水作用爲興情悟理的媒介。〔註11〕

兩段話不僅解析了山水詩之形成的詩歌源頭，同時也合陶謝爲自然山水，不必強分山水與田園，這對我們看隱逸思想與山林文學的取材時，有很大的幫助。事實上廣義的山水詩即自然與田園之作，不必限於謝靈運式的山水詩。

　　至於第二個問題，王文進〈莊老退而山水方滋解〉已清楚解析玄言到山水詩之長期發展，漸進過渡，沿襲滋盛的關係〔註12〕由之，我

仙詩、有源於金谷園山水詩、有源於謝混、殷仲文等。洪順隆認爲這些說法都不對，而是在漢武帝〈秋風辭〉昭帝〈淋池歌〉等已開其端。此文收於《六朝詩論》文津出版社 1978 年版。至王國瓔《中國山水詩研究》聯經 1988 年二版及胡念貽〈論山水詩的形成和發展〉一文「關於文學遺產的批判斷承問題」，湖南岳麓書社 1980 年版，兩人都推源至詩經楚辭時代。

〔註11〕見李豐楙〈山水詩傳統與《中國詩學》〉收入《中國詩歌研究》頁 89，中央文物供應社 1985 年版。

〔註12〕關於這個誤解，J.D. Frodsham《中國山水詩的起源》一文曾發生過，王文進《莊老告退而山水方滋解》即針對此文而發，王氏解說「因」爲延襲，「方」爲正是，故劉勰此語無誤。載於《中外文學》1978 年八月號。

們更能肯定山水詩與老莊玄理的玄言詩有關。近人李文初《中國山水詩史導論》一文就是持此觀點。〔註13〕在此,我們也願意從李文初的山水詩定義:(一)山水詩難以與哲理劃清界限。(二)山水詩難以與田園劃清界限。〔註14〕這與本文在此討論中國隱逸思想與山林文學的基本角度不謀而合。在此定義下,山水詩實包括田園詩、自然詩及其他有較多模寫山水,吟詠自然的詩,因此王國瓔、胡念貽等人推源詩經楚辭都是合理的(請參考註10),於是先秦《詩》小雅之〈沔水〉、〈節南山〉等一、二句山水及衞風〈竹竿〉之淇水景物都算山水,《楚辭》之〈九章。涉江〉更是大塊山水。〈子虛賦〉之「岑崟參差,日月蔽兮」也是山水,曹操〈觀滄海〉尊詠碣石山和渤海景物、曹丕〈于玄武陂作〉的遊覽之作仍是山水,到魏晉時專寫山水的詩人如謝靈運、鮑照等才產生大量山水詩,以後齊梁諸朝的謝朓、江淹、何遜等,都寫了大量的山水詩。而他們的作品約爲三類,一類表怫鬱不平之氣,一類單純寫景,沒有濃厚情感,這是數量最多的,一類則寫了談玄說理的句子,透顯消極之思。〔註15〕當然這個視野顯然未把陶淵明的田園詩置入,如果我們想合山水田園爲一的話,陶詩之田園景物、躬耕丘山的類型仍需納入考慮範疇中。唐代是山水田園詩的另一發展期,李杜的山水,代表壯烈奔放的感情,與憂虞愁苦的生命、王孟的自然詩,形成靜穆圓融的智慧與漂泊江湖的悲哀,這些都是山水田園不同的況味。近人研究山水詩都以先秦至西晉爲孕育期,東晉爲形成期,南北朝爲勃興期,唐爲昌盛期,宋元明清爲綿延期。〔註16〕因而

〔註13〕見《暨南學報》1990年第二期。
〔註14〕同註13李文初頁73至74。
〔註15〕參考胡念貽〈論山水詩的形成和發展〉一文歸納。
〔註16〕這是李文初〈中國山水詩的形成和發展〉一文的分期。李文初說:「所謂綿延,一方面固然是指這時期的山水詩基本上是前代,特別是唐代山水詩的繼承和延襲,甚至出現過某些刻意古範,陳陳相因的不良風習,這就使得這時期的山水詩在總體風貌上,自然清麗略顯不足,氣勢也難與唐代詩人之作相匹。」胡念貽〈論山水詩的形成和發展〉則將魏晉以後分爲三期,一爲晉宋之間,一爲唐宋,一爲元

肯定田園山水之作至唐代發展至高峰，宋元以後只是承繼前代而少有新境，這種說法顯然過於含糊而不客觀，宋元以後儒道佛思想漸有新趨勢，佛教日興，道教的神仙之思也勝過玄悟思想，儒家更由外王的功業走入內聖的心性，加上元代有異族入主，宋金有亡國之痛，整個巨變的時代，舊有封建社會制度瓦解，文士的出路有新的轉向，這都形成元人隱逸思想與山林文學的新內涵，因此含糊說宋元只是前代的承繼是不夠的。這些我們將在下節中探求元代自然田園之作的真貌。

　　山水田園詩形成於魏晉，正值知識分子調停於儒、道之思的時期，唐以科舉及壯闊疆土，加深了仕隱之間的矛盾與徬徨，生命的憂虞與超越。元人則以廢科舉與異族文化的融入，形成士人皆隱，田園山水詩大出的現象，其中儒道釋思想的不同情態也更顯繽紛多樣，儒道互補也好，三教合流也好，在元際山水詩中均非機械組合，而是有機化合。這種複雜性在山水詩作中折射出來，我們很難以隱居不仕，或仕而後隱等出處來論，也很難以儒家志節或佛道性命來分，因此下節我將統山水田園自然而言元人的隱逸思想，以其人與自然相對相合的關係作為簡單的分類，至於詠陶之作，因數量極多，又別立一類觀之。這對元詩的社會性或山水詩的歷史流變，將有更清晰的掌握。

第二節　元代大量的自然田園詩

　　據研究山林文學者的考察，山水詩常與求仙、隱逸、遊覽有關，也顯現與莊老名理、宦遊生涯、集會宴樂、田園情趣合流，〔註17〕簡而言之，即仕宦者的山林之思、宦遊者山川之旅、歸隱者的田園之樂及行旅者的山水之感等幾種類型，〔註18〕如果以廣義的角度來看隱

　　　明以後，他也是指出「這個時期的山水詩沒有什麼更高的發展」，這種說法都相當含糊而不客觀。
〔註17〕見王國瓔《中國山水詩研究》，聯經1988年版。
〔註18〕見李豐楙〈山水詩傳統與《中國詩學》〉一文，收於《中國詩歌研究》中央文物供應社1985年版。

逸,則終身不仕之隱與仕而後隱,或王維之類的「宦隱」都是隱,因而以上幾類全屬於隱逸思想的表現。這樣的角度用在元代是相當合適的。元代的隱者極多﹝註19﹞可分爲兩類,一類是宋亡抗節不仕的遺民,他們或組成月泉社等團體,或以道統自任,教授於山林之間,或獨來獨往歌哭於江海之上,這些遺民幾乎全爲詩壇巨子,也幾乎全爲隱士,這種詩歌與上古的遺民詩歌完全不同,他們不復有專寫山水的心緒,而是於山水之間寄亡國哀音。另一類是蒙元儒戶新制下,無官可做,安於山林的隱者,他們一部份存著儒家斯文典型存廢之思,一部份安於田園冶遊之樂,一部份於躬耕中追懷魏晉遺風,以風月自娛,一部份於遊歷中浩歡造化,寄宇宙冥想等等,這是元代隱逸思想表現於山水自然間的諸多情態,基本上都屬於投身山林,嚮往自然的自然主義文學。近人吳可道說:「如果隱逸詩的內容只是一些狹隘的憤世嫉俗或消沈的厭宦棄官,那也就比遊仙詩更空洞更單調,比玄言詩更迂腐更教條了。所以,當隱逸思想跟幽雅的山水以及寧靜的田園組合之後,隱逸詩才有踏實的內涵和高雅的意境。」﹝註20﹞由之,我們可以更肯定隱逸內涵的多元性,包括憤世嫉俗或遊仙之思、與玄言哲理,然而,也肯定隱逸與山林的結合,以自然主義爲崇高意境。因此,論自然田園詩倒不必在儒道釋或仕與隱(不仕)上分別,而是要看其中人與自然的關係,當然因儒、道、釋不同的思維背景,人與自然也將形成不同的定位。

　　「自然」一詞在中國人的心中有不同的意蘊,呂興昌〈人與自然〉一文融合方東美、唐君毅的觀點,指出中國先哲心中的自然約有四層意義:

﹝註19﹞元代讀書人大半是隱者,因爲在儒戶制度下,讀書人多終身以教師爲業,《元代的儒學教師》從博士、助教、教授、學正、學錄、山長、教諭等全爲山林隱士,然而與前代不同的是,這些山林隱士隱居教學之外,尚食皇糧,有穩定的經濟收入,這類元代的讀書人,實際上是傳統制度瓦解後的新隱者。有關元儒地位問題,詳見緒論所考。

﹝註20﹞見吳可道《空靈的腳步》楓城 1987 年版。

1. 自然之中萬物無永相矛盾之理，而有經由相互感通以歸中和
   之理。
2. 自然乃是普遍生命創造不息的大化流行。
3. 自然是一個將有限世界點化無窮空靈妙用的系統。
4. 自然是一個盎然大有的價值領域，足以透過人生的各種努力
   加以發揚光大。〔註21〕

　　這幾個角度其實已融儒道為一，顯出人在自然之中有存在的價
值與反返自然的無窮生機。換言之，生命是有限的，自然是無限的；
生命是微渺的，自然是浩大的；生命是有僵死困頓的局面，自然能
生生不息，空靈無窮等等。人與自然既有此含混而又差別的狀態，
因此每個人在山林間的體會都會有不同，有的人可能只是把自然當
客觀物質世界的存，有的人則可能藉自然的廣大來彌補自己的窮
困，有的人則出神入化，冥和自然，這與他的思想背景有關。元代
是儒道釋雜揉的時期，儒學又傾向於心性之道，因此文士幽居山
林，自然也顯出純詠山水、藉山水抒情述志，冥合山水之自然等種
種不同。基本上宋金遺民的水多為寄情志，特別是亡國之哀與文化
道統的憂念、時局更替的感歎與志節的表徵等等。元代中晚期詩人
的山水則多為閒詠，或以興情悟理，天人合一，或純以客觀山水賞
玩之，而其中元初至元末大量興起的詠陶和陶之風，也是隱逸的表
現。這些作品，或紀遊、或閒居，都有大量得自自然的慰解與感悟
的功能，完全是元代社會顯出的現象之一，可惜一直乏人問津。元
人的山水之作只元好問與耶律楚材曾受矚目而已。〔註22〕以下我將
從元人的自然田園之作中來看元人心中的自然，也就是他們歸隱山
林的不同心得。

────────────────

〔註21〕見《抒情的境界》頁126，呂興昌〈人與自然〉一文，聯經1987年
　　　　版。
〔註22〕元好問山水詩有賀新輝〈寓情於景，以景抒情——元好問的山水景
　　　　物詩〉專文呈現，現收入《元好問研究文集》，山西省古典文學學會
　　　　編。《耶律楚材》受矚目的是西遊紀行諸作，但尚無人專文研究之。

一、主體情志的投影

元人隱逸的生活中描寫山林雖多，但大半皆爲仕宦之情的延伸，表現出大量的主體困憫之情志及耿介之志節。元好問是金亡後的逸民，山水詩中常寄以歷史興亡的慨歎及時事憂情，如〈西園〉詩云：

> 西園老樹搖清秋，畫船載酒芳華游，登山臨水袪煩憂、物色無端生暮愁。……千古是非同一笑，不須作賦擬阿房！
>
> （《元詩選》初集《遺山集》）

〈箕山〉詩云：

> 幽林轉陰崖，鳥道人跡絕。許君棲隱地，唯有太古雪。……
> 古人不可作，百念肝肺熱。浩歌北風前，悠悠送孤月。（《元
> 詩選》初集《遺山集》）

這兩首詩都有相同的景況：先以西園秋景、箕山幽林爲始，半章之後即轉入人世煩憂，發千古與時局的感慨。元好問是身隱心不隱的人，儘管有〈光武臺〉、〈隱亭〉、〈劉曲龍潭〉、〈龍門雜詩〉、〈觀浙江漲〉、〈遊黃華山〉等等，大量隱居紀遊的山水之作，但總是「每恨勝景不得窮」，徒想借「芥蔕一洗平生胸」（〈遊黃華山〉）而不得，心中情志澎湃洶湧，一直無法撫平，顯著者如〈箕山〉之「浩歌」，隱微者如〈隱亭〉之「一笑」，雖然自認「平生遠遊賦，吟諷心自足」，但世網塵纓他是無法辭謝羈束的。

李俊民是金代留下的另一遺老，隱於嵩山，他的隱居與元好問不同，元好問是金亡而隱，李俊民則是在金世舉第奉官不久後即棄官教授，雖未隱而實已隱，南遷後則深隱不出，與元好問的往來奔走又有不同，因此，其作品無好問慷慨悲吟之氣，而是蕭散無奈之情。〈游青蓮〉中與僧人一夜話興亡，〈過雲中〉歎「一生常鮮歡」，〈宿村舍四首〉云：「別後曾無一日歡，風光都在落花間。」皆可想見其秋風落花的無奈。譬如其〈一字題示商君祥〉諸作多以隱居之事爲題，寫〈雲〉〈雨〉〈塵〉〈春〉〈梅〉〈松〉〈竹〉〈蜂〉〈漁〉〈僧〉〈樵〉〈隱〉等等，但實際上「不知燹挽世，柯爛未還家」（〈樵〉）、「一犁雖美滿，

猶恨不當春」（〈雨〉）、「鬱鬱愁無地，青青獨有心」（〈松〉）這些不美
滿的恨憾，無地容身的憂愁仍然無法在山川之中消彌，元、李二人詩
中的自然，其實不離人世的情志，是將自身悲歡投射於山川，而未嘗
從山川中得到消解與安慰。

劉因是元初隱士，顧嗣立說他：

> 深究於周、程、朱、李之學，杜門深居，不爲苟合，公卿
> 使者過之，避不與相見，人或以爲傲，弗恤也。愛諸葛孔
> 明語，表所居曰「靜修」。嘗遊郎山雷溪間，號雷溪眞隱。
> 又號樵菴。〔註23〕

劉因後來雖曾拜右贊善大夫，但以母疾請歸，又召爲集賢學士，也固
辭不起，他之所以隱居不仕與元初儒學不興有很大的關係，他是爲了
尊道，不與物苟合而隱，因此詩中的山水完全是儒志的感歎，〈馮瀛
王吟詩臺〉云：

> 林壑少佳色，風雷有清秋。爲問北山靈，吟臺何久留。時
> 危亦常事，人生足良謀。不有撥亂功，當乘浮海舟。飄飄
> 扶搖子，脫屣雲臺遊。每聞一朝革，尚作數日愁。朝廷乃
> 自樂，山林誰爲憂？……四維既不長，三綱遂橫流。……
> 何當劇疊嶂，一洗佗山羞。

此詩明白表出他之所以浮海舟，遊雲臺的原因，因此原可以消憂解困
的宇宙自然，在他筆下完全是憂虞浩歎的觸媒，譬如〈孤雲〉云：「豈
無崑華高，路遠嗟無力」，「下有憂棲士，歲晏倚青壁」，崑華可以無
憂，劉因卻歎無力，幽棲可以忘機，劉因卻不掩青壁的寂寞。〈隱仙
谷〉中他明知「人世不可諧」卻仍「念此良悠哉」。其他如〈泛舟西
溪〉、〈種松〉、〈武當也老歌〉、〈感秋〉、〈西山〉、〈飲山亭雨後〉等等，
都是一面寫嵯峨山川，一面歎千古風雲；一邊吟萬壑空煙，一面哀地
拆天分，滄海桑田之變在他來說不是自然流轉而是人世無奈，這是劉
因隱逸思想的情態，完全是儒家之徒的表現。

〔註23〕見《元詩選》初集，甲集《靜修丁亥集》敍錄。

　　方回是南宋降臣，曾任建德路總管，但晚年也可以算是隱士，他任官不久即罷官歸隱，徜徉杭、歙間，他在山中投射的是衰老的無奈及窮愁的感歎，譬如〈秀亭秋懷四首〉云：「湛湛長江楓，落葉逝流水，自非貞勁草，顏色槁欲死。」〈殘春感事〉云：「春雨溪橋斷，才晴又淺流，端能操古節，何至墮窮愁。」這江流水逝之景，正是方回心中衰老無春之情的寄託，他筆下行旅紀遊的寫景之作，完全無隱士操持與情態，只是即目寫景，即景賦事而已，因此考查元詩之隱逸思想實不能以「隱身」為憑，方回只是逸在市井的文士，其心境全無隱逸之思，也是元際新的隱逸情態之一。

　　南宋遺民也有大批的隱逸之作，如《谷音集》、《宋遺民錄》、《心史》等集中所留存的逸民之作，他們抗志遁荒，潔身淨慮於山林，實則不免於塵慮，所以鄭思肖〈寒菊〉云：「寧可枝頭抱香死，何曾吹落北風中」以自然景物表徵志節；趙復〈自遣〉云：「老去秋山空寂莫，自鋤明月種梅花」雖居自然而心實孤寂；林景熙〈夢中作〉云：「獨有春風知此意，年年杜宇哭多清。」身在自然而懷亡國之哀；錢選〈自題桃花源園〉云：「鶹鵬具有志，蘭艾不同根。」等等，這些都是隱居自然之中卻懷不平之志的作品，自然景物不過是他們主體情志的影子而已，他們身在江湖，而江湖卻多淒風苦雨，草木有哀思，山川有志節，他們只有繼續歌哭山林，投訴真宰，這些心跡，山川是無法替他們撫平的。

二、客體景物的棲游

　　隱士之中的遺民逸士，其受儒家思想較深，操持較貞定者，容易有上一類之情志投影，但元代大部份投身山林者都是想藉山林得到慰解，而非避居山林而已，因此大量的自田園之作都在描述他們游棲山林的寬慰。譬如經常與謝翱與林德陽之流往來的遺民之一 ── 牟巘，在宋亡後，退居不仕，其隱居之作多存這份冀望以山林開懷抱，消憂悶的心情，而不是控訴於山林或藉山川表志節的心態。其〈和雨

中〉云：「但聽四簷滴，眞成萬物休」，〈和劉朔齋海棠〉云：「何如歸伴徐公飲，穩結一巢花上顏」，歸聽簷雨，結巢花枝，繫舟江畔，正是牟巘隱於自然的寫照，但是這種棲止只是無奈，他心中仍存有離自然返人跡的意念，因此〈長江圖〉云：「此圖此景俱可惜，展玩不足空白頭，家在江水發源處，何時還我舊菟裘。」

戴表元同牟巘一樣，棲息山林中冀求忘機，實際卻又不能，但日日游跡山林以求慰解的心態可以想見。顧嗣立記載他：「性好山水，每策杖遊眺，遠不千里，近才數百步，不求甚勞，意倦輒止。忘懷委分，或自稱質野翁、充安老人云。」〔註24〕其〈宿福海寺〉云：「此中但高臥，松風有清言」，〈茗溪〉云：「人間無限事，不厭是桑麻。」〈社日城南山作〉云：「瑞來禁域郭，猶自厭風塵。」〈已亥歲歸過泉口紫芝山傷謹講師〉云：「百年誰免此，只合早忘機。」等等，皆可看出他企求遠離風塵忘機山林旳心志，但是戴表元也同牟巘一樣憂懷難遣，只是形跡行於山林而已。

黃庚的隱居心跡較前述二人多，〈漁隱爲周仲明賦〉云：

　　一笠戴春雨，扁舟寄此情。世間塵網密，江上釣絲輕。
　　不羨魚蝦利，惟尋鷗鷺盟。狂奴臺下水，猶作漢時輕。

〈秋晚山行〉云：

　　鏗然短策聲，無事覺身輕。落葉山行軟，流泉澗飲清。
　　蟹痕沙露溼，坌影夕陽明。歸路逢林叟，班荊歃隱盟。

〈翠峰菴即事〉云：

　　竟日尋幽處，仗藜不憚遙。客行黃葉路，僧立碧溪橋。
　　巖瀑飛寒雪，松風吼夜潮。是山皆可隱，何用楚辭招。（以
　　上諸詩皆見《月底溪橋》）

此外如〈夜作即事〉、〈晚春即事〉、〈春日西園晚步〉、〈對竹〉、〈秋色〉、〈古意〉、〈暮春〉、〈海棠〉等等，現存〈月屋漫稿〉一卷中章章是隱，章章皆寫雁影幽盟，雲去月還的隱居情事，比較起來，黃庚算是較能

〔註24〕見《元詩選》初集，甲集《剡源集》敍錄。

安於山林聊慰餘生者，但「心清無箇事，長日一編書」(〈王修竹館舍即事〉)之餘，仍偶有「啼鵑亡國懷，歸鶴故鄉情」(〈晚春即事〉)的表現。

方夔也是棲跡山林的文士，他的思想仍是儒家心學，早年曾攻舉子業，後知其非而退隱富山之麓，援徒講學，自號知非子，學者稱〈富山先生〉。他的隱居也原於棲止山林，而懷耿耿儒志，不能完全和於自然，只於自然中求暫時慰藉者。〈雜興四首〉之一足爲代表：

> 老去蹉跎萬事休，襟期甚不入時流。倦飛已作歸林鳥，懶起猶如落草牛。
>
> 一點眉黃無宦況，五分頭白總詩愁。玉人期我滄洲上，未擬他年賦〈遠遊〉。(《富山懶稿》)

在倦飛無宦之餘，他才作歸林之鳥，寄興山林，其文集中這類作品也是俯拾可得，如〈耜嚴連和六首予與汪子新亦各再和〉云：「收拾萬金歸賈橐，不須麟閣大書銜。」〈春晚雜興二首〉云：「我欲憑高寄蕭散，暫舒老眼數歸鴻。」〈田家四事〉云：「已矣復何言，吾身老耕鑿」等等，都是棲身山林夫復何言的作品，山林只作他們餘生的慰藉而已。

元代這一類棲游於山林中客體景物任其朝雲暮雨，主體情志兀自蕭然無奈的作品極多。換言之，元代人的隱居，絕大部分只把自然作爲棲止之所，並未從自然中得到心靈的提昇，生命的玄思，這是隱逸思想中很特別的情態，與陶淵明之融和於自然，王維之圓融於自然都不同，完全是亂世遺民的心態。然而又與元好問，謝翱等歌哭於山林者不同，他們對自然的臣俯，隱逸情趣的表達又在元、謝等人之上。這類隱逸情態是元代隱逸思想的大宗，如熊鉌之《勿軒集》、陳深之《寧極齋稿》、袁易之《靜春堂集》、吳澄《草廬集》、張養浩《雲莊類稿》等等，都是這種棲止山林的紀錄，集中閒居遣憂，遊心自然的佳構不勝枚舉，但作品中明顯存在客觀景物與主體情志的二元對立，他的息跡寂心忘憂悟眞只是暫時的，片斷的，對「眞意」的表達極少，蕭然無奈之歎極多。

三、主客合一的圓融

　　隱逸思想中以主客合一為最高境界，主體之人與客體之自然冥合無間，現象寂息，本體永在，這樣的高標陶淵明做到了，王維也達成了，他們都能心與自然合一，於詩中表現無心無欲（道）與靈明妙悟（佛）。初期元人這一類的作品極難求，方外之士或許能有一、二，文士歸隱的圈子中少有這種作品，可能與元人普遍受程朱教育，不離內聖外王之思有關，也與元代之紛擾多變，難有寧日有關。但中期以後政寧人和，隱逸作品也不乏這種主客圓融之作。

　　張養浩《雲莊類稿》中有少數自然的田園之樂，〈擬四季歸田樂〉之〈春〉、〈夏〉云：

> 日月底天廟，陽痺土脈生。息息協風來，顒顒眾蟄驚。農夫服厥畝，薄言事春耕。缺堤流瀄瀄，灌木鳴嚶嚶。白扉颭青帘，綠野明丹英。蠶婦喜形色，牧豎歌傳聲。天隨野色遙，山與吟懷清。向來湮一際，今者幸四幷。徜徉子真谷，萬事秋毫輕。（之一〈春〉）

> 北陸展修晷，薰風薦微涼，麥波浩無津，細路如橋梁。溪光林樾潤，雨氣桑麻香。春聲破幽寂，人影來微茫。缺垣誰所居？紅碧相低昂。翁嫗老瓦盆，兒女前捧觴。我行適見之，亦覺心樂康。昔聞太古俗，今歷華胥鄉。向令早知此，詎使田園荒。迷途諒非遠，淑景良未秧。於焉遂平昔，孤陋庸何傷。（之二〈夏〉）

〈擬四季歸田樂〉四首都能表現這種天高氣澄，心寂塵空的境界，在隨事自然中有股樂天清懷的恬淡，雖談不上神跡杳合，但偶能忘機的快樂能自然流現，也算是主體客體合一的作品。譬如〈趵突泉〉云：「因之有真悟，日晏忘濯纓。」〈我愛雲莊好四首〉云：「遠意微花外，真歡放浪中」，「只因疏離久，每每忘冠巾」等等，都是這種短暫的體悟，但是張養浩深知自己境界不足，因此常常自我警醒云：「人間勝事忌多取，毋使樂極還生悲。」（〈遊香山〉）「卻愁歸去到塵世，又隨俗跡墜樊籠。」（〈過長春宮〉）儒家之徒想要忘機山林，除非轉入佛

道，否則是很難不爲現實人事而悲歡。

　　宋無的《鯨背吟》〔註25〕也略能表達這種委身自然，浮桴江上
的境界，趙孟頫因而稱其「詩風流蘊藉，皆不經人道語」〔註26〕如〈梢
水〉云：

　　　　拔釘張篷豈暫停，爲貪薄利故輕生。幾宵風雨船頭坐，不
　　　　脫簑衣臥月明。

〈討水〉云：

　　　　海波鹹苦帶流沙，島上清泉味最佳。莫笑行人不風韻，一
　　　　瓶春水自煎茶。（《鯨背吟》）

這些作品均爲海上之作，歷洶湧波濤而能安諧自處，隨機而生，也算
得上是人合於自然的表現。

　　陳樵隱居圓谷，衣鹿皮，自號「鹿皮子」，作品頗有魏晉遺風。〈清
隱亭〉云：

　　　　白日照陽春，九陌揚遠塵。往來酣蟻戰，誰是投閒人？
　　　　人生苟知足，政復貴隱淪。萬事等大夢，汩沒徒艱辛。
　　　　所以賢達士，不肯勞其神。結亭林泉間，歸來仰清眞。
　　　　窗虛野鳥狎，樹密山猿馴。草色上階秀，花枝倚檻新。
　　　　俯仰有佳趣，樽酒時相親。終然遠塵俗，不愧無懷民。

〈悅心亭〉云：

　　　　清晨攬衣起，感物暢我情。春風從何來，草木忽已榮。
　　　　深池躍游儵，喬木遷鳴鶯。俯仰極萬類，氣機足生生。
　　　　哲人貴冥會，悠然竟可營。此樂難具述，酒至且復傾。（《鹿
　　　　皮子集》）

從這些作品中的清眞佳趣，冥會氣機，境界顯然去陶淵明不遠矣！陳
樵爲元代中晚期詩人，可見隱逸思想在元代後期已能陶然於自然中，
不似前期之悲吟抗志。後期詩人隱士如方瀾、黃鎭、潘音、鄭玉、胡

〔註25〕《鯨背吟》四庫作朱晞顏作，然顧嗣立以爲朱晞顏是宋無冒名化姓
　　　　者，《鯨背吟》是宋無從事征東幕府時的作品。見《元詩選》初集頁
　　　　1296。
〔註26〕見《元詩選》「宋逸士無」敘錄。

天游、倪瓚等等，都能樂在其中，其作品如：

> 陸續畫船去，曉風料理人。泥香燕嘴草，路煖馬蹄塵。
> 海色瞳曨日，花光撩亂春。浮生孰無事，惜取自由身。（方
> 瀾〈春日遣懷〉見《叔淵遺稿》）
> 一宿南山頂，仙凡此地分。河明疑有浪，天近更無雲。
> 月色初秋見，泉聲徹夜聞。紅塵飛不到，甘與鹿爲群。
> 樹老秋仍露，山空晚更蟬。雨添春藥水，雲濕種瓜田。
> 對榻僧長坐，聞鐘客未眠。自應麋鹿性，疏散愛林泉。（黃
> 鎮。〈南山紫雲山居五首〉之二，見《秋聲集》）
> 我來臥白雲，潭影清華髮。經歲無稻粱，侵晨采薇蕨。
> 峰頭天籟鳴，隴上樵歌發。還擬醉濁醪，與君弄山月。（潘
> 音〈山中寄友人〉，見《待清軒遺稿》）

這樣樂在山林，隨順自然的作品不在少數，如以王國維「無我之境」求之，其主客融合的狀態或者仍未臻高格，但能悅心無憂，融於自然，也得陶淵明之一鱗半爪了。

　　元人的隱居之作，其山水自然所透顯的殆爲道家情致，他們所渴求的不是羲皇上人，便是義熙中人，少有佛家的妙悟與機趣，這與中國整個隱逸傳統歸旨於老莊有關，而佛家面貌其實已依附道家之中而混化無跡，比較明顯透出佛家趣味，的多半在遊禪寺或禪師往來的作品。如邱處機爲長春眞人，飛錫仙遊，以度人爲外務，〈遊靈山寺〉卻得佛家之思，詩云：「清澈古潭秋靜夜，桂花獨現本來心」，佛家之眞性不假外求，面貌本來自存，此詩能於自然中杳合釋道。釋明本爲方外文士，其體現釋道之作倒能隨機流現，如〈自贊〉云：「巖花朵朵水泠泠，楊柳一瓶甘露滴。」〈雁蕩除夜〉云：「掃除自己閒枝葉，不打諸方爛葛藤。」〈山居十首〉云：「世間出世間消息，一用安排總現成。」「不假修治成具足，未知歸者謾追尋。」等等，句句都能顯出靈修以合自然的禪機，釋明本寫了許多隱逸之作，如〈船居十首〉、〈山居十首〉、〈水居十首〉、〈鄽居十首〉及〈梅花百詠〉等等皆能素紙留香，時露禪悟之趣，其他浮屠中人如行端、祖銘、大圭等等，亦

相仿佛，然而去王維之境已顯得落於言詮，境界不高。

另一類值得注意的題材，是元代詩人與道士往來的作品，其中不少玄言、游仙之作，也表現較多冥合自然的心跡。如虞集《道園遺稿》一集中就頗多仙道思想之作，〈玉清道士魚障〉、〈夜坐〉、〈遊長春宮詩分韻得在字〉、〈十月十八日聽誦道書〉等等，都能心躋天宇，有超意塵世之思。另一詩人張雨，本身即是清修道士，其《句曲集》多詠自然，吟嘯江山，也屬迴出凡塵之作，如〈馬塍新居〉一首云

> 浮家泛宅意何如，玉室金堂計未疏，歸錦橋邊停舫子，散
> 花漢上作樓居，
> 澹然到處自鑿井，玄晏閉關方著書，但得草堂貲便卒，人
> 間何地不漁樵。

此詩音節和緩，意興幽淡，完全不著俗跡。可見道教修爲也是使元人作品能出離塵俗，冥合自然的重要思想型態，這正是元人隱逸思想的一大類型。

四、詠陶和陶大量成風

元代隱逸之風興盛，故而「古今隱逸詩人之宗」〔註27〕的陶淵明也成了文人追慕擬詠的對象。詠陶的散曲、劇曲已有人注意到，〔註28〕詩歌則尚無人問津。

陶淵明的「眞淳」是歷來詩家所一致公認的，黃庭堅說他：「淵明不爲詩，寫其胸中之妙耳。」〔註29〕蘇軾說他：「質而實綺，癯而實腴」，〔註30〕他的妙處就在元遺山所謂「豪華落盡見眞淳」，〔註31〕淵明詩作與爲人正是如此擺落塵俗，豪無點染的簡淡面貌，其乘化自得的心跡也是古今隱者崇高的境界。元人賞愛山林，匿跡於山林，求

〔註27〕鍾嶸《詩品》序。
〔註28〕王熙元先生有〈元曲中的陶淵明形象〉一文，師大中國學術年刊。
〔註29〕見《詩人玉屑》引。
〔註30〕見《蘇軾文集》，〈追和陶淵明引〉一文。
〔註31〕元遺山〈論詩絕句〉三十首之五，見《遺山集》。

道於山林，自然也就對陶淵明淒然嚮往。

　　元人愛陶、詠陶、和陶，形態極其多樣，有擬陶詩、與陶淵明遙相唱和、集陶淵名詩句、詠桃花源與菊花、酒等陶淵明的相關生活等等，這個風氣從宋元之際一直貫穿到元宋，都有大量的作品出現。近人張宏生認為：「在中國文學史上，陶詩的價值到宋代才被真正認識到，而蘇東坡則是較早的對陶詩表現出濃厚興趣的詩人。」〔註32〕這個說法如果以「和陶」之作來說倒可以成立，蘇軾是第一位有大量和陶之作的詩人，但以對陶淵明的欣賞來說，唐人已有多樣的賞陶情態，錢鍾書曾考有唐一代詩家對陶淵明的欣賞狀態說：「初唐則王無功道淵明處最多，喜其飲酒，與已有同好，非賞其詩也。爾後如王昌齡、高達夫、孟浩然、崔曙⋯⋯（錢氏凡列舉廿八人）等，每賦重九、歸來、縣令、隱居諸題，偶用陶公故事。顏真卿詠陶淵明，美其志節，不及文詞。錢起詩履稱淵明，惟〈寄張藍田園〉云：『林端忽見南山色，馬上還吟陶令詩』，乃及淵明之詩。孟郊〈報張翰林舍人見遺〉云：『忽吟陶淵明，此即羲皇人』；劉禹錫〈酬湖州崔郎中見寄〉云：『今來寄新詩，乃類陶淵明』；（錢氏凡列舉四人詩），皆空泛語。崔顥有〈結定襄郡獄效陶〉一首，劉駕有〈效陶〉一首，曹鄴有〈山中效陶〉一首，司馬虬有〈效陶彭澤〉一首，唐彥謙有〈和陶淵明貧士〉七首，并未能劣得形似。張說之、柳子厚皆不言「紹陶」，然張詩如〈聞雨〉，柳詩如〈覺衰〉、〈飲酒〉、〈讀書〉、〈南澗〉、〈田家〉五首，望而知為學陶；〈南澗〉、〈田家〉兩作尤精潔恬雅。韋蘇州於唐賢中，最有晉宋間風格，曾〈效陶〉二首，然〈種瓜〉一首，不言效陶，而最神似。二家之於陶，亦涉筆成趣焉耳。王右丞田園之作，如〈贈劉藍田〉、〈渭川田家〉、〈春日田園〉，太風流華貴⋯⋯儲太祝詩多整密，惟〈同王十三偶然作〉第一、三首，〈田家雜興〉，淳樸能作本色田夫語，異於右丞之以勞農力田為逸農行田者，然皆未屑斤斤以陶詩為師

〔註32〕張宏生《感情的多元選擇》頁93，現代出版社1987年版。

範。……」〔註33〕從這段冗長的文字中，我們可以得知唐人賞愛陶淵明的幾類狀態：

1. 喜其飲酒，非賞其詩也。
2. 隱居諸題，偶用陶公故事。
3. 美其志節，不及文詞。
4. 稱及淵明之詩。
5. 有言效陶而未能劣得形似。
6. 有不言效陶而最神似。
7. 陶詩之勞農力田的田夫本色。
8. 批抹風月，放浪山水，與淵明曠世相契。

這幾點之中，除第 6 點於前已論外，其他都可以在元人詠陶的作品中得到進一步的承繼，而且元人詠菊、詠桃花源諸作，是唐人所無，可見元人在追模陶詩，企慕陶淵明的風範之上，實為前所未有的規模。以下我們就不同類型，逐一來看。

「和陶」之作始倡於蘇軾，宋元之際有劉正仲《和陶集》，舒岳祥曾為之序云：

> 梅林劉正仲自丙子亂離崎嶇，遇事觸物，有所感憤，有所悲憂，有所欣樂，一以和陶自遣。……于流離奔避之日，而有田園自得之趣；當偃仰嘯歌之際，而寓傷今悼古之懷。〔註34〕

可見舒仲正之和陶實避世的山林嘯歌，多寓傷今悼古之悲。其後郝經有〈古詩和陶〉，其序云：

> 余自庚申年使宋，館留儀眞，至辛未十二年矣。每讀陶詩以自釋，是歲因復和之，得百餘首。……顧予頑鈍鄙隘，蹦躅世網，豈能追還高風，激揚清音，亦出於無聊而為之。去國幾年，見似之者而喜，況誦其詩，讀其書，寧無動於衷乎。前者唱喁而後者和，訛風非有異也，皆自然爾。又

〔註33〕 見錢鍾書《談藝錄》頁 89。
〔註34〕 舒岳祥〈劉正仲和陶集序〉，《閬風集》卷十。

不知其孰倡孰和也，屬和既畢，復書此於其端云。（《陵川集》
　卷六）

由郝經的〈和陶詩序〉可知元人倡和之風盛，有以和陶相倡和者，同
時也可以看出郝經之作多達百餘首，佔全集之七分之一，分爲二卷，
和陶以「追還高風，激揚清古」的宗旨也於此可見。考察郝經和陶諸
作，完全是一己「思歸」、「安命」、「觀物」、「自警」等雜感，〔註35〕
與陶詩相去甚遠，郝經自稱「既和其意，復和其韻」，但畢竟一志於
儒，一歸於道，無法企及淵明的古意與高風。眞是錢鍾書所謂「並未
能劣得形似」，不過借淵明題目與韻腳來抒自己心中塊壘而已。張養
浩亦有和陶之作，其〈和陶詩序〉云：

然唐之和者，猶不拘之以韻，其拘之嚴者，無過於宋。語
雖工，而其去古也滋遠。夫詩本以陶寫情性，所謂在心爲
志，發言爲詩。既拘於韻，則其沖閑自適之意，絕無所及，
惡在其爲陶寫也哉？余嘗觀自古和陶凡數十家，惟東坡才
盛氣豪，若無所牽合，其他則規規模倣，政使似之，畏皆
不歡而強歌，無疾而呻吟之，比君子不貴也。余年五十二，
即退居農圃，日無所事，因取陶詩讀之，乃不繼其韻，惟
擬其題，以發己意，可擬者擬，不可者則置之，凡得詩若
干篇。既以袪夫數百年滯泥好勝之弊，而又使後之和者得
以揮毫自恣，不窘於步武。（〈歸田類稿〉卷三）

劉因和陶之作亦多，都爲一卷，凡七十六首，但未有序，其中〈和飲
酒〉多達二十首，〈和雜詩〉十一首，作品或詠歎淵明，或自傷心跡，
倒不見其樂，亦未及形似之作。

　除了大量和陶外，元人集中也有部分以陶詩題目相和者，特別是
詠貧士，葉嘉瑩曾指出淵明保全其「任眞」之質性而躬耕，支持其躬
耕則賴「固窮」的操守，〔註36〕因此詠陶之貧，即詠己志，陶淵明豐

〔註35〕見《陵川集》和陶諸作下，郝經皆自注旨趣。
〔註36〕見葉嘉瑩〈從「豪華落盡見眞淳」論陶淵明之「任眞」與「固窮」〉
　　　　一文，收於《迦陵談詩》三民書局1983年四版。

美的意蘊全建立在「任眞」與「固窮」上。如虞集有〈天曆戊辰前續
詠貧士一首〉、〈後續詠貧士三首〉、(《道園學古錄》),劉因有〈和詠
貧士〉(《靜修集》)等。

　　和陶之外,詠陶以述隱志,詠陶以頌高風的作品最多,如宋無〈淵
明〉詩頌其「風流千古意」(《弇藜集》),方瀾〈詠陶〉詩頌其能「愛
林田,眞自然」(《叔淵遺稿》),盧摯〈題淵明歸去圖〉,即圖頌詠其
「羲皇圖」、「千古意」(《疏齋集》),牟巘〈題清明圖〉亦著此意(《陵
陽集》)等等,不勝枚舉。

　　詠陶諸作,以頌詠「桃花源」者爲數最多,顯見元人歸隱避世之
思,劉因〈桃源行〉有桃源故事而無桃源幽趣(《靜修集》卷三),許
有壬〈神山避暑晚行田間用陶淵明平疇交遠風,良苗亦懷新爲韻十首〉
之九,寫桃源民風以述自己「但絕車馬跡」之志(《圭塘小稿》卷二),
周權〈仙源〉則歎桃花仙源渺何許(《此山集》)等等,月泉吟社〈春
日田園雜興〉詩諸作亦有極多詠桃源者。〔註37〕

　　其他雜詠陶詩,集陶淵明句,或用陶淵明故事等等亦極多,劉因
〈陳氏莊〉云:「淵明亂後獨歸來」,又〈雜著集陶句二首〉,方回〈秋
晚雜書十首〉云:「賦詩學淵明」,「飲酒慕淵明」,蒲道源〈九月十八
日黃菊始開,時且禁釀,漫成示德衡弟〉云:「陶翁如有詠,何日不
重陽」,倪瓚〈次韻呈張德常〉云:「陶公興寓酒」,虞集〈題鄭秀才
隱居〉云:「陶翁昔好菊」等等,大約不離用淵明故事以澆自己心目
中塊壘,於桃源、柳、菊、酒等環繞淵明的隱居情事也一併在吟詠中,
元人之詠陶和陶可自成一類而顯出元人隱逸之思。

　　李澤厚曾把陶潛爲代表的傾向稱爲「政治性退避」,〔註38〕其實
就是指隱逸的冀求,戴表元〈陶莊記〉(《剡源集》卷四)亦指出這類
隱者因「時不用」「志不屑就」,遂「放於山林隴畝之間」,元代知識
分子荷鋤而耕,閒居田園者不少,耦耕之樂,幽居之思,在寫陶和陶

〔註37〕詳見本文詩社一章。
〔註38〕見李澤厚《美的歷程》頁103,元山書局1984年版。

之際也就興會淋漓地形容出自己的影像來，但知識份子這種桃花源式
的理想與生活，心潮並不平息，形跡也未能杳合自然，因此形似不及，
神似就未遑可論。

五、仕者思隱的山水觀想

　　行跡山林的隱者，大半已在生活中完成隱逸思想，因此作品與自
然合一，心跡也在恬淡自處中淡化，但是仕宦於朝偶值山水，或者塵
俗勞心得遊自然，其對自然的觀想將更加強烈表出一份愛慕自然的隱
逸之思。唯其隱居不得，故思隱之心愈渴，形成極動人的隱逸思致，
他們徘徊於仕隱之間的矛盾也蕩漾出綿泛不盡的詩歌情韻。譬如許衡
身爲國子監祭酒，一生十被徵召，尊寵已極，但諸生廩餼不繼，請歸
懷夢之心時時露於筆端，〈和先生姚公〉詩云：

> 去去迷途莫問津，問來還恐不知眞。因時用舍固有命，與
> 道卷舒還在人。
> 百尺竿頭愁據險，一庵林下樂爲林。孰輕孰重何須問，夢
> 想故園桑柘春。

他的隱逸之思只在「夢想」中見自然，實際上身違自然，問津無路，
因此，我們稱這一類的隱逸思想爲「山水觀想」，他們在山水之間遊
歷，只爲了尋求這份隱逸的想望，而非眞正於山水中寄隱逸之興。趙
孟頫、程鉅夫、虞集、楊載、黃溍等等，都是這類仕而思隱的人，他
們的山水自然之作，充滿矛盾與無奈之情。例如趙孟頫〈和子俊感秋
二首〉之二云：

> 白露泫然墜，草木日以彫。閒居無塵雜，日薄風翛翛。
> 登高寫我心，葵扇欲罷搖。感時俯逝水，回睇仰層霄。
> 松喬在何許？高蹈不可招。願言從之遊，懷古一何遙。

詩中寫出松喬不可期的蕭瑟無奈。趙孟頫「神彩煥發，如神仙中人，
世祖喜之」，〔註39〕他自己也有用世之志，但出此無奈之語，可以想

〔註39〕《元詩選》初集《松雪齋集》敘錄。

見當時時局艱難，儒生無力。因此他遊跡自然卻時興「零落歸丘岑」
（〈趙村道中〉）、「乘化終歸休」（〈東郊〉）等歎息。元人這一類矛盾，
常常在自然山川中出現二元的矛盾情志，如程鉅夫〈秋江釣月〉云：
「夙抱江海心，寧為利名鞅」，一寫江海心，一寫利名鞅，既抱隱逸
志又心於塵網中，如此兩難困局，無情無識的山川並不能為他們調和
出一條好的道路，因此他們也只好於塵網中時作縱浪大化中的觀想。
元人此類情志極為繁多，此不贅舉。

　　《谷音》集中記載了許多隱姓埋名，偷生於山巔水涯的隱士〔註40〕
《輟耕錄》中也記載了呂徵隱於山野的傳聞逸事，〔註41〕元人集中更
有不少見諸詩題的隱士、處士，但這些人絕大部份無跡可考，也無文
集傳世，僅以見諸《元詩選》著錄，有名姓可考的隱士也達數十家，
元代隱逸風氣之盛，可以想見，以上所舉諸例只是窺豹一斑而已，有
關元人的隱逸思想，近人匯泉〈試論元代詩人的隱逸傾向〉一文專文
述及，〔註42〕但匯泉此文止於粗述，缺乏體系，本文礙於篇幅與「社
會性」性質的觀察，於其隱逸思想的細部內涵及山林文學的藝術表現，
終不能曲盡。然而通過以上分析，我們對元人的隱逸作品之所以形成
的原因，詩作之所達到的境界也當能有大概的了解。

〔註40〕皆見《谷音》下。

〔註41〕見《南村輟耕錄》卷八。

〔註42〕見《古典文學論叢》第二輯。

第四章　民族融合之痕跡

　　在蒙元統治下的中國地區，人種極多，一般簡略區分爲蒙古、色目、漢人、南人四等，其實「色目」中所包含的種族極多，「漢人」之中也包括女眞、契丹等人種，可見元代的社會是中國歷史上民族大融合的時期。

　　「色目」一詞最早見於《唐律疏義》，〔註1〕意指各種類。但是，到了唐宣宗大中以來，禮部放榜將姓氏稀僻者稱爲「色目人」，〔註2〕所謂「姓氏稀僻者」指的是外國人入唐應試的，可見唐代已見胡漢融合的痕跡，而且唐末色目人即爲外國人入華定居者的專稱。當然，胡漢融合的歷史更可往上推衍到魏晉等等，但那非本文之重心，本文旨在探討元代外族入華與中國人士之間的文化交流痕跡，故而所要考察的也只限於元代的蒙古、色目、漢人、南人融合的關係。

　　据陶宗儀說，元代蒙古人有七十二種，色目人有三十一種，漢人有八種，〔註3〕而眞正的宋朝中原衣冠其實都爲南人，換言之，眞正的漢人是南人，而蒙古治下的漢人則爲契丹、高麗、女眞、竹因歹等等，然而此時的漢人南人已都久習漢文化，在蒙元之下新的民族融合

〔註1〕見《唐律疏義》卷一三〈戶婚律〉下許嫁女報婚書。
〔註2〕見錢易《南部新書》丙。
〔註3〕陶宗儀《輟耕錄》卷一，〈氏族條〉。

痕跡應以蒙古、色目華化及漢人、南人吸收夷俗爲考慮。

　　蒙古人的漢化最爲不易，最高統治階級擁有權力的優勢自然不易吸收漢法，然而在中原儒士如邱處機、元好問、耶律楚材等人的努力下，成吉思汗終究也有些微認識，然而成吉思汗認識的漢法止於巫筮、醫藥、星象數術技用之學及道教、佛教的簡易天道觀念，至窩闊台時才開始在耶律楚材的輔佐下略論漢法。〔註4〕蒙人受學儒教從太宗世即有，但憲宗一世趨於保守，到忽必烈朝，漢儒學術才大爲倡行。這中間經過了元好問、張德輝、許衡及若干漢人世侯如東平嚴實等的努力（詳考於緒論中），忽必烈在金蓮川潛邸時期即招聘漢族儒士和官員，形成一個漢儒幕僚集團，因而取得與阿里不哥爭鬥下的政權，即位後爲世祖，大力推行漢法，倡習漢族文化，設立國子學等，從此蒙古貴胄多有習漢學者，蒙廷君王中也迭有行漢法者。世祖至元之治，直到明初還頗受漢儒如劉基等人所懷念。〔註5〕然而忽必烈當初即屢受蒙古守舊派蒙哥汗的干擾，〔註6〕屠寄《蒙兀兒史記》卷八十一中指出：「蓋蒙哥汗以前四朝，皆建牙和林，氈廬湩酪，一仍遊牧古風，自忽必烈汗定都燕地，濡染華俗，蒙兀老成人，多不善之。」由之我們可以看出蒙古守舊派與漢文化之間的拉鋸戰，在此以後諸朝中將迭有興衰，果眞終元一世，屢有蒙漢治理異驅的爭端，忽必烈朝

〔註4〕宋子貞在〈耶律神道碑〉説：「蒙古有公方用夏，居庸從此不爲關」，《元史》耶律楚材傳記載他與窩闊台近臣迭爭護漢地漢人，免於驅殺及爲窩闊台閒編户口制定中原賦役制度等事。耶律楚材還常常向窩闊台進説周孔之教，勸窩闊台接受「天下雖馬上得之，不可馬上治」的道理。窩闊台因此請名儒爲師向皇太子及諸王大臣子孫講解儒家經義，這是蒙人漢化的初步。

〔註5〕有關世祖忽必烈推行漢法之事，姚從吾先生在其〈元世祖崇行孔學的成功與所遭遇的困難〉一文考之已詳，見《姚從吾先生全集》（六）——遼金《元史》論文（中），正中 1982 年版。忽必烈的成果至明初劉基仍有「追憶至元年，憂來傷肺腑」（〈聞鳩鳴有感呈石抹公〉詩）之句表示衷念。

〔註6〕有關忽必烈汗與蒙哥汗對治漢地的不同看法，詳見姚從吾先生〈忽必烈汗與蒙哥汗治理漢地的歧見〉一文前書頁 379。

晚期，回回人阿合馬也極力排斥漢儒，其後忽必烈長子眞金繼行漢
法，但也因權力鬥爭驚懼而死。据今人黃時鑒的考察，元代蒙古漢化
大抵推行到忽必烈朝的規模，忽必烈以後只有少許修正和變化，〔註7〕
但事實上我們知道延祐開科是仁宗朝，此外英宗、泰定帝，文宗、明
宗諸朝亦有科舉與教育諸設施（詳見緒論三之中），蒙人學四書、儒
學、漢文化者應爲不少。即以科舉言，蒙人亦須試朱本四書，可見其
漢化狀況。趙翼《二十二史箚記》中認爲眞金是元帝中唯一懂得漢文
字的人，〔註8〕這個說法也顯然有問題，《元詩選》初集卷首，首列文
宗順帝詩，可見至少還有文宗、順帝二人能漢文，〔註9〕而且兩人都
能詩，文宗還能書，〔註10〕此外七歲即夭的寧宗也能書，〔註11〕只可
惜當時的史官沒把他們的能力記錄下來，今人也不在元人漢化上著
力。我們目前對蒙人漢化程度的認識仍非常模糊。僅有的史料是《元
史》卷一一五〈裕宗傳〉：

> 裕宗（1243〜1285）文惠明孝皇帝，諱眞金……少從姚樞、
> 竇默授孝經，及終卷世祖大悅，……每與諸王近臣習射之暇，
> 輒講論經典，若資治通鑑、貞觀政要。王恂、許衡所述遼金
> 帝王行事要略，下至武經等書……時侍經幄者，如王恂、白
> 棟皆朝夕不出東宮；而待制李謙、太常宋道，尤加咨訪，蓋
> 無間也。……命宋道擇可備顧問者，道以郭祐、何瑋、徐淡、
> 馬紹等等。太子曰：中庶子伯必以其子阿八赤入見，諭令入
> 學，伯必及令其子入蒙古學。逾年，又見。太子問讀何書？
> 其子以蒙古書對，太子曰：我命汝習漢人文字耳。……至元
> 以來，天下臻於太平，人才輩出，太子禮遇之，在師友之列。

〔註7〕見黃時鑒《元朝史話》頁72，北京出版社1985年版。

〔註8〕見趙翼《二十二史雜記》卷三十〈元諸帝多不習慣漢文〉條，世界
書局1985年版。

〔註9〕見顧嗣立《元詩選》初集，頁1，北平中華書局1985年版。

〔註10〕文宗、順帝能詩能畫，文宗尚能書之事詳見姜一涵《元代奎章閣及
奎章人物》第一章「文宗」一節所考。聯經1981年版。

〔註11〕寧宗曾書「閑閑看雲」四大字贈吳全節（見李存《俟庵集》卷十二），
此事亦見姜一涵書中所考。

　　另外，姜一涵亦詳考元魯國大長公主祥哥刺吉在至治三年曾召開一次全國性的文藝大會，〔註12〕這是漢文學藝術、學術在元初被重視的情況。所以在文宗朝也就順勢締造了奎章閣成爲蒙廷風雅萃集的官設藝院，其後有宣文閣、瑞本堂等。〔註13〕有元一世，除學術文章之外，詩書畫藝術亦能受到獎掖與倡行。

　　其實蒙人不只漢化，其西化更早，在成吉思西征期間，蒙人與色目人的接觸已多，當時的蒙古尚無文字，陶宗儀稱之爲「刻木爲信，猶結繩也」。〔註14〕後來西域商人帶來畏吾兒字，蒙人滅乃蠻後得畏兀兒人塔塔統阿，「始教皇子諸王以畏兀字書國言」，〔註15〕自忽必烈以來國子學及各路府州郡學不只教授漢文化，亦習蒙古語文及回文。忽必烈還讓國師巴思八創「國字」，即巴思八字，〔註16〕大力推行於全民，特別是蒙漢官吏之間，一律以國字文書。而蒙廷從西域引入的技術、農業、習俗、建築等等亦不少。譬如《元史》記載有回回人賽典赤瞻思丁教蒙人及漢人治農興水利等事，〔註17〕其他手工、礦業、商業技術之引入等記載也極多，〔註18〕而西域經濟作物傳入中國如葡萄、木棉等，亦大量見於元人詩中，〔註19〕可見蒙人之西化。

〔註12〕見姜一涵《元代奎章閣及奎章人物》頁13，經聯1981年版。

〔註13〕詳見姜書頁35～53。

〔註14〕陶宗儀《書史會要》卷七。

〔註15〕屠寄《蒙兀兒史記》〈塔塔統阿傳〉。

〔註16〕詳見黃時鑒《元朝史話》頁154所考及附頁8巴思八文字。

〔註17〕見《元史》卷一二五〈賽赤瞻思丁傳〉云：「無杭稻桑麻，……教民播種，爲坡池以備水旱。」

〔註18〕見《多桑蒙古史》上冊〈長春眞人西遊記〉載蒙人收撒馬爾罕爲奴《元史》卷八百〈百官志〉亦載色目人扎馬剌丁領導工匠制造物品，《元史》卷一一，〈世祖紀〉載世祖於河西置織匠提舉司，而色目人之礦冶商業亦見記載於《元史》卷一四〈世祖紀〉、卷二〇五〈阿合馬傳〉等。

〔註19〕據近人匡裕徹所考，西域葡萄等水果雖已見於唐詩「葡萄美酒夜光杯」，但大批傳至中國當爲元代色目人入居中國時。見其〈元代色目人對中國經濟和文化的貢獻〉一文，《史學月刊》1958年九期。而據《農桑輯要》卷二云：「苧麻本南方之物，木棉亦西域所產，近歲以

蒙人之西化同時也是漢人之西化，文化上漢人高過蒙古色目人，或不容易改習俗，變風節，但生活環境、物品名類，不免雜染西域及蒙人色彩，這些我們將於本章第二節中檢視元詩中的異域色彩。然而據《元史》及明清人的記載，元季江南士人已有辮髮短衣，效仿蒙古人語言、服飾、以求速進仕達者。〔註20〕方孝孺〈後正統論〉云：「至於元，百年之間，四海之內，起居、飲食、聲音、器用，皆化而同之。」〔註21〕明清人士之論或未必全然，但元代漢人之胡化也必然不可免。譬如語言方面，蒙古謂不良為「歹」，謂好為「賽」，今歹、賽已為漢語常見字，〔註22〕其他如漢人之習回文、巴思字，漢人之飲湩酒，聽胡樂等，皆有可觀。再如胡漢通婚，漢人習胡法，胡人習漢法，也再所難免。〔註23〕

　　色目人之華化是最值得考述的地方，也是清末以來《元史》學家注目較多的角度。色目人輔蒙廷實較漢人為先，然其入中國亦多接受漢文化成為典型的中國知識份子，他們寫下大量的漢文著作，據陳垣統計，其流傳於今可考者，作者凡三十六人，著書達八十八種，〔註24〕這些都成了中國文化寶庫中的重要遺產。回回科學家瞻

來，苧麻藝於河南，木棉種於陝石，滋茂繁盛，與本土無異。」

〔註20〕見方孝孺《遜志齋集》卷二十二，及錢謙益《列朝詩集小傳》張簡條云：「士庶咸辮髮，椎髻深簷胡帽，……婦女衣窄袖短衣，下服裙裳無復中國衣冠之舊。」

〔註21〕見方孝孺《遜志齋集》卷二十二。

〔註22〕李思純《元史學》指出治《元史》之第五個鵠的乃考人種同化問題，研究元代人種同化當分「胡人華化」與「華人胡化」，芊人胡化部份李氏舉「歹」字為例，見該書頁162。然近人邵循正〈元代的文學與社會〉一文卻認為「歹」絕非蒙語，反而是「賽因」在元曲中出現「賽戶醫」，賽即蒙語之好。邵先生此文有許多關於元曲受西域、女真的影響多於蒙古的說法非常新穎，打破了王觀堂《宋元戲曲史》以來的成見，是治元曲者的新眼光，然非本文範疇，此不贅論。該文見《元史論叢》第一輯。

〔註23〕近人楊志玖有〈元代回漢通婚舉例〉見《元史三論》人民出版社1985年版，可證胡嘆近一步交流的狀態之一論。

〔註24〕陳垣《元西域人華化考》見九思1977年版之《元史研究》中。

思著作繁富，其中有文集三十卷。元文宗曾命他預修《經世大典》，因論議不合而去。〔註25〕西域人察罕博覽強記，通諸國字，曾翻譯《貞觀政要》、《聖武開天記》、《紀年纂要》、《太宗平金始末》等書。〔註26〕據陳援庵先生說，從他爲《安南志略》所作序文看，辭旨典雅，足窺察罕文品一斑。〔註27〕此外色目人之文學、詩作亦多有可觀（詳見本章第一節），藝術方面如音樂、繪畫等多能融合中國文化而增新面貌。〔註28〕這些實質的成就之外，元色目人多改漢姓，喜有漢名，通行漢字，喪葬禮俗仿效華俗，居處亭台亦仿華人風雅，其婦女亦多習華字〔註29〕等等，都可看出色目人想望中華文化的漢化表現。

綜有元一代，蒙人、色目人之漢化與漢人南人之胡化皆兼而有之，而且彼此也都存在反對勢力，蒙古有保守貴族的阻擾，漢人有民族大防的仇視，這都是文化混一時必然的現象，然而《元文類》〈經世大典禮冊序〉學校條云：「文軌混同，內設冑監，外設提舉官，以領郡縣學校之事，於是遐邇絕漠先王聲教之所未暨者，皆有學焉。」〔註30〕可見元代文化混同的現象及其以儒治爲中心之一斑。以下，我們將分「胡人華化」與「華人胡俗」兩方面來檢視元詩民族融合的痕跡。

〔註25〕《元史》卷一九○〈瞻思傳〉。

〔註26〕《元史》卷一三七〈察罕傳〉。

〔註27〕陳垣《元西域人華化考》文學篇。

〔註28〕西域華化之音樂見《元史》卷六八、卷七一〈禮樂志〉。西域人華化之美術表現詳見陳垣《元西域人華化考》美術篇。

〔註29〕西人從華姓、名、字者如廉希憲、郝天挺、高克恭、趙世延、馬祖常、顏師聖、丁鶴年等等已不在論下。安熙《默庵文集》卷四載有御史和利公名字序著錄多人。吳澄《文正集》字說更多，有八十餘篇均西域人請華字者，王惲《秋澗集》亦有西域人字說，其他口許有壬《至正集》、王沂《伊濱集》、陳基《夷白齋稿外集》等等，都有西域人請中華字號的記載，其他如西域人喪葬、祠祭、居處效華俗者亦不勝枚舉，詳見《元西域人華化考》卷六。

〔註30〕見《元文類》卷四一。

第一節　華化西域詩人之詩

此節關於華化之西域人採取的以色目爲主，但蒙古之文宗、順帝亦併入考慮，其中偶有蒙人之作，僅爲說明參考之用，其實華化外族考慮仍以西域人爲多，成就也頗有可觀。

「西域」一詞範圍分岐，本文準陳垣《元西域人華化考》的界定，契丹、女眞諸族不與論，〔註31〕也就是以陶宗儀《輟耕錄》氏族條所列之色目三十一種爲主。然而本文唯一不同的是以蒙古併入討論，蓋蒙古、色目於元代爲新入中華的外族，契丹女眞早已習染中華文化，可合南人而爲漢族。

元先定西域，後下中原，西域之軍人、虜者、貿易接踵入華，西域原已受西遼五主之教，如龜茲等垂中華名教近百年，然更遠之回紇、波斯、花刺子模等，此時已想望華夏聲名文物，元制又色目人自由雜居，與蒙漢或者結爲姻親，或者師友相習，西域人遂多敦詩書而熟禮樂，能詩能文能書者不少。本節西域詩人之採輯主要得自陳垣《元西域人華化考》、《元詩選》，王叔盤《元代少數民族詩選》及四庫著錄之元集等，其中《元西域人華化考》所列文學家可表如下：

西域人之詩人	泰不華、迺賢、余闕、聶古柏、幹玉輪徒、三寶柱、張雄飛、昂吉、完澤、伯顏子中、薛超吾、郝天挺、辛文房、馬彥翬、阿里
耶教徒詩人	馬潤、馬祖常、馬世德、雅琥、別都魯沙
回教徒詩人	薩都刺、丁鶴年、吉雅謨丁、愛理沙、魯至道、哲馬魯丁、仇機沙、別理沙、買閭
西域人之文家	趙世延、馬祖常、余闕、孟昉、貫雲石、贍思察罕
西域人之曲家	貫雲石、馬九皋、瑣非復初、不忽木

〔註32〕據此表來看，捨曲家文家不論，西域詩人凡二十九人，今四庫著錄元西域詩人只四家，薩都拉、馬祖常、余闕、丁鶴年等已見陳垣所考。《元詩選》著錄之蒙古西域詩人其確鑿可考者有：

〔註31〕見陳垣《元西域人漢化考》緒論。
〔註32〕本表採自李思純《元史學》頁159，九思出版社。李氏據陳垣《元西域人漢化考》之考人物而列之。

蒙古詩人	文宗、順帝、月魯不花
色目詩人	馬祖常、貫雲石、高克恭、揭祐民、雅琥、趙世延、迺賢、薩都刺、泰不華、余闕、馬臻、伯顏子中、偰玉立、昂吉、不忽木、夔夔、回回、郝天挺、辛文房、張雄飛、三寶柱、觀音奴、述律杰、馬魯丁、馬昂夫、章世延、塔不觸、伯篤曾丁、丞班、別里沙、廉普達、達實帖木兒、察罕不花、幹玉倫徒、拜帖、穆爾、烈哲、的斤蒼崖、康里百花、賈實烈門、移刺、廉訪迪、月忽難、大都闐、掌機沙、勾魯、納璘、孟昉、盛熙明等等。

此表所得已有近五十人，然仍爲粗定，其中《元史》錄者而未考或僅言地域未切族別者亦在此數之倍。〔註34〕

近人王叔盤等選輯《元代少數民族詩選》〔註35〕得八十五人，去其契丹、女眞者尙有七十四人，如表下：

契丹女眞詩人	《耶律楚材》、夾谷之奇、耶律鑄、張孔孫、李庭、蒲察景道、耶律柳溪、孛朮魯翀、兀顏師中、完顏東皋、徒單公履……。
蒙古詩人	忽必烈、伯顏、觀音奴、夏拜不花、薩都剌、塔不觸、圖帖睦爾、篤列圖、月魯不花、泰不華、童童、買閭、拜鐵穆爾、達不花、達魯花遲、月忽難、達實帖木兒、伯顏九成、不花帖帖木兒、八禮臺、燕不花、完澤、朵只、晶鏽、愛猷識理達臘……。
色目詩人	郝天挺、不忽木、高克恭、康里百花、列哲、趙世延、段福、張飛、馬祖常、大食哲馬、貫雲石、偰玉立、偰哲篤、夔夔、三寶柱、凱列拔實、哲馬魯丁、伯篤曾丁、買住、余闕、大都闐、迺賢、馬世德、馬昂夫、的斤蒼崖、盛熙明、幹玉倫徒、帖里越實、昂吉、別里沙、謝文質、海牙、伯顏、掌機沙、達德越士、仇機沙、流兼善、琥璐、楊淵海、段僧奴、丁鶴年、吉雅謨丁、吳惟善……。

〔註34〕此表所得仍爲粗略資料，《元詩選》中有許多生平經歷記載簡略或語焉不詳者仍未有人細考之。近人柴劍虹〈《元詩選》癸集西域作者考略〉一文指出發集收錄西域詩人凡六十餘，然柴氏考之者只三十三人，見《文史》第三十一輯。本表昂吉以下三十三人即柴氏所考，且《元史》有傳者，柴氏不考，故癸集中西域詩人不只六十餘。此，馬祖常至昂吉等十四人爲筆者翻檢初集、二集、三集作者敍錄粗略所定，其中仍不乏遺珠之憾，留待後人細考諸作者里籍部別，進一步研究蒐輯之。

〔註35〕王叔盤《元代少數民族詩選》內蒙古人民出版社 1981 年版。

　　王叔盤等此書所輯較前舉諸家人數多出很多，其中蒙古或色目人
舛錯者如觀音奴、塔不觮等，然綜合蒙古色目人視之，可與《元詩選》
及陳垣所考互為參考，去其重出者，則元代西域詩人已考者近百人，
其未詳考而已錄者尚多，華化之盛，由此可見。據王叔盤所考，元代
少數民族作家有二百餘人，作品達四千多首，〔註36〕我們不知王氏所
據者為何，但元代西域作家之多，作品之盛，是可以肯定的。而以上
資料所得，蒙人的數量作品遠在色目之下，這都是值得探討的。〔註37〕

　　從這些有目可查的詩人及詩作看來，元代西域及蒙古詩人，或為
帝王，或為謀臣，或為統兵元帥，或為朝廷顯貴，或為翰院學士，或
為地方官吏，或為失意士子，或為百姓布衣等等，他們地位不同，經
歷各異，創作之題材、思想之內涵、藝術之形成也各具特色，作品有
的描繪風光，有的發抒仕途困挫，有的反映民生疾苦，社會現象，成
就不遜漢人；其風格或源詩經、楚辭、或取法漢魏、唐、宋，造詣雖
各不相同，但承繼詩學之功不可沒。元季戴良在〈丁鶴年先生詩集序〉
中指出這些成就云：

> 我元受命亦由西北而興，西北諸國若回回、吐蕃、康里、
> 畏吾兒、也里可溫、唐兀之屬，往往率先臣順，奉職稱藩，
> 其沐浴修光，霑被寵澤，與京國內臣無少異。積之既久，
> 文軌日同，而子若孫，遂皆舍弓馬而事詩書。至其以詩名
> 世，則貫公雲石、馬公伯庸、薩公天錫、余公廷心，其人
> 也。論者以馬公之詩似商隱；貫公、薩公之詩似長吉；而
> 余公之詩則與陰鏗、何遜齊驅而並駕。他如高公彥敬、夒
> 公子山、達公兼善、雅公正卿、轟公古柏、幹公古莊、魯
> 公至道、三公挺圭輩，亦皆清新俊拔，成一家言。此數公
> 者，皆居西北之遠國，其去齒、秦蓋不知其幾千萬里，而
> 其為詩，乃有中國古作者之遺風，亦足以見朝王化之大行，

〔註36〕見前書之前言，頁2。
〔註37〕據王叔盤的解釋，蒙人作品一部份因戰亂遷徙無定而亡佚一部份因
　　　　明朝種族偏見，斥而不錄，故數量較少。同註36。

民俗之丕變，雖成宗之盛莫及也。（《丁鶴年集》序）

戴良指出馬祖常詩似李商隱，貫雲石、薩都剌詩似李賀，余闕詩似陰、何，而其他諸公都能成一家言，有中國古作者遺風，戴良並將此功歸於元朝之大化，這正是西域人華化之成就。清顧嗣立《寒廳詩話》第四條亦云：

> 元時蒙古、色目子弟，盡爲橫經，涵養旣深，異材輩出，貫酸齋（貫云石）、馬石田（馬祖常）開綺麗清新之派。而薩經歷（薩都剌）大暢其風，清而不佻，麗而不縟，于虞、楊、范、揭之外，別開生面。於是雅正卿（雅琥）、馬易之（葛邏祿迺賢）、達兼善（泰不華）、余廷心（余闕）諸公，並逞詞華，新聲豔體，競傳才子，異代所無也。

顧嗣立也肯定西域諸子逞詞華、競才學，是異代所無。其他廣爲明清詩家所論者有薩都剌、余闕、迺賢、丁鶴年、張雄飛、貫雲石、雅琥、泰不華、妥觀帖木兒、伯顏子中、達兼善等，[註38] 以下我們擇其赫赫有名者，列舉其詩作以窺元代西域詩人作品之風貌。

汪古人馬祖常是西域詩人中早競詞華，兼精詩文者，《元史》本傳說他：「工於文章，宏贍而精賅，務去陳言，專以先秦、兩漢爲法，而自成一家之言，尤致力於詩，圓密清麗，大篇短章，無不可傳者。」[註39] 其詩文著錄於四庫，有《石田集十五卷》，蘇天爵序之曰：「公詩接武隋、唐，上追漢、魏。後生爭效慕之，文章爲之一變。與會稽袁公、蜀郡虞公、東平王公更唱迭和。金石相宣，而文亦奇。」史官陳旅亦曰：「公古詩似漢、魏，而律句入盛唐，散語得西漢之體。」文宗嘗駐蹕龍虎臺，祖常應制賦詩，尤被歎賞，曰：「熟謂中原無碩儒乎！」[註40] 明王世貞《藝苑巵言》卷四亦言：「元詩人元右丞好

[註38] 筆者曾遍索明《清詩話》百餘種，析出其論元詩及元詩人者，得見錄於明《清詩話》之元詩人凡一百六十七家，其中西域詩人有如上匝列十一家。

[註39] 《元史》卷一四三〈馬祖常傳〉。

[註40] 以上二言皆載於《元詩選》初集「馬中丞祖常」之敘錄中。

問、姚學士燧、……馬中丞祖常、……楊提舉廉夫而已。」〔註41〕可
見馬氏之作在當代及明清皆倍受推譽。今觀其詩作凡四卷,〈壯遊八
十韻〉、〈都門一百韻用韓文公會合聯句詩韻〉皆能排舁迭岩,疏朗有
致。〈觀耕者有言〉、〈室婦歎〉、〈北行〉等都能切及時事,反映局勢,
哀惋民生飢疲之苦,寫景述志者如〈春雲〉云:

> 高雲起城闕,流離度庭樹。依風拂迴塘,波纈光影注。
> 荒林帶疏煙,照日亂縈縷。婉孌連浮陽,空明映淒霧。
> 嵐翠含玉暉,景采滿巖嶼。逍遙幽賞諧,緬邈世娛阻。

〈賦海月送彭君教授九江〉云:

> 江月照人近,海月涵太清。大地積微塵,何能翳其明。
> 溯光儷陽耀,陰魄獨含精。況爾朝夕馳,呼吸成虛盈。
> 持茲燭玄造,萬類無遁情。彭君忽起揖,子以知言名。

文字章章清麗,格調婉轉可誦,雖詞豔情淺,自是一失,然風華類於
盛唐,亦頗可觀。

　　薩都剌是元代西域詩人成就最高,被受矚目者,〔註42〕其祖定
居雁門,習染漢文化頗早,今四庫著錄其《雁門集》凡四卷,其中最
被稱道者爲宮詞及現實紀事之作,明瞿佑《歸田詩話》卷中云:「薩
天錫以宮詞得名,其詩清新綺麗,自成一家,大率相類。惟紀事一首,
直言時事不諱。……」〔註43〕瞿佑指出薩都剌宮詞及紀事詩之成就。
其宮詞多首已爲陳高華輯入《遼金元宮詞》中,〔註44〕皆清麗可觀,
其紀事詩,近人穆德全論述最多,〔註45〕如〈鬻女謠〉云:

〔註41〕見《百種詩話類編》頁 1519。
〔註42〕元代西域詩人作品被後人稱述最多,研究最多者爲薩都剌,其《雁
　　　　門集》已於 1982 年由上海古籍出版社校輯刊印,其詩備受明瞿佑、
　　　　郭子章,清沈德潛、施閏章、顧嗣立、吳喬等人之稱述,近人研究
　　　　者亦多,如范寧《〈薩都剌及其詩詞創作〉》、穆德全〈元代回回詩人
　　　　薩都拉及其在福州的詩作〉、〈元代山西回回詩人薩拉都〉見《唐宋
　　　　元明清史論集》等等。
〔註43〕見《百種詩話類編》頁 1123。
〔註44〕陳高華《遼金元宮詞》,北京古籍出版社 1988 年版。
〔註45〕穆德全〈元代回回詩人薩都拉及其在福州的詩作〉考及薩之紀事詩

揚州裊裊紅樓女，玉筍銀針響風雨。繡衣貂帽白面郎，七寶雕龍呼翠羽。

冷官傲兀蘇與黃，提筆鼓吹趨文場。平生脾肌紈綺習，不入歌舞春風鄉。

道逢鬻女棄如土，慘淡悲風起天宇。荒村白日逢野狐，破屋黃昏聞嘯鬼。

閉門愛惜冰雪膚，春風繡出花六株。人誇顏色重金璧，今日飢餓啼長塗。

悲啼淚盡黃河干，縣官縣官何爾顏。金帶紫衣郡太守，醉飽不問民食餐。

傳聞關陝尤可愛，旱荒不獨東南州。枯魚吐沫澤雁叫，嗷嗷待食何時休。

漢官有女出天然，青鳥飛下神書傳。芙蓉帳暖春雲曉，玉樓梳洗銀魚懸。

承恩又上紫雲車，那知鬻女長啼噓。

此詩敘寫農民鬻女的慘狀，直類詩史，除這首外，〈過居庸關〉、〈征婦怨〉、〈早發黃河即事〉等，都是反映社會之作，廣為後人稱述。其實薩都剌備受時人賞愛的是宮詞及模山範水之作，楊維楨〈竹枝詞序〉云：「天錫詩風流俊爽，修本朝家範，宮詞及〈芙蓉曲〉，雖王建、張籍無以過矣。」芙蓉曲是薩都剌寫江南山水之作，作品情致雅淡，意象凝鍊，深得唐人風致。他的好友虞集也說：「進士薩天錫者最長於情，流麗清婉，作者皆愛之。」可見他在元代所受的推崇。

　　薩都剌的作品一般以「穠鮮耀豔」或「清而不佻，麗而不縟」稱，〔註46〕清田雯《古觀堂詩話》則特別稱其絕句，多有可觀，〔註47〕

　　多，見《唐宋元明清史論集》河南大學學報1984年版。

〔註46〕清沈德潛《說時晬語》云：「他如吳淵穎之兀纍，迺易之之流利，薩天錫之穠鮮耀艷，故應並張一軍。」見《清詩話》頁546。顧嗣立《寒廳詩話》亦云：「貫酸齋、馬石田開綺麗清新之派，薩經歷都剌大倡其風，清而不佻，麗而不縟，于虞、楊、范、揭之外，別開生面。」見《清詩話》頁84。

〔註47〕見《清詩話續編》頁706。

可見其多元成果。

　　迺賢是元代另一個次於薩都剌而廣被明清詩家稱述的西域詩人，清翁方綱《石洲詩話》卷五云：「易之《金臺集》風格翹秀，多有關風化之言，不苟爲炳炳烺烺者也。」〔註48〕張謙宜《繝齋詩談》卷五亦云：「易之胸襟、筆力、藻采、風神，皆能軼宋超唐。」、「易之詩雖離其色相，追至情空一氣處，便證元次山境界。」、「才不可以類拘也。易之胸次高曠，筆力雄豪，豈家在東南，有得於山川之助歟！」〔註49〕然迺賢之詩今四庫未錄，只《元詩選》輯其《金臺集》，可見部分面貌。據顧嗣立敘錄云，迺賢詩頗受時人推重，歐陽玄序之「清新俊逸，而有溫潤縝栗之容」，貢師泰稱之「其詞清潤纖華，五言類謝朓、柳惲、江淹，七言類張籍、王建、劉禹錫，而樂府尤流麗可喜，大謝康樂、鮑明遠之遺風」。〔註50〕今觀其〈登崆峒山〉、〈賦環波亭送楊校勘歸豫章〉，詩確實流麗似二謝，〈新鄉媼〉、〈新隄謠〉等，樂府又多能諷頌時事，具風化之功，律詩近義山，律法工整之外，詞華穠麗，自有晚唐格調，如〈失剌斡耳朵觀詐馬宴〉：「路通禁御聯文石，慢隔香塵鎮水犀。」清張謙宜以爲「義山佳句」，〈送楊梓人得制出守闓州之二〉頸聯云：「家世久聞清白吏，文章爭誦太玄經」對法亦極工穩。〔註51〕足見迺賢詩有六朝及晚唐風範，其憂國憂民之作，又爲老杜之餘。

　　丁鶴年是元末較受矚目的西域作家，其詩無元季纖靡之習，五七言近體，往往沈鬱頓挫，逼近古人，其興亡之感，悱惻纏綿，大有老杜每飯不忘其君的情志，故黃宗羲曾以詩史譽之。〔註52〕據今人包根弟所考，丁鶴年浸染漢文化之深，甚且超越中原人士，故亦深具漢民

<hr>

〔註48〕見《百種詩話類編》頁601。
〔註49〕見《清詩話續編》頁864。
〔註50〕見《元詩選》初集戊集《金臺集》敘錄。
〔註51〕張謙宜《齋詩談》評之，見《清詩話續編》頁864。
〔註52〕黃宗羲曾以元末諸人如戴良、丁鶴年、楊維楨等詩足以補史。見《南雷文定前集》卷一〈萬履安先生詩序〉。

族所崇重之美德〔註53〕如：

　　富貴倘來還自去，只留清氣在乾坤。（〈贈表兄賽景初〉，《丁鶴
　　年集》卷一）

　　人生天地間，忠孝理最大。（卷三〈送赤士磯巡檢徐白任滿〉）

　　道義謀生本自然，何煩負郭更求田。由來方寸留耕地，即
　　是虛靈不昧天。（卷四〈題甬東故處士盛子暘方寸室以遺其子繼學〉）

　　挺生英傑百夫防，高義孤忠少頡頏。（卷四〈輓故豫章義士吳
　　復原〉）

這些詩中的忠孝、道義氣節皆為儒家諄諄以教其學子者，丁鶴年能具
備此數類德性，與漢儒何異？故其孝名，頗為人所稱道。翁方綱《石
洲詩話》云：「鶴年齧血葬母，忠孝性成。其感夢、遷葬諸什，悲痛
沈鬱。異鄉清明一律，直到杜公。」〔註54〕元代諸多西域詩人都能承
老杜諷時作風，然丁鶴年之忠孝又在諸人之上，其〈歲宴百憂集二
首〉、〈汨汨〉等充滿著憂國忠君之情。因此戴稷在編次其詩集時，特
將此類作品都為「哀思集」置於卷二。〔註55〕丁鶴年的佛學修養亦深，
集中之卷三為「方外集」，皆是與方外佛門禪師往來之作，充滿貞定
與禪悟的體會，這些儒釋思想足見其習染漢文化久深，一如漢人碩
儒。戴良〈高士傳〉稱其年十七能通詩書禮，可見其根砥。戴良並云：
「（鶴年）善詩歌，而尤工於唐律，為文章有氣，至於算數、異引、
方藥之說，亦靡不旁習。」〔註56〕足見丁鶴年在漢文化詩文數術諸方
面都有頗高的造詣。

　　西夏人余闕也是明清詩家論述較多的元代西域詩人。明游潛《夢
蕉詩話》稱讚他「茲孤忠大節，蓋其胸中素定，故於事變之臨處之，
無難焉者。」〔註57〕清人《靜居緒言》稱讚他「余忠宣登臨懷古之作，

〔註53〕見包根弟《元詩研究》頁165，幼獅1978版。
〔註54〕見翁方綱《石洲詩話》卷五，《百種詩話類編》頁4。
〔註55〕見琳琅密室本〈丁鶴年集〉卷二，此詩集為戴稷編次，戴良作敘。
〔註56〕見戴良《九靈山房集》卷一一，〈高士傳〉。
〔註57〕見明游潛《夢蕉詩話》，廣文書局1971年版。

合玄暉之遒麗。」〔註58〕顧嗣立《元詩選》初集於余闕敘錄云:「廷心留意經術,爲文有氣魄,能達其所欲言。詩體尙江左,高視鮑、謝,徐、庾以下不論也。篆隸亦古雅可傳,嘗讀書青陽山中,學者稱青陽先生。門人郭奎掇拾其遺文爲《青陽集》六卷。同年進士李祈序之,謂廷心以羸卒數千守孤城,屹然爲江淮保障者五六年。援絕城陷,與妻子偕死。孤忠大節照映千古,爲斯文之光。」〔註59〕明胡應麟《詩藪》外編卷六亦云:「余廷心古詩近體,咸規倣六朝,清新明麗,頗自足賞。」之可見,明清詩人所津津樂道的是余闕的詩作與情志,其詩有六朝玄暉風韻,情志之孤忠大節亦華夏之光。證諸詩文,如〈七哀〉、〈送康上人往三城〉、〈九日宴盛唐門〉等,確有聖哲忠義,黎民憂恤,然而今存《青陽集》四卷中,詩只一卷,此類憂時之作極少,不復見其面貌,然詩之六朝風格,倒是隨處可得,如〈送胥式南還〉云:

> 孟冬寒律應,原野降繁霜。客子倦遊覽,結笥還故鄉。
> 驅車出城闕,旭日懸晶光。綺宮上爛爛,翠閣後蒼蒼。
> 豈無涼華志,唏景發清揚。富貴在榮遇,貧賤有安行。
> 恆恐歲年迫,皐蘭凋紫芳。君看沙上雁,騫翮乃隨陽。
>
> (《青陽集》卷一)

〈送王其用隨州省親〉云:

> 都門楊柳萬絲垂,城下行人駟牡騑。宮中近得三年誥,篋
> 裡新裁五色衣。
> 漢皐秋晚遊娼少,夢渚波寒獵火微。我有愁心似征雁,隨
> 君日日向南飛。(《青陽集》卷一)

此類作品不拘五七言古律,都清麗如六朝,情志雖淺但詞華苕秀可人。

　　元代另一位以詩歌與散曲聞名的西域作家是貫雲石,其詩作被顧嗣立視爲「開綺麗清新之派」〔註60〕的代表,李日華《恬致堂詩話》

〔註58〕見《清詩話續編》頁 1649。
〔註59〕見顧嗣立《元詩選》初集頁 1736,〈余忠宣公闕〉敘錄。
〔註60〕見顧嗣立《寒廳詩話》收於《清詩話》頁 84。

更道出其作品特色云:「元貫雲石號酸齋,風流跌宕,人知其工小詞樂府,而不知其歌行奇詭激烈,即盧玉川、李商隱不是過。且翰筆瀟灑雄崛,無勝國軟熟之習。」〔註61〕然而今四庫未錄其詩集,只《元詩選》二集輯其少數作品,今人楊鐮考其詩集,認爲到明初至清初,至少有三種不同的《貫雲石集》且名爲《貫雲石詩集》與《元詩集》名爲《酸齋集》不同,〔註62〕可惜今已不傳,證諸今存數作,約可窺其奇詭激烈如〈畫龍歌〉、〈觀日行〉等。其七律則雄奇清峻,不似前列諸家之綺靡,〈蒲劍〉云:

> 三尺青青古太阿,舞風斫碎一川波。長橋有影蛟龍懼,流水無聲日夜磨。
> 兩岸帶煙生殺氣,五更彈雨和漁歌。秋來只恐西風惡,銷盡鋒棱恨轉多。(《元詩選》二集)

〈三一菴〉云:

> 茅棟蕭蕭水石間,放懷中日對林巒。夢回不覺丹臨砌,吟罷始知身倚闌。
> 藥碓夜春雲母急,石瓶秋迸井花寒。群魚亦得逍遙樂,何用機心把釣竿。(《元詩選》二集)

由此二詩氣勢迅捷,瀟灑雄崛看來,顯然李日華之評語稱當,顧嗣立謂其「綺麗清新」則不知何所指云。

　　元代詩作成就極高,漢化極深的西域詩人尚多,如高克恭之「詩畫題三絕」,〔註63〕泰不華之「兼善絕句,溫靜和平,殊得唐調。」〔註64〕及元末與泰、逎、余諸公「並逞詞華」的雅琥〔註65〕等等,可稱述者多,不一一列舉。

　　綜觀本節西域詩家之作,可知元代民族融合的成果不凡,其髮膚

〔註61〕見李日華《恬致堂詩話》卷一,廣文書局古今詩話叢編本。
〔註62〕見楊鐮〈貫雲石集考實〉。
〔註63〕見《輟耕錄》卷二六〈詩畫題三絕〉條。
〔註64〕見明胡應麟《詩藪》外編卷六。
〔註65〕見顧嗣立《寒廳詩話》收於《清詩話》頁84。

不同，習俗迥異的異族詩家，能精擅儒術，習染釋道，且發揮忠孝節
義，傳承詩史風格如此，正代表著華夏文化之精深博大，能化西人成
華夷一家，甚且擅時代風調，導時人詩作，而有綺麗清奇之風，由是，
元代民族融合的痕跡，可以檢證歷歷如上。

第二節　元代異域風情之詩

　　檢視元詩民族融合之痕跡，除西域詩人之華化外，尚須兼及華夏
詩人之西化，然漢人詩家，學術深宏，文化精深，不易有全面西化的現
象，只因民族雜處，又在朝仕官，難免雜染其習或身履其地，因此本節
考察異域風情，以漢人詩家作品中的異域風光或蒙古色目習俗爲主。

　　以習俗來看，蒙廷的習俗先西域化再漢化，已很難考察何爲蒙
古？何爲色目？今一概以其迥異漢人者而論。袁國藩《從元代蒙人習
俗軍事論元代蒙古文化》中考之已多。〔註66〕其中影響漢人最多者爲
生活習俗。如元代多飲馬湩，或稱馬奶子，〔註67〕蒙廷宴飲多賜之。
元代宮廷宴飲稱只孫宴，與宴者律著一色服，〔註68〕通常是蒙廷賜宴
諸侯王，或外藩來朝詩，以示卹遠者，有時也賜宴大臣，以酬辛勞。
宴餘有馬戲，故又稱詐馬宴。這些內涵是元代仕官詩人記錄最多的異
域風俗。

　　柯九思〈宮詩十五首〉之五云：
　　　萬里名王盡入朝，法宮置酒奏簫韶。千官一色眞珠襖，寶
　　　帶攢裝穩稱腰。（《草堂雅集》卷一）
　張昱〈輦下曲集〉云：
　　　祖宗詐馬筵灤都，桐官哼哼載憨車，向晚大安高閣上，紅
　　　竿雉帚掃珍珠。（《可閒老人集》卷二）

〔註66〕見袁國藩《從元代蒙人習俗軍事論元代蒙古文化》商務 1973 年版。
〔註67〕見《多桑蒙古史》：「嗜飲馬乳所釀之湩，曰忽迷思。」
〔註68〕見《元史》輿服志：「質孫（按：即只孫），漢言一色服也，內廷大
　　　宴則服之。」

袁桷〈裝馬曲〉云：

> 酮官庭前列千斛，萬甕葡萄凝紫玉，駝峰熊掌翠釜珍，碧
> 實冰盤行陸續。

這些詩都是只孫宴時蒙人習俗、宴飲、酮馬、衣著的紀錄，而與宴漢
人也從蒙俗，詠頌如詩。而且元代每歲君主都要臨幸上都，文人亦隨
制扈從紀行，在上都駐蹕數月，其間有祭典、宴樂、競祭、校獵及百
戲等，除七月祭祖外，漢人得與其禮俗。祭典畢亦有賜宴，律為只孫
宴。柳貫〈觀失刺斡耳朵御宴回〉云：

> 毳幕承空柱繡楣，綵繩旦地擎文霓，辰旄忽動祠光下，甲
> 帳徐開殿影齊。芍藥名花圍簇坐，蒲萄法酒折封泥。御前
> 賜酺千官醉，恩覺中天雨露低。

周伯琦〈詐馬行〉記錄最詳，云：

> ……天子方御龍光宮，袞衣玉璪回重瞳，臨軒下接天威崇，
> 大宴三日阡群悰。萬羊臠炙萬甕釀，九州水陸千官供，曼
> 延角觝呈巧雄，紫衣妙舞衣細蜂，鈞天合奏春融融。……

「斡耳朵」是蒙人「官帳」之意，「詐馬宴」即「只孫宴」，二詩勝寫
群臣扈從宴飲，所食者羊肉，〔註69〕所飲者馬奶子及蒲萄酒，所奏者
西域舞樂，這些都是元人習俗，也成為漢人官員生活中的部份。耶律
楚材隨成吉思汗西征，途中曾寫下兩首他對馬湩欣賞的詩，〈寄賈搏
霄乞馬乳〉云：

> 天馬西來釀玉漿，革囊傾處酒微白。長沙莫吝西江水，文
> 舉休空北海觴。淺白痛思瓊液冷，微甘酷愛蔗漿涼。茂陵
> 要酒塵心渴，願得朝朝賜我嘗。

又〈謝馬乳復用韻二首〉云：

> 生涯簞食與囊漿，空憶朝回衣惹香；筆去餘才猶可賦，酒
> 來多病不能觴。松窗雨細琴書潤，槐館風微枕簟涼；正與
> 文君謀此渴，長沙美湩送予嘗。肉食從容飲酪漿，羞酸滑

〔註69〕元人的肉食以羊肉為最多，見陳高華〈元代大都的飲食生活〉所考。
《中國史研究》1991年第四期。

膩更甘香；革囊旋造逡巡酒，樺器瀕傾潋灩觴。頓解老饑
能飽滿，偏消煩渴變清涼；長沙嚴令君知否，只許詩人合
得嚐。(《湛然居士文集》卷四)

這三首詩都以馬湩為主題，耶律楚材形容它「玉漿」微香，滑膩甘香，
又以茂陵之渴自喻，可見他對此飲的喜愛。漢人之喜馬湩者不少，見
諸詩章者也不少，如許有壬《至正集》詠〈馬湩〉云：「味似融甘露，
香疑釀醴泉」等，足見漢人雜染蒙俗之一斑。楊允孚〈灤京雜詠〉記
蒙人宮廷飲酒最詳，如：

嘉魚貢自黑龍江，西域蒲萄酒更長。南土至奇誇鳳髓，北
陸異品是黃羊。
葡萄萬斛壓香醪，華屋神仙意氣豪。酹節涼羔猶未品，內
家先散小絨鰷。
百戲遊城又及時，西方佛子閈宏規。絳雲隱隱旌旗過，翠
閣深深玉笛吹。
紫菊花開香滿衣，地椒生處乳羊肥。甋房納石茶添火，有
女褰裳拾糞歸。
為愛琵琶調有情，月高未放酒杯停。新腔翻得涼州曲，彈
出天鵝避海音。
海紅不似花紅好，杏子何如巴欖良。更說高麗生菜美，總
輸山後蔴菇香。(《元詩紀事》卷二十)

雜詠凡五十章，從上灤京途中所見，寫到灤陽的飲食風物音樂禮俗，
記錄甚廣。灤京是元代上都，元自定都大都（北平）後，灤京成為陪
都，郝經、王惲、張養浩、陳孚、周伯琦、馬祖常、袁桷、柳貫、宋
本、黃溍、王沂等不少文人都曾詠上都，紀風俗，[註70]這些詩多數
是「扈從詩」和「紀行詩」，因此描繪元代宮廷生活較多，但也可以反
映出異域草原風光。陳允孚此六章，是灤陽飲食生活的寫照，漠北的
嘉魚，西域的蒲萄酒，北陸的黃羊肉，佛子是西方的，「納石」是韃靼

〔註70〕詳見葉新民〈從元人詠上都詩看灤陽風情〉一文所考，《內蒙古大學
學報》1984 年第一期。

茶,紫菊花也惟有灤陽才有,地椒是牛羊愛食之草,而音樂是西域新腔「海青拏天鵝」曲,「花紅」、「巴欖」都是珍奇果品,高麗人以生菜裹飯之俗,上京人喜食麻菰等等,都在這幾首詩鮮明繪出。〔註71〕這些作品不僅是異域風情的顯露,也是元代蒙古貴族生活絕佳的記錄。

不僅飲食生活而已,元詩中透顯西域風情者尚及於西域人的傳說異俗,如白珽〈續演雅十詩〉云:

> 海青羽中虎,燕燕能制之。小隙沈大舟,關尹不吾欺。
> 草食押不蘆,荃死原不死。未見滌腸人,先聞棄簀子。
> 誰令珠玉唾,出彼藥蓋腸。仁人不爲寶,良賈宜深藏。
> 嬰啼聞木枝,羝乳見茅茹。何如百年身,反爾無根據。
> 西狩獲白麟,至死意不吐。代北有角端,能通諸國語。
> 纔脫海鶴啄,已登方物輿。仰面勿啾啾,我長非僑如。
> 羯尾大如斛,豎車載不起。此以不掉滅,彼以不掉死。
> 八珍殽龍鳳,此出龍鳳外。荔枝配江瑤,徒誇有風味。
> 灤人薪巨松,童山八百里。世無荊超勇,惆悵渡易水。
> 兩駝侍雪立,終日饑不起。一覺沙日黃,肉屏那足擬。

《元詩紀事》卷七)

詩中「海青」乃俊禽,前引楊允孚詩有「海青拏天鵝」的西域樂曲,這裡白珽再敘述這種西方的傳說。據《輟耕錄》云:「海青,俊禽也,而群燕緣撲之即墜,物受於制者無大小也。」又云:「漠北有名押不蘆,食其汁立死,然以它解之即蘇。」其三云:「和林有尼,能吐珠玉雜寶也。」其四紀種羊傳說云:「漠北種羊角,能產羊,其大如兔,食之肥美。」其五云:「角端,北地異獸也,能人言,其高如浮圖。」其六云:「小人長僅七寸,夫婦二枚,形體畢具也。」其七云:「西漠有羯,尾大於身之半,非車載尾不可行。」其八云:「謂迤北八珍也,所謂八珍,則醍醐、麆沆、野駝蹄、鹿脣、駝乳糜、天鵝炙、紫玉漿、玄玉漿也,玄玉漿乃馬嬭子。」其九云:「灤人薪巨松」,其十云:「沙漠雪盛,命兩駝趺其旁,終夜不動,用斷梗架片其上,而寢處於下,

---

〔註71〕這些名物詳見陳衍《元詩紀事》卷二十所註。

煗盛肉屏。」〔註72〕此十詩白珽所記西域及漠北傳說與風情者十，陶宗儀更爲之敍解，傳南人未見未聞之種種異事，頗能引人好奇想望。吳萊也有種羊傳說的敍寫，〈西域種羊皮書褥歌寄李仲羽〉云：

> 波斯谷中神夜語，波斯牧羊俱雜虜。當道劗刀羊可食，土城留種羊脛骨。
>
> 四圍築場聞杵聲，羊子還從脛骨生。青草叢抽臍未斷，馬蹄餃鐵繞垣行。
>
> 羊子跳踉卻在草，鼠王如拳不同老。餃肉莚開塞饌肥，裁皮褥作書林寶。
>
> 南州俠客遇西人，昔得手褥今無倫。君不見冰蠶之錦欲盈尺，康洽年來貧不貧。

吳萊所記爲波斯傳說，與白珽所記爲漠北傳說不同，因此陳衍《元詩紀事》卷十四紀其異云：「《樂郊私語》：楚石大師爲沙門尊宿，嘗從上都，有漠北懷古諸作。余嘗讀其『自言羊可種，不佳繭成絲』之句……此又云以脛骨種之，與琦師目見之者不同也。蓋波斯國別有種法，如吳詩所云耳。」〔註73〕僅管傳述或有不同，但元詩之能紀異域傳說，也顯現元代在民族融合上的特殊現象，「南州俠客遇西人」，一切胡漢不同的歷史文化，習俗異說，在元代都融聚一爐，成爲元詩繽紛的風貌。

此外西域的舞樂，也是元代漢族詩人作興歌詠的異域特色，如張昱〈輦下曲〉云：

> 十字神寺呼韓王，身騎白馬衣戎裝。手彈箜篌仰天日，空中來儀百鳳凰。（《可閒老人集》卷二）

再輔以明周〈五宮詞〉來看：

> 背番蓮掌舞天魔，二八嬌娃賽月娥。本是河西參佛曲，把來宮苑席前歌。（《遼金元宮詞》頁19）

詩中紀的是回回、河西、中原樂工之音樂組合，包括佛教及歐洲音樂，

〔註72〕見《輟耕錄》卷九《續演雅發揮》條。
〔註73〕見陳衍《元詩紀事》卷十四，吳萊〈西域種羊皮書褥歌寄李仲羽〉詩後。

〔註74〕河西的參佛曲，中原之箜篌，組成新曲新聲，頗爲壯觀。不僅
音樂，舞妓亦中西兼備，張昱詩云：

> 西方舞女即天人，玉手曇花滿把青。舞唱天魔供奉曲，君
> 王常在月宮聽。(《可閒老人集》卷二)

這些作品中皆可看出元代中西合璧的音樂與舞蹈，也是民族融合之一
端。

除去記錄異俗胡風的生活習慣及傳說之外，元詩透顯的異俗風情
以北行和西行異域的景物描寫爲最多，袁桷〈居庸關〉詩云：

> 太行領群山，萬馬高下拜，平巒轉城隍，隱隱南北界。危
> 峻互交牙，寒溜瀉洴湃。陰風玄虯湧，巨石忽崩壞。周遭
> 青松根，下有古木砦。石皮散青銅，云是舊戰鎧。天險不
> 足憑，歷劫有成敗。驅車上林梢，出日浴光怪。肅肅空巖秋，
> 天風迅行邁。(《清容居士集》卷十五)

居庸關在今河北省昌平縣西北三十里。當太行山第八徑，爲天下九塞
之一。南北關門相距四十里，兩山夾峙，下爲巨澗，懸崖峭壁，稱爲
絕險。袁詩描述關之天，險趺宕奇偉，深寓感慨。今人李夢生稱此類
詩爲元代的邊塞詩，並云：「昔日的邊塞，今日已成了接近首都大都
和上都的畿輔內地；昔日邊塞詩中與之浴血爭鬥的敵人，今日已成了
全中國人民的主宰。於是，邊塞詩的主旋律已經不再是寫戰爭，寫離
別哀愁，而轉向於寫和平，寫沙漠風光，草原春色，寫這片遼闊的土
地上美麗奇特的大自然與人民的習俗。」〔註75〕李夢生的說法眞是看
元詩的另一種新視野。元代詩人自居庸關以外的種種異域風光的描寫
極多，正足構成新的「邊塞詩」類型。即以「居庸關」爲題者，尚有
黃溍〈上京道中雜詩十二首〉之三〈居庸關〉、周伯琦〈入居庸關〉、
薩都剌〈過居庸關〉、吳師道〈居庸關〉等等，詩人們徘徊於崔嵬險

〔註74〕詳見袁冀〈元代蒙人生活之轉變〉一文，《東方雜誌》復刊二二卷八
　　　　期。
〔註75〕見李夢生《蕭瑟金元調》「沙際風來草亦香」一文。香港中華書局1990
　　　　年版。

境，或詠天險，或嘆千古爭戰，或歌頌「矧茲中興運」（胡助〈居庸
關〉），心中似乎都懷著一股海宇浩闊，皇衢坦蕩的讚嘆。這是元代詩
人寫北疆異域的特殊風貌。如劉秉忠〈和林詩〉云：

> 玄車軋軋長轟耳，白帳連連不斷頭。帝闕上橫龍虎氣，和
> 林還見帝王州。（《藏春集》）

描寫的是和林帝都興盛宏壯的氣魄，特別是「玄車」「白帳」正是蒙
人風情。周伯琦〈七月七日同宋顯夫學士暨經筵僚屬遊上京西山紀事
詩〉云：

> 盤盤絕頂撫崢嶸，目盡天涯一掌平。海氣騰空搖鷁剎，山
> 空卷霧淨金城。韝鷹秋健諸酋帳，苑馬宵肥七校營。相顧
> 依然情未已，攜壺明日約同傾。（《近光集》卷二）

詩中寫出上都西山的酋帳，在草原上鷹飛馬躍之景，無限雄渾壯闊，
與華夏金碧輝煌的宮殿魏闕迥異之趣。薩都剌的〈上京即事五首〉也
紀留大量的北方壯麗奇景，詩云：

> 大野連山沙作堆，白沙平處見樓台。行人禁地避芳草，盡
> 向曲欄斜路來。
> 祭天馬酒灑平野，沙際風來草亦香。白馬如雲向西北，紫
> 駝銀甕賜諸王。
> 牛羊散漫落日下，歸草生香乳酪甜，捲地朔風沙似雪，家
> 家行帳下氈簾。
> 紫塞風高弓力強，王孫走馬獵沙場。呼鷹腰箭歸來晚，馬
> 上倒懸雙白狼。
> 五更寒襲紫毛衫，睡起東窗酒尚甜。門外日高晴不得，滿
> 城濕露似江南。

煌煌帝京，浩浩漠北，寒外草原，沙磧茫茫，白草蕭蕭，野草與乳酪，
散發著草原的馨香，飛沙與朔風，敲打著簾帷低垂的氈帳，胡兒弓馬
獵獸，何等雄邁。這樣的異域風光，與唐人之征弓戰馬完全不同，這
就是元代民族融合後的廣大氣象。今人李知文有〈元詩與帝都〉一文
專作元詩中關乎帝京的描寫，正是有鑑於元詩此類氣象迥異前朝，是

詩歌歷史上嶄新的類型。〔註76〕元代這一類新邊塞詩,成果豐碩,描
寫的蒙人習俗也極廣,袁桷「土屋粘密房,文氈圍錦窠」「帳殿橫金
屋,氈房簇錦城」〔註77〕等,宋本「西關輪輿多似雨,東關帳房亂如
雲」〔註78〕等,寫其居室;許有壬「紅葯金蓮滿地開」,迺賢「烏桓
城下雨初晴,紫菊金蓮浸地開」〔註79〕等,寫其植物;歐陽玄「天上
玉京如此寒」,薩都剌「上京七月涼如冰」〔註80〕等,寫其氣候等等,
都是旃旎之景與蒙人風土的寫照,也是元詩中極其大量的成果,是歷
代少有的境界。當然,所謂元代新邊塞詩,地域並不阳北疆,西土的
描繪也很可觀,如邱處機〈灤驛路〉云:

> 極目山川無盡頭,風煙不斷水長流。如何造物開天地,到
> 此令人放馬牛。飲血茹毛同上古,峨冠結髮異中州。聖賢
> 不得垂文化,歷代縱橫只自由。

〈陰山途中〉云:

> 高如雲氣白如沙,遠望那知是眼花。漸見山頭堆玉屑,遠
> 觀日腳射銀霞。橫空一字長千里,照地連城及萬家。從古
> 至今常不壞,吟詩寫向直南誇。

耶律楚材〈西域河中十詠〉云:

> 寂寞河中府,連甍及萬家。蒲萄親釀酒,把欖看開花。
> 飽噉雞舌肉,分餐馬首瓜。人生唯口腹,何礙過流沙。
> 寂寞河中府,臨流結草廬。開尊傾美酒,擲網得新魚。
> 有客同聯句,無人獨看書。天涯獲此樂,終老又何如。
> 寂寞河中府,遐荒僻一隅。蒲萄垂馬乳,把欖燦牛酥。
> 釀酒無輸課,耕田不納租。西行萬餘里,誰謂乃良圖。
> 寂寞河中府,西流綠水傾,衝風磨萬麥,懸碓杵新粳,
> 春月花渾謝,冬天草再生。優游聊卒歲,更不望歸程。

〔註76〕見李知文〈元詩與帝都〉一文,《貴州文史叢刊》1990年第二期。
〔註77〕見袁桷《清容居士集》。
〔註78〕宋本〈大都雜詩〉,見《元詩紀事》卷十四,頁3117。
〔註79〕許有壬《至正集》,迺賢《金臺集》。
〔註80〕歐陽玄《圭齋集》,薩都剌《雁門集》。

對中國西疆，飲血茹毛，峨冠結髮的生活；對於雪山銀霞，萬里連城的氣象；對於分瓜網魚釀酒磨麥，懸碓杵粳的特殊風物，都是詩人西疆紀行的描繪重心。元詩的異域風情不拘北土西域，都能有嶄新的風物景觀，足堪品賞，而且這些作品多半有宏闊氣象，清麗文彩，境界新奇，也爲中國詩歌增添不少內涵。明人葉盛讀周伯琦《近光集》云：「頗知勝國時北出道里風土之詳」，〔註81〕正是得此類作品之一端。然而，我更肯定這些元代的新邊塞詩在中國詩歌之山水紀行範疇所開創的題材與內涵，都是非常珍貴且豐碩的。

〔註81〕葉盛《水車日記》卷三五，〈中堂事記錄行錄〉一文。

第五章　民間詩社之濫觴

　　詩人雅集於名山勝水間，吟詠賦詩，曲觴流宴的風會起源甚早，及於魏晉，但皆爲文人與士大夫階級彼此往來的風雅清興，詩作形態也都屬於頌詠盛會或相互唱酬之類，未見有民間鄉野詩人，自組團體，命題試詩，甚且開榜次名者。民間結社試詩的方式大行於明清，〔註1〕但其起源當在宋元之際，特別是「月泉吟社」，規模與型態最爲完整，有賞金，有榜次，有章程，有組織，並結集記錄，傳之於後。這種民間詩社的方式是古代文士雅集與宋元各行會社集的結合，而於元代科舉無期，仕進無望的社會與其繁榮的經濟環境下運應而生。這是中國詩歌歷史上值得考察的文人活動方式，本章將就元代詩壇這種特殊的社會現象加以勾稽整理，一以明其詩社源始及活動狀況，一以明其詩作型庇與風格。

第一節　詩人結社民間化的先河

　　考察詩社的形成當分兩方面來看，一察文人雅集之源始，一探行會風氣之形成。宋元詩社，顯然是文人雅集與行會風氣結合之後的產物。

〔註 1〕見黃志民《明人詩社之研究》政大 1972 年碩論。

　　《事物紀原》嘗謂唱和之初，始於帝舜與皋陶乃賡載歌，又謂聯句始自漢武與群臣柏梁臺之會，然其事無徵，這恐怕是文人雅集最早的傳說。而四庫總目〈玉山名勝集〉提要認為宴集唱和之盛，始於金谷蘭亭，[註2] 時為晉世。近人黃志民更考其源，當早於曹丕諸人南皮之會，而其風氣之先又當緣於漢末朋黨。[註3] 黃志民認為東漢士子抗憤時政，處士橫議，遂激揚名聲，互相題拂，黨錮禍起，更轉為民間往來，他說：

> 考東漢士大夫之結黨立朋，品覈公卿，月旦人物，本為政
> 治及社會運動之事，然其流風所及，於是士大夫往往招朋
> 呼友，流連詩酒，稱觴賦詠，又自黨禍以來，士子嚴於峻
> 法，又遭逢季世，於是由入世之朋，轉為詩酒之朋。[註4]

黃氏此說大抵已能傳達詩人雅集的政治因素，而集會之內涵又多涉時政，品覈人物，與宋元詩社有所不同。至於曹丕南皮之會，見諸《文選》曹丕〈與朝歌會吳質書〉、〈與吳質書〉等，[註5] 當時與宴者有曹丕、曹植兄弟與建安七子多人及吳質等，會中絲竹並奏，觴酌流行，酒酣耳熱之後，仰而賦詩，純然是一種上位者倡之，下位者攀龍附鳳的文藝活動。至於四庫所謂金谷、蘭亭，乃晉時盛事。金谷園為石崇所構，有清泉茂林，眾果竹柏，眾賢群集其中，晝遊夜宴，琴瑟笙筑為興，賦詩敘懷，酬酒賞罰為樂。[註6] 蘭亭在山陰縣西，東晉穆帝永和九年，三月三日，王羲之與孫綽、謝安、王蘊等名士及支遁等四十餘人，於此修祓禊之會，亦賦詩酬酒，罰酒依金谷之數，這是兩晉文學佳話。文人會集由複雜之政治因素蛻變成單純的詩酒往來，宴樂為戲，這種風氣至六朝、唐、宋，代有盛會，廣為文人雅愛。南朝君王獎勵文學招集文士，宴集競才，刻燭擊缽，分題限韻，一時俊彥稱

〔註2〕見四庫總目提要卷一八八，《玉山名勝集八卷》提要。
〔註3〕同註1，頁2。
〔註4〕同註3，頁2。
〔註5〕見《昭明文選》卷四十二。
〔註6〕見《全晉文》卷三十三，石崇〈金谷園詩序〉。

為竟陵八友。〔註7〕唐為詩歌之黃金時代，詩流遊宴雅集，賦詩唱酬之盛，殆為空前。《全唐詩》劉孝孫小傳云：

> 劉孝孫，荊州人，弱冠知名，與虞世南、蔡君和、孔德紹、庾抱、庾自直、劉斌等，登臨山水，結為文會。（《全唐詩》卷三十三）

《舊唐書》楊師道傳云：

> 師道退朝後，必引當時英俊，宴集園池，而文會之盛，當時莫比。（《舊唐書》卷六二）

可見唐代文人雅集之盛，然文會與詩社當有不同，而唐代專以詩歌唱酬而見諸記錄者亦有之，如白居易七老會，其詩序云：

> 胡、吉、劉、鄭、盧、張等六賢，皆多年壽，余亦次焉。偶於東都敝居履道坊合成尚齒之會。七老相顧，既醉且歡，靜而思之，此會希有，因各賦七言六韻詩一章以紀之。（《白香山詩集》補遺下）

由此看來，七老之會，賦詩只是餘事，並無宋元詩社以賦詩為主要目的狀態。慶曆之後，徐祐有九老會、馬尋有六老會、杜衍有五老會、徐師閔有九老會，文彥博有五老會及同甲會、洛陽耆英會、司馬光有眞率會等等，〔註8〕文人雅集，盛會空前，然而大半以觴詠為樂事，不以詩文相淬勵為鵠的，也未見社規章程等等，與後世詩社乃大有不同，然而元之前旳文人雅集形態可知。

　　元之前的文人雅集，雖名「社」、「會」而非有組織的「詩社」，然其聯吟雅集已有後世詩社的雛形，故入宋以後能因宋人行會之風盛行，詩人起而傚仿行會之組織，而漸漸有了詩社的結構。

〔註7〕見《南史》〈王僧儒傳〉、〈儒林傳〉等。
〔註8〕見龔明之《中吳紀聞》卷二、《吳興掌故集》卷三、《宋詩紀事》卷八引錢明逸〈睢陽五老園序〉、及《宋詩紀事》卷十三、卷十二、葛立方《韻語陽秋》卷十九、《宋詩紀事》卷十二引澠水燕談、《宋詩紀事》卷十四司馬光序言等等，本文這些詩會之採輯全據黃志民〈詩人之社集〉一文所考，收於《中國詩歌研究》，中央文物供應社1985年版。

考宋人行會之源，仍須始於綿遠的「社」字起源。《說文解字》一上云：「社，地主也，從示土。」先民資地之利、以遂其生，爲了敬餽其功，或封土，或立石，或樹木，以爲神祇而祀之，此即社。〔註9〕其後又有大社、王社、國社、侯社、里社等等。〔註10〕然皆爲祭祀之組織。晉慧遠於安帝元興元年，集緇素百二十三人，以修淨業爲旨趣，共結白蓮華社，〔註11〕「社」始轉爲宗教之結合。其後宋人因行社之風盛，文人有文社、經社，武人有弓箭社、巡社等等，各行各業、宗教團體各有其社。〔註12〕據龔鵬程所考：

> 民間私社的興起約在漢代，漢書五行志載袞州刺史浩賞禁民間私自立社，是民間聚徒結會稱社之始，後來逐漸普及，像晉代惠遠的蓮社、隋末譙郡的黑社白社等，這種社會結構到了宋代更形普遍化，形成一種社會群體的重要性質，影響了社會構成的型態。這些社或稱義社、或稱巡社、或稱弓箭社，而社倉社學都是這樣來的。〔註13〕

可見漢晉之社會，爲社之民間化雛形；兩宋之間的社更形普遍，而且成爲社學、書院之起始；宋代社學多在鄉黨廟宇行祠間，也正是這種

〔註 9〕見黃志民〈詩人之社集〉所考。主封土者，見《禮記》郊特牲疏引五經異義今孝經說；主立石者，見《淮南齊俗訓》；主數木者，見《周禮大司徒》。

〔註10〕《禮記祭法》云：「王爲群姓立社，曰大社。王自爲立社，曰王社。諸侯爲百姓立社，曰國社。諸侯自爲立社，曰侯社。大夫以下，成群立社，曰置社。」鄭注：「大夫以下，謂下至庶人也。大夫不得特立社，與民族居，百家以上，則共立一社，今時里社是也。」

〔註11〕見《僧史略》下云：「晉宋間有廬山慧遠法師，化行潯陽，高人逸士，輻輳東林，皆願結香花，時雷次宗、宗炳、張詮、劉遺民、周續之等，共結白蓮花社，立彌陀像，求願往生安樂國，謂之蓮社。社之名始於此也。」

〔註12〕《宋史孫覺傳》記載，胡瑗有經社，是經術之結合；李光傳有義社，張愨傳有巡社，兵志有弓箭社、鄉兵巡社、壯丁民社等，似乎後世團練。吳自牧《夢梁錄》卷十九「社會」條，載臨安一地「社會」名目，有文士之社、武士之社、逍遙之社、道教之社、各行業之社。

〔註13〕見龔鵬程〈試論江西詩社宗派之形成〉一文，收於《古典文學》第二集，頁213。

社會群體諸貌之一。吳自牧《夢粱錄》社會記載宋代這種行會風俗最詳：

> 文人有西湖詩社，此乃行都縉紳之士及四方流寓儒人，寄興適情賦詠，膾炙人口，流傳四方，非其他社集之比。武士有射弓踏弩社，皆能攀弓射弩；武藝精熟，射放嫻習，方可入此社耳。更有蹴鞠打球射水弩社，則非仕宦者爲之，蓋一等富室郎君風流子弟與閒人所習也。奉道者有靈寶會。諸寨建立聖殿者，俱有社會，諸行亦有獻供之社。諸行市戶俱有社會，迎獻不一，如府第內官以馬爲社，七寶行獻七寶玩具爲社，又有錦繡社、臺閣社、窮富賭錢社、遏雲社、女童清音社、蘇家巷傀儡社、青果行獻時果社、東西馬滕獻異松怪檜奇花社、魚兒活行以異樣龜魚呈獻豪富子弟，緋綠清音社、十間等社。奉佛者有上天竺寺光明會，又有善女人，皆府室宅舍內之府第娘子夫人等，建庚申會，誦圓覺經，俱帶珠帶珍寶首飾赴會，人呼曰鬥寶會。更有城東城北善友道者，建茶湯會，遇諸山寺院建會設齋；又神聖聖誕日，助緣設茶場供眾……。

由此，我們可以看出宋人行會結社的情形遍及武藝、遊戲、賭錢、佛教、道教等等，而且，詩社之名目也已成立。據黃志民所考，最早之詩社，於宋哲宗元祐年間即已出現。〔註14〕全祖望〈句餘士音序〉云：

> 吾鄉詩社，其可考者，自宋元祐紹聖年間，時則有若豐清敏公、鄞江周公、嬾堂舒氏，而寓公則陳忠肅公景迁，晁公之徒預焉。（《鮚埼亭集》外編卷二十五）

這是甬上一地的詩社，其實際之架構如何並不可考，唯一肯定的是元祐間已有詩社。又《宋詩紀事》卷三十六載汪藻〈春日〉詩一首，引遊宦紀聞云：「此篇一出，爲詩社諸公所構，蓋公幼年作也。」汪藻生於神宗元豐二年，則年幼社吟當在元祐，紹聖之間。吳可《藏海詩話》云：

> 幼年聞北方有詩社，一切人皆預焉。屠兒爲蜘蛛詩，流傳海內，忘其全篇，但記其一句云：不知身在網羅中，亦足爲佳句也。

又云：

> 元祐間，榮天和先生客金陵，僦居清化市爲學館，質庫王四十郎，酒肆王念四郎，貨角梳陳二叔，皆在席下，餘人不復能記。諸公多爲平仄之學，似乎北方詩社。

由這幾條資料可知，元祐間隱約若有詩社，可惜文獻不足，不知其詳，然其詩社之名，時間又早於《夢梁錄》所載之西湖詩社，〔註15〕而且，吳可也透露詩社之性質「爲平仄之學」。此外，南宋以詩社名者，尚有樂備與范成大、馬覺先所結之詩社，〔註16〕宗偉、溫伯之詩酒社、〔註17〕遭逢之豫章詩社、〔註18〕王齊與唱酬詩社、〔註19〕錢唐書賈陳起之桐陰吟社〔註20〕等等，這些詩社顯然是宋代行社風氣大盛之下，文人同業聚吟相互砥礪詩作的方式，是否有組織結構與章程條文等，則不可知，然其中桐陰吟社之陳起纂集眾作，出刊江湖詩集、續集、後集等，稱爲江湖詩派，作者凡百零九人，似爲較早具規模與社稿的詩社；然《宋詩紀事》卷六十四又載復古有江湖吟社，不知是否爲一。今天我們從《江湖詩集》諸公吟詠之作，可知詩社中詩友相互唱酬，且與其他詩社往來唱酬的情況，與前列諸社只結爲封閉性團體似有不同。據黃志民所考，這是明季投贄結社之風氣的源頭。〔註21〕

截至此時，詩社之結構如何？往來吟詠之形態如何？並無明顯的記錄，只知詩社在元祐已成立，而其中有詩集、詩風相類且爲民間江湖詩人者，爲南宋戴復古、陳起等之江湖詩社。然而，龔鵬程考江西

〔註15〕吳自牧《夢梁錄》成於宋度宗年間，所載皆南宋臨安一地之瑣事。

〔註16〕見《宋詩紀事》卷五十二。

〔註17〕見范成大《石湖詩集》卷五〈再次韻呈宗偉溫伯〉。

〔註18〕見《宋詩紀事》卷七十五，曹逢〈寄豫章詩社諸君子〉。

〔註19〕見《全浙詩話》卷十三。

〔註20〕見《宋詩紀事》卷六十四，陳起〈換許梅屋〉詩。

〔註21〕同註1，頁10。

詩社時，提供了詩社更具特點的考慮。他認爲詩社不僅是社集而已，它更具有共同文學概念（即龔氏所謂風格歸類、文學史考察等問題），甚且必有詩稿，〔註22〕以這些特點來檢驗江西詩社，當然江西尚不足爲實質的社集，然而其派分文學，標榜某一詩風的概念是存在的，因此，龔氏謂之「觀念上詩社而非實質上的詩社」，如以此標準來看江湖詩社，則江湖已具詩社之實質矣。

　　然而我們不以南宋之詩社爲民間詩社之瀾觴，主要因詩社自宋亡後，更有嶄新形態成爲明清詩社之藍本，即詩社之義試、榜次、章程等形態，此皆爲元祐以來的詩社所無，且於元代的月泉吟社才成形，因此月泉吟社始爲民間詩社之濫觴，這也是黃志民考明代詩社之淵源的最初據點。〔註23〕南宋亡後，遺老潛跡江湖，自相酬唱，社集多在東南一帶，甬上社集以王應麟爲盟主，陳西麓、舒間風、劉正仲之徒與焉，〔註24〕月洞吟社以五鎰爲首，尹綠坡、虞君集、葉拓山等人附之，〔註25〕而月泉吟社也正是此時應運而生的社集。此外《月泉吟社詩集》所載，當時尚有杭清吟社、古杭白雲社、孤山社、武林九友會、武林社等，皆在杭州，可惜不知其詳。然元初宋遺民處易朝之際，不樂仕進，托情詩酒，儒雅雲集，分曹比偶，相觀切磋之盛，於茲奠始，我們從月泉吟社之規模可知。月泉吟社爲浦江吳渭所發起，吳渭入元不仕，退食於吳溪，延致鄉遺老方風，謝翱、吳思齊等主於家，四方吟士從之。至元丙戌（1286）小春望日，以春日田園雜與爲題，書告浙東西以詩鳴者，令各賦五七言律詩，至丁亥（1287）正月望日收卷，月終結集，得二千七百三十五卷，方、謝、吳三子乃評其甲乙，選中二百八十名，於三月三日揭牓，第一名羅公福，賞以公服羅一、縑七、筆五帖、墨五笏，以下各有賞給。今本《月泉吟社詩》一書，首載社

〔註22〕同註14。
〔註23〕同註1。
〔註24〕見全祖望《鮚埼亭集》外篇卷二十五，〈句餘土音序〉。
〔註25〕見《宋詩紀事》卷八十。

約、題意、詩評，並次六十人之詩，凡七十四，各以評語，次爲摘句，凡三十三聯，次爲賞格及送賞啓，又次爲諸人覆啓等等，一如科舉之法，〔註26〕可知其結構組織更在南宋詩社之上，此乃元明清三朝詩社之初基。

　　元初，南宋遺民雅集始有月泉吟社之基礎，而終有元一代，如此盛會不斷，至元末更形昌盛，我們從元人文集及明人之綜述中可知。楊維棋《東維子文集》中之〈聚桂文會序〉、〈玉山草堂雅集序〉等，都是此類詩人的敘寫。《明史》文苑傳云：

> 元季浙東西士大夫以文墨相尙，每歲必聯詩社，聘一二文章鉅公主之，四方名士畢至，讌賞窮日夜，詩勝者輒有厚贈。臨川饒介爲元淮南行省參政，豪於詩，自號醉樵，嘗大集諸名士，賦醉樵歌，（張）簡詩第一，贈黃金一餅；高啓次之，得白金三斤；楊基又次之，猶贈一鎰。〔註27〕

顧嗣立《塞廳詩話》亦云：

> 廉夫當元末，兵戈擾攘，與吾家玉山主人（瑛）領袖文壇，振興風雅於東南，柯敬仲（九思）、倪元鎭（瓚）、郭義仲（翼）、郯九成（韶）輩，更倡迭和，淞泖之間，流豐餘韻，至今未墜。〔註28〕

由此可知元初月泉吟社的規模體制，在元末每歲詩社中仍奉行不二，所不同者，賞金益豐，流風益廣。其有社名可知者如「聚桂文會」，楊維楨曾爲之敘，《明詩綜》亦云：

> 當元之季，浙西歲有詩社，面濮市濮仲溫豐於貲，集一時名士，爲聚桂文會，以卷赴者五百人，請楊廉夫評其優劣。於是紀風土者，目爲樂郊。及楊完者亂，州無完郭，然繆同知思恭德謙猶招群彥，集南湖與會，分韻者一十有四人。越二年，曹教授睿新民復集諸公於景德寺，亦一十有四人。

〔註26〕見田汝耔刻《月泉吟社詩》之敘，明蔣冕《瓊台詩話》（廣文詩話叢刊本）及《元詩紀事》等亦多處敘及此事。

〔註27〕《明史》卷二八五〈張簡傳〉。

〔註28〕見顧嗣立〈塞廳詩話〉，《百種詩話類編》歷代詩評類（四）。

是時聞人麟彥昭，葉廣居居仲，……，四方避地者，溫州
陳秀民庶子居竹鄰巷，閩人卓成大器之居覽川，江陰孫作
大雅居南湖，崑山顯德輝仲瑛居河溪，……，皆來僑居四
明，周秦以陸宣公書院山長，留居梨林，日以文酒唱酬，
詩成輒鏤板鑱壁，聞者傳爲勝事。

由此可知「聚桂文盛」是當時極盛的詩社，其試榜賞格如同月泉吟社，
一時四方之士，濟濟名儒均會萃於此，唱酬之作亦鏤版成書。此外更
有越中詩社、山陰詩社、吳間詩社、小桃源詩盟、續蘭亭會等。黃庚
即爲當時越中詩社之都魁，《月屋漫稿》載「枕易」一詩，爲當時義
試之題，「秋」一詩亦爲應山陰詩社中選之作，〔註29〕楊維楨有〈香
區八詠〉〈楊妃襪〉之作，亦吳間詩社命題詩，〔註30〕此外，《元詩選
癸集》於陳櫟詩云：

近于休寧陳氏得明經書院考評一冊，乃其先世定宇先生遺
筆也。泰定間，有小桃源詩盟，定宇以〈大有年〉爲題，
得三百三十七卷，與星源胡初翁存菴定其甲乙，加以評騭。
取中者三十名，一曰都魁，即仲明卷；二曰亞魁，爲康衢
遺民卷，……餘卷語多陳腐。〔註31〕

可見當時小桃源詩盟亦有盟主、評騭、榜次等等。再如「續蘭亭會」，
劉仁本有〈續蘭亭會補參軍劉密詩〉，其序云：

庚子春，仁本治師會稽之餘姚，乃相龍泉之左麓州署之後
山，得神禹祕圖之處。水出巖蠌瀦爲方沼，疏爲流泉，卉
木叢茂，行列紫薇，間以竹篁，彷彿乎蘭亭景狀。因作雩
詠亭以表之，合甌越來會之士得四十二人，同修禊事，取
晉人蘭亭會圖詩缺不足者，各占其次，補四五言各一首，
因曰「序蘭亭會」云。〔註32〕

〔註29〕二詩中選及評語皆見黃庚《月屋漫稿》，陳衍《元詩紀事》卷八，黃
　　　庚詩後次之。
〔註30〕見楊維楨〈香奩八詠〉并序。《元詩紀事》卷十六次之。〈楊妃襪〉
　　　亦詩社命題，次於十六楊維楨「句」後。
〔註31〕見《元詩紀事》卷十七。
〔註32〕見《元詩紀事》卷二十八。劉仁本詩後。

由其語意看來，續蘭亭會未必爲社集，然文士雅會之盛可知，此類無
社名，然詁人聯吟雅會，分題分韻者尚多，如玉山雅集、西湖竹枝集、
至正庚申倡和詩等，皆有詩稿都爲一集傳世。〔註33〕王世貞《藝苑卮
言》云：

> 當勝國時，法網寬，人不必仕宦。浙中每歲有詩社，聘一
> 二名宿如廉夫輩主之，刻其尤者爲式。饒介之仕僞吳，求
> 諸彥作醉樵歌，以張仲簡第一，季迪次之。贈仲簡黃金十
> 兩，季迪白金三斤。

王世貞以爲元代詩社之盛是元時「法網寬，人不必仕宦」，這是整個
元代詩社壇墠之盛的另一解釋。

綜觀本節所述，我們可以了解詩社組織始於元佑年間，蓋其時有
各行各會之盛，舊有的文人雅集於此際應運而成詩社新貌，然當時詩
社無組織章程，無開社義試，無社稿詩集；宋亡，元初之月泉吟社因
遺民之志，科舉不興諸因素，文人潛心吟詠，匿跡山林，遂詩友相勵，
試詩競才，此時詩社之結構有盟主，有考評官，有章程條規，有榜次
賞格，正式開啓元代詩社形態；元末，詩社鼎盛，雖不如明季之熾，
〔註34〕然類相酬唱亦過於前人。此時因文網寬，文人不必仕宦，生活

〔註33〕見《元詩紀事》卷二十三、繆思恭詩後云：「《至正庚申倡和詩》〈周
伯琦序〉，至庚申倡和詩，爲嘉禾同守繆君、廣文曹君偕諸名輩分均
之什也。」卷二十四，燕不花等人之〈西湖竹枝詞〉後云：「〈西湖
竹枝集序〉：前元楊維楨氏，寓居湖上，日與郯韶輩留連詩酒，乃賦
〈西湖竹枝詞〉。一時從而和者數百家，雖婦人女子之作，亦爲收錄。
其山水之勝，人物之庶，風俗之富，時代之殊，一寓於詞，各見其
意。集成，維楨既加評點，仍於諸家姓氏之下，注其平昔出處之詳。
版行海內，而〈竹枝〉之音過於瞿塘、東吳遠矣。」卷二十七又云：
「楊維楨玉山雅集圖記：右玉山雅集圖一卷，淮海張渥用李龍眠法
所作也。玉山主者，爲崑丘顧阿瑛氏。其人青年好學，通史及聲
律鐘鼎古器法書名畫品格之辨。性尤輕財喜客，海內文士未嘗不造
玉山所，其風流文采出乎輩流者，尤爲傾倒，故至正戊子二月十又
九日之會，爲諸集之冠。」
〔註34〕明代詩社鼎盛，見楊松年《中國文學評論史編集問題論析》第三章
第三節及黃志民《名人詩社之研究》所考。另外，據郭紹虞《照隅

無生計之憂、經濟之苦，〔註35〕遂集中精力，萃於聯吟，即使元季時亂，仍有張士誠、方國珍等人之優禮文士，得以繼前人修禊之詩，風雅會集。〔註36〕所以，有元一代之詩社，誠明清詩社之先導，也是詩人民間結社之濫觴。

第二節　元代民間詩社的詩作型態

　　由上節可知元代結社風氣之盛。終有元一代，至少有十餘個文人團體先後成立，形成一股來自民間文學的藝文風氣，這股風氣與中國歷史上任何時代的文人團體所形成的不同，也與其後詩社鼎盛的明代詩風不同，其中最根本的原因乃是詩社結合的社會性因素不同，元以前的文人團體大半為詩人立朝仕宦，朝議之後退遊田園之作，與元人完全立身山林的情況，一為貴族文學，一為民間文學，這是元代之前與元代當世之文人團體最大的不同。明代則標榜之風盛，文人結社互相推舉，涉及政治勢力，〔註37〕也與元代科舉不興的情況不同，因此，分析元代民間詩社的詩作之前，宜先看民間詩社的社會性功能。

　　蒙古人統治下的社會，元初還有遺民結社，抗議元政，堅持志節，元末有江南士人，結社聯吟，吟詠風月，砥礪詩文。元世科舉不興，文人又有免賦稅差役等優遇，因此精力多轉向文學與學術活動，各地

室古典文學論集》〈明代的文人集團〉之統計，明代詩社至少一七六
種，見丹青圖書公司 1985 年版。
〔註35〕鄭克晟〈元末的江南士人與社會〉指出元末士人受元朝之優惠，不
　　　　必仕宦，生活悠閒，「安居暇時以談禮樂」。見南京《東南文化》1990
　　　　年四月。
〔註36〕見李夢生《蕭瑟金元調》，頁 173「張王米蟲兒」一文。香港中華書
　　　　局 1990 年版。
〔註37〕郭紹虞〈明代的文人集團〉一文指出，明代文人標榜風氣的發展有
　　　　「七子」「四傑」之稱極多，如吳中四傑、閩中十才子等等，多達百
　　　　組，由之可測文學風氣與集團組織之盛衰。他說：「標榜之風，固然
　　　　古已有之，然於明為烈。」而這些文人團體又有「實用性與政治性」，
　　　　有「標榜以盜取聲名，推挽以攘奪祿位，乃至詆排以角立門戶」之
　　　　弊。見《照隅室古典文學論集》丹青圖書公司 1985 年版。

詩社與書院之興即此，形成一批隱士逸民為主的民間團體，暇時舞文弄墨，競相吟詠，或賽詩，或論藝，作品完全不涉權貴，純然民間市井之風。其社會性功能也純然是市井性質。

　　據黃志民研究明代詩社的結果認為，詩人結社的動機有三：一為消遣餘日，一為宣揚主張，一為不仕異朝，砥礪氣節。〔註38〕而郭紹虞〈明代的文人集團〉一文則指出文人集團可能具有的性能：一為學術性的以文會友，一為標榜盜名，推挽以攘奪祿位，一為興趣結合，或切磋詩文，或林下逍遙娛老，一為政治主張的結合，黨同伐異等，〔註39〕我們根據這些項目來檢視元代詩社的社會性功能，可以發現，元代詩社除消遣餘日、砥礪志節外，切磋詩文是主要目地。以月泉吟社為例，《天錄識餘》云：

> 浦陽吳清翁嘗樹月泉吟社，延鄉之遺老方鳳、謝翱、吳思齊輩主於家。至元丙戌小春望日，以『春日田園雜興』為題，預以書告浙東西之以詩名者，令各賦五七言律詩。至丁亥正月望日收卷。月終得詩二千七百三十五卷，屬方、謝諸公品評之。中選者得二百八十人。三月三日揭其甲乙次第，其第一名贈以公服羅一、縑七、筆五帖、墨五笏。第二名至五十名，贈送有差。乃錄其與選之詩，並摘出其餘諸人佳句，與其贈物回謝小啓，及其事之始末為一帙，而板行之。首名為羅公福。〔註40〕

由這段文字來看，月泉吟社的組成份子為宋代遺老，詩題顯然以山林田園為主，形態則為詩文競試，因此，我們可以推測月泉諸人或有砥礪志節之目的，但競試之中切磋詩文的性能為最。今傳《月泉吟社詩》一書，首社約、題意、詩評，次六十人之詩，凡七十四首，各為評語，次為摘句，凡三十三聯，可見其中品評詩藝的功能。考其作者或有名，

〔註38〕見黃志民〈詩人之社集〉一文，版於羅宗濤主編之《中國詩學研究》，中央文物供應社1985年版。
〔註39〕同註2郭紹虞〈明代的文人集團〉一文。
〔註40〕見田汝耔刻〈月泉吟社詩敘〉，《月泉吟社詩》錄。

或無名（如摘句第十八聯），間有重名（如第三名高宇爲杭州西墊梁必大，而十三名亦武林九友會梁必大，第六名子進爲分水魏石川先生，而五十三名子直，亦石川先生，如此之類甚多）；其題名則多隱號，（如連文鳳託名羅公福，許元發署雲東老吟，洪貴叔署避世翁之類），可見是時文士殆以詩試寄亡國之感，托情於田園雜興，故而有極多隱名匿姓之人。這樣的文人團體，競詩藝、勉志節、寄情田園，應是他們的主要性能。全祖望〈跋月泉吟社後〉云：

> 月泉吟社諸公以東籬、北窗之風，抗節季宋，一時相與撫
> 榮木而觀流泉者，太率皆義熙人相爾汝，可謂壯矣。

由此可知元初詩社的性質，詩人皆爲亡國之痛，文士地位沈抑下僚之感傷而結合，其社會性能自然如上所述。

砥礪志節大抵以元初詩社爲然，元代中葉及末期的詩社又有不同情況，吳景旭引王世貞言云：

> 元時法寬，人不必仕宦，浙中每歲有詩社，聘一二名宿，
> 如廉夫輩主之，刻其尤者，爲式，此西湖竹枝詞所由作也
> 故山西和維序之曰，廉夫晚歲寓居西湖，留連詩酒，乃賦
> 西湖竹枝詞若干首，一時和者數百家，雖婦人女子之作，
> 亦爲收錄，廉夫加評點，板行海內。〔註41〕

由這段話可知浙中詩社以〈西湖竹枝詞〉之類的鄉野之音爲題，而其作品以唱和爲主，仍有評點作用，因此功能應在詩藝的切磋上，其競賽性質與砥礪志節之功能已不可見。其他如越中詩社、山陰詩社等，社約已不可考，但從殘存的作品看來，似乎也類此。

元末另有一些以楊維楨爲首的詩社，如吳間詩社，其詩題多傾向模擬，如〈香奩八詠〉、〈楊妃襪〉等，似乎此時的詩社已具游戲筆墨之性質。

綜上所述，元代詩社完全是一種民間的藝文活動，其社會性能大概皆爲了消遣娛樂、寄情山林、砥礪志節、磨鍊詩藝及暗藏民間科考

〔註41〕見吳景旭《歷代詩話》卷七十。

的作用。元劉壎《隱居通議》卷十「義試詩」條云：

> 往昔江南承平時，鄉里諸齋閣出題示學者，賦絕句，考殿
> 最，有極端巧者，是時俱名義試詩。

這種民間游戲的義試，有考官，有題目，有榜示，有名次，有賞給，
儼然民間科舉作用，因而形成元代詩壇一股聯題吟詠的現象，《月泉
吟社詩》、《玉山名勝集》、《草堂雅集》、《玉山紀遊》等是其間留下來
同題材類型結合起來的詩集，換言之，即時人聯吟的社稿，這些詩稿
經當時社集盟主或詩壇泰斗編輯敘錄而流傳下來，但是，另外許多聯
吟之作的總集今已不存，另有《元詩紀事》之類的詩集彙輯收錄部分
作品，以下我們將就這些總集及零散輯存的作品來看其詩作面貌。

　　《月泉吟社詩》是今存元代詩社最早的社稿，至元廿四年義試的
詩題爲〈春日田園雜興〉，據吳渭在該書〈詩評〉中云：

> 形容模寫，盡情極態，使人誦之如游輞川，如遇桃源，如
> 共柴桑墟里，撫榮木、觀流泉，種東皋之苗，摘中園之蔬，
> 與義熙之人相爾汝也。如入豳風國，者、桑者竟載陽之光
> 景，而倉庚之載好其音也。如夢寐時雍之世，出而作，入
> 而息，优游乎耕鑿食飲，而壞歌先起吾后先也。〔註42〕

這段文字隱約通過今昔對比來顯示詩歌的社會性能，乃在仿效義熙中
人，時雍之世，日出而作，日入而息，同時也表示作品多歌詠田園生
活，純爲寄情之作。我們就集中作品來看，如第一名之連文鳳（羅公
福）詩云：

> 老我無心出市朝，東風林壑自逍遙。一犁好雨秧初種，幾
> 道寒泉藥旋澆。放犢曉登雲外壟，聽鶯時立柳邊橋。池塘
> 見說生新草，已許吟魂入夢招。

此詩考官評曰：「眾傑作中，求其粹然無疵，極整齊而不窘邊幅者，
此爲冠。」的確，此詩句律與境界皆佳，幽雅閒適，大有逍遙山林田
園的晉人遺風。再如第十八名之白珽詩云：

〔註42〕見《月泉吟社詩》卷首，四庫不存此集，見新文豐 1988 年版叢書集
　　　成續編本。

雨後散幽步，村村社鼓鳴。陰晴雖不定，天地自分明。柳
處風無力，蛙時水有聲。幾朝寒食近，吾事及躬耕。

此詩評曰：「前聯不束於題，而『柳處』、『蛙時』一聯，題意俱是，
格調甚高，結亦不浮。」全詩也顯然「有堯風而謂之唐」，充滿田園
餘興。再如四十四名之仇遠，詩云：

一灣新綠護茅廬，草細泥鬆已可鋤。野老但知肚酒，地官
寧復進農書。鶯花眼界人煙外，蠶麥生涯穀雨餘。我愛賦
歸陶令尹，柳邊時見小籃輿。

此詩細寫春景，也是一幅人煙之外的境界。可見吳渭所謂「如游輞川，
如遇桃源，如共柴桑」指的正是這些作品中所共同刻劃的田園野趣，
然而，此詩之詩評曰：「『社酒』、『農書』一聯，厥有深意，不但全篇
清婉而已。」由此可知，月泉詩人們在田園之外別有內涵，前二詩之
「池塘見說生新草，已許吟魂入夢招」、「陰晴雖不定，天地自分明」
等也似乎暗有所指，寄託某種深意。近人張宏先考宋元之際詩人多元
的感情世界時指出：「連文鳳、仇遠和白珽都有文集傳世，他們作品中
一貫表現出的是懷念故國和難以忘懷現實的思想，這決定了他們不可
能絕對沈溺在所謂田園之趣中。」〔註43〕我們如舉幾首寄意較明顯的
詩來看，也正可以看出張氏此語之所指。月泉吟社第二名的馮澄詩云：

編闌春思倩吟鞭，著面和風軟綿綿。黃犢烏犍秧穀候，雄
蜂雌蝶菜花天。把鋤健婦踏煙壠，抱甕丈人分野泉。忙事
關心在何處？流鶯不聽聽啼鵑。

此詩末聯最具深意，詩評曰：「起善包括，兩聯說田園而雜興寓其中，
末語亦不泛。」可見詩人們關心的是「啼鵑」泣血之痛。第十一名方
德麟詩云：

繞畦晴綠弄潺湲，倚杖東風卻黯然。往夢更誰憐秀麥，閒
愁空自託啼鵑。犁鋤相踵地方盡，花柳無私春色偏。白髮
老農猶健在，一簑牛背聽鳴泉。

此詩明寫「秀麥」、「啼鵑」之思，也是寄興田園之外的深意。至如二

〔註43〕見張宏生《感情的多元選擇》頁95，現代出版社1990年版。

十四名湖南之作云：

> 世數有遷革，田園無古今。鳥喧爭樹暖，牛倦憩牆陰。水
> 活土膏動，風微花氣深。淵明千古士，佇立此時心。

四十七名之王進之句云：

> 桑田滄海幾興亡，歲歲東風自扇揚。細麥新秧隨意長，閒
> 花悠草爲誰芳？

此二詩直指人世遷革，桑田滄海的興亡之憾，麥秀幽草之情，惟有託
給千古的陶淵明，以佇存此孤臣孽子之心，月泉諸吟的黍離麥秀之思
實已深藏於田園春景之中，因此，他們在詩中多少透露出秋涼時暗節
衰的恨憾，如第七名楊本然之詩云：「春風建業馬如飛，誰肯田園拂
袖歸。」、「吳下風流今莫續，杜鵑啼處草離離。」第十名呂文老之詩
云：「洛中富貴斜陽恨，錦上勳勞千古思。」第十五名翁合老詩云：「祇
恐春工忙裡度，又吟風雨滿城秋。」第廿七名東必曾詩云：「桑葉漸
舒梯欲整，麥苗暗長路難尋。」第三十九名李萼詩云：「只說桑麻元
自好，不須釋耒歎時艱。」等等，這些詩句中亡國的恨憾，時節艱危
的感歎都已呼之欲出，然而詩人又含蓄隱微，哀而不傷，怨而不怒，
只能於每詩之一、二句中得其風人旨趣。如果我們輔以上一章所論隱
逸之風來看，元人大量和陶、擬陶、寫陶之作品的旨趣，在月泉詩人
中也極多，以第五名詩來看：

> 獨犬寥寥晝護門，是間也自有桃源。梅藏竹掩無多路，人
> 語雞聲又一村。屋角枯藤粘樹活，田頭野水入溪渾。我來
> 拾得春風句，分付沙鷗莫浪言。

此詩中描繪了一個「桃源」境界，然「寥寥」獨犬下一片孤寂，毫無
自然生機，顯然與陶詩之清和自然迥異其趣，而詩人還得交待「分付
沙鷗莫浪言」，可見詩人內心難言的隱痛。這類以陶淵明爲模寫內容
的作品，月泉詩中極多，如楊本然云：「讀罷歸來賦，臨風欲和陶。」，
呂文老云：「陶詩和後和鬮詩」，胡南云：「淵明千古士，佇立此時心」，
趙必拆云：「莫嫌陶令拙，農圃得餘年」。洪貴叔云：「棄官杜甫羅天

寶，辭令陶潛歎義熙」，朱釋老云：「試問封侯萬里客，何如守拙晉淵明？」梁相云：「彭澤歸來惟種柳，石湖老去最能詩。」高鎔詩云：「已學淵明早賦歸，東風吹醒夢中非。」才人句云：「山翁不識時宜甚，猶學淵明裹葛巾」等等，大量的詠陶之中，不正好也表示亡國之餘，只好寄興田園的無奈，詩人的嘯傲山林，吟詠春興，完全是尋求失國之痛的解脫。

更有些詩人，時露堅貞志節的寓意，第四十九名王進之句云：「物意豈知滄海變，曉風依舊語流鶯」，考官評曰：「以雅健語寫高潔操」，可知作者無視時變，另存舊語的情操，南宋亡後，許多詩人不署元朝年號，逕以宋末紀元爲繼，也就是這種心態。又如九山人詩云：「種林已非彭澤縣，采薇何必首陽山」，也是伯夷自清之節，由之，我們更肯定月泉詩人砥礪志節的功能。

由以上《月泉吟詩社》一卷中雜引而出的詩文字句，可見月泉吟社詩作的形態，殆爲聯吟中寄雅興，雅興中託孤情，充滿吟詠風月以消遣餘日，哀惋亡國以砥礪志節的作用。然而月泉詩人最明顯的性能在切磋詩文，其〈詩評〉云：

> 詩有六義，興居其一，凡陰陽、寒暑、草木、禽獸、山川、風景，得於適然之感而爲詩者，皆興也。風雅多起興，而楚騷多賦比。漢魏至唐傑然如老杜秋興八首，深指詩人閫奧，興之入律者宗焉。春日田園雜興，此蓋藉題於石湖，作者固不可捨田園而泛言，亦不可泥田園而專言，捨之則非此詩之題，泥之則失此題之趣，有因春日田園間景物感動性情，意與景融，辭與意會，一吟諷頌，悠然自見。其爲雜興者，此眞雜興也。不明此義，而爲此詩，他未暇悉論。往往敘實者多入於賦，稱美者多近於頌。甚者，將雜興二字體貼而相去益遠矣。

由這段文字之析題解題，可知詩人義試，目的以論詩藝知高下，明賦比興之作法爲主。而且集中，七十四首詩，三十三聯句子之後皆次評語，也明顯爲論藝功能，如第五十六名桑拓區詩云：

粟爵瓜官懶覬覦，生涯雲水與煙膴。晚風一笛麥秧隴，春
雨半鉏桑拓區。可是樊遲宜請學，肯教陶亮歎將蕪。斜陽
芳草關情處，更把新詩弔石湖。

此詩之評曰：「起四句絕佳，二聯分明見田園，惜尾字弔字大過。」
第二十二名高鎔詩云：

已學淵明早賦歸，東風吹醒夢中非。鶯聲睍睆來談舊，牛
背安閒勝策肥。時聽樵歌時牧笛，間披道氅間農衣。篇詩
那可形容盡，何以忘言對夕暉。

此詩之評曰：「五六作意就『雜』字上形容，略似為氣格之累，第二
句穎拔，末用淵明意尤佳。」綜此可知月泉義試在品評字、句、聯、
氣格、意趣等等，已具論藝作用。故吳景旭《歷代詩話》云：「余觀
其韻事雅規，標勝來今，而評論詩題尤入神解，凡作雜興者皆須領悟
此旨也。」〔註44〕因此月泉吟社的詩作形態除上述消遣餘日、砥礪志
節等作用外，磨鍊詩事、切磋詩藝的功能尤巨。

另兩本聯吟詩作結集成書而傳至今日的作品為《玉山名勝集》及
《草堂雅集》，其性質與《月泉吟社詩》又有不同。玉山草堂是崑山
顧瑛所選，據《元明事類鈔》云：「玉山草堂園池聲伎之盛，甲於天
下。有小璚花、南枝秀者，每宴會輒命侑觴乞詩。」又《蘇談》云：
「顧阿瑛在元末為崑山大家，其亭館蓋有三十六處，每處皆有春帖一
對，阿瑛手題也。記必名公，詩必才士，雖篆隸一二字，亦必選當代
之筆。當時如楊廉夫、鄭明德、張伯雨、倪元鎮，皆其往還客也。」
〔註45〕可見《玉山名勝集》實以玉山中諸名勝為吟詠對象，而且是「每
宴輒命侑觴乞詩」的宴餘樂趣，故是集以宴樂及吟詠風雅為事，不具
論詩作用，也不賽詩、評詩。詩人在作品中仍時存歌詠以終的情志，
或觸景生情，或撫今追昔，一以模山範水，一以寄情舒慨，更重要的
是，草堂終日風雅宴集，只是文人相聚聯誼之後的吟詠，與詩社之正

〔註44〕見吳景旭《歷代詩話》卷六十五，壬後集上之上所錄。
〔註45〕見《元詩紀事》卷廿七，顧瑛詩後。

式組織不同。因此，其消遣餘日的功能又大過於切磋詩藝之效。顧瑛〈金粟冢中秋日燕集〉之前八句云：

> 嘉樹蔽日，涼颸散煙，展席藉草，待月臨川。簪蓋既合，
> 飲芳割鮮。歌斯哭斯，以終餘年。

詩人們燕集於名勝中，除了歌詠勝景之外，「其詩不成者四人，依觴政行罰」，〔註 46〕資以為樂，而歌哭於斯，以終餘年，才真正是他們消磨此生的寄託所在。至於《草堂雅集》也顯然是這種性質，其分韻分題而作詩的方式，尚具有游戲性質。《玉山逸稿》云：

> 西夏昂吉起文序云：七月既望日，玉山主人與客晚酌於草
> 堂中。希果既陳，壺酒將瀉，時暑漸退，月色出林樹間。
> 主人乃以「高秋爽氣相鮮新」分韻，詩不成者三人，各罰
> 酒二觥。

又顧瑛〈以玉山亭館分題得金粟影〉詩後附張序云：

> 至正十年，蒼龍庚寅之歲，秋仲十九日，余以代祀歸至姑
> 蘇。顧君仲瑛延于玉山。時鄭君明德、李君廷璧、于君彥
> 成、郯君九成、華君伯翔、草堂主人、方外友本元、元璞
> 二公，酒半甚歡，即席以玉山亭館分題者九人，予以過賓，
> 屬為小引。未知昔賢梓澤、蘭亭如今之會也耶？

由此可知燕集之中，一邊是壺觴佳肴，一邊是月色名勝，詩人們遣性吟詩，以分韻罰觥為事，在游藝之中以玉山館分題，效梓澤、蘭亭的雅會，這是詩人沈淪草野唯一能風雅相續，酬寄性情的方式。

除以上三集之外，元人聯吟或社集所得的詩作，今多不傳，〈西湖竹枝集〉、「續蘭亭會」、「小桃源詩盟」、「吳間詩社」、「越中詩社」、「山陰詩社」等，今只留存部分記錄。越中詩社曾請李應祈為考官，詩題曰〈沈易〉，以試詩於當時，與試者凡三十餘卷，今已不傳，只黃庚〈枕易〉詩保存於其《月屋漫稿》云：

> 古鼎煙銷倦點朱，脩然高臥夜寒初。四簷寂寂半床夢，兩
> 鬢蕭蕭一卷書。日月冥心知代謝，陰陽回首驗盈虛。起來

〔註 46〕見《元詩紀事》卷廿七，顧瑛〈金粟冢中秋日燕集〉詩後。

萬象皆吾有，收拾乾坤在草廬。

當時考官李應祈批云：「詩題莫難於枕易，自非作家大手筆，詎能模寫！蓋以其不涉風雲雨露、江山花鳥，此所以爲難。……此詩起句『倦』字便含睡意；頷聯氣象優游，殊不費力，曲盡枕易之妙；頸聯「冥心」、「回首」四字，極其精到；結句如萬馬橫奔，勢不可遏，且有力量。全篇體制合法度，音調諧宮商，三復降歎，此必騷壇老手，望見旗鼓，已知其爲大將也。冠冕眾作，誰曰不然？」從這段詩評看來，捨情志取文字的游戲筆墨之態極爲明顯，楊維楨〈香奩八詠〉并序云：

> 吳間詩社〈香奩八詠〉，無春芳才情者，多爲題所困。縱有篇辭，鄙婦學妝院體，終帶鄙狀可醜也。晚得玉樹餘音爲甲，而長短句、樂府絕無可拈出者。

由此段文字看來，楊維楨儼然是當時詩社盟主，這個詩社似乎並無義試，〈香奩八詠〉完全是收集各地詩人之作加以選評者，評者所考慮的只是「出語娟麗」，「以見王孫門中的舊時月色」，其純以詩文麗語爲宗旨的目的已極明顯。試看楊維楨八詩中之一、二可知：

金盆沐髮

華清春畫賜溫泉，綰脫青絲散一編。翠雨亂跳花底月，黑雲半卷鏡中天。銅仙盤冷添甘露，玉女盆傾拾翠鈿。攏得雲鬢高一尺，畧冠新上玉臺前。

玉頰啼痕

天然玉質洗鉛華，怪底偏將半面遮。紅滴香冰融獺髓彩黏膩雨上梨花。收乾通德言難盡，點溼明妃畫莫加。聚得斑斑在何處？軟綃寄與薄情家。

黛眉變色

按樂圖開列畫堂，春愁何獨損清揚。蜀山煙雨雙尖瘦，漢柳風霜兩葉蒼。索畫未成京兆譜，欲啼先試壽陽妝。蕭郎忽有歸期報，喜得天庭一點黃。

胡應麟《詩藪》云：「廉夫香奩八詠，索畫云云，銅仙云云，翠點云云，皆精工刻骨，古今綺辭之極，是曲子詞約束入詩耳，句稍參差，

便落王實甫、關漢卿。」我們從三詩之工妍，文字之綺豔，可知詩人們在豔作中極情寫貌之下已淪爲文字遊戲。

至於小桃源詩盟則類月泉，有義試，以評詩藝，考察詩作得失爲目標。據《元詩選癸集》云：

> 近于休寧陳氏得明經書院考評一冊，乃其先世定宇先生檅
> 遺筆也。泰定間，有小桃源詩盟，定宇以大有年爲題，得
> 三百三十七卷，與星源胡初翁存菴定其甲乙，加之評。取
> 中者三十名，一曰都魁，即仲明卷；二曰亞魁，爲康衢遺
> 民卷。其對仗可採者，如康遺民云云。二十六名程維巖云
> 云。二十九名胡祥云云，亦能切題。餘卷語多陳腐。

由此可知，小桃源詩盟的盟主似爲陳檅，考官爲胡初翁，其社稿都爲《明經書院考評》一冊，義試題目爲〈大有年〉，與試人數不少，然作品可觀者不多。

「續蘭亭會」的性質則類玉山雅集，未見義試，純以詩人會吟爲主，但聯吟形態又不同於玉山之分題分韻，而是取晉人蘭亭會圖詩缺而不足者，各占次補吟。劉仁本〈續蘭亭會補參軍劉密詩〉并序云：

> 庚子春，仁本治師會稽之餘姚，乃相龍泉之左麓州署之後
> 山，得神禹祕圖之處。水出巖壑，瀦爲方沼，疏爲流泉，
> 卉木叢茂，行列紫薇，間以竹篁，彷彿乎蘭亭景狀。因作
> 雩詠亭以表之，合甌越來會之士得四十二人，同修禊事，
> 取晉人蘭亭會圖詩缺不足者，各占其次，補四五言各一首，
> 因曰「續蘭亭會」云。

這是至元廿年的盛事，盟主似爲劉仁本，詩人以名山勝水爲吟詠勝地，傚王羲之蘭亭修禊，來會者四十二人，作品爲四言、五言詩，詩人在踵事增華，馮添佳話之餘，其目的爲何，從僅存的作品中可窺知一二，劉仁本詩云：「性情聊自適，理亂復奚言」，謝理詩云：「一觸復一詠，暢情忘古今」，都是詩人求以自適性情而作，詩人的目的當在以山水與詩文自娛遣性。從作品之藝術及內涵來看，王霖〈續蘭亭會補王獻之詩〉云：

> 華髮宴餘春，微風宿雲散。蘭皋野氣芳，桐岡日初旦。群
> 賢集崇丘，臨流水光渙。酌酒清湍曲，俯泉慨長歎。

徐昭文〈續蘭亭會補府主簿后綿詩〉云：

> 茲辰天氣佳，駕言寫我憂。衣冠盛良會，祓禊俯長流。川
> 容澹疏雨，樹色翳崇丘。清風接千載，復此逍遙遊。

現存的蘭亭諸作，風格皆類此二首，以模寫川容樹色，蘭皋野氣，頌詠群賢雅集，祓禊良會爲主，詩風淳雅雍和，清麗閑適，《靜志居詩話》云其「詩皆醇雅，絕類晉人」，即指此。這次盛會距洪武建元才九年，其間各地暴民四起，干戈亂動，詩人們仍以名山雅事爲詠，而不帶一絲塵濁，莫非是避情山林之風的表現？從其作品之成就可知元人長久在許多詩社與雅集聯吟的風氣薰融下，詩藝鍛鍊之工力可知，而元代社集的性能以切磋詩藝爲主是毫無疑問的。

　　另一流風極廣，過泉吟社的大型聯吟爲以楊維楨爲首的〈西湖竹枝詞〉，今詩集也已不傳，然據吳景旭引錄《藝苑厄言》云：

> 山西和維序之日，廉夫晚歲寓居西湖，留連詩酒，乃賦西
> 湖竹枝詞若干首，一時和者數百家，雖婦人女子之作，亦
> 爲收錄。廉夫加評點，板行海內，久之煙滅，今得詞一百
> 八十五首，計一百二十人。(《歷代詩話》卷七十)

當時的盛況「和者數百家」，到吳景旭著《歷代詩話》時尚得詞一百八十五首，有「興公選本」、「選野君續本」傳於當時，(俱見錄於《歷代詩話》卷七十)，可見這是元末一次最盛大的聯吟，楊維楨儼然是當時騷壇泰斗。就其作品來看，多屬俚巷歌謠男女詠唱的口吻，如楊維楨詩云：「望郎一朝又一朝，信郎信似浙江潮，床角龜有時爛，臂上守宮無日銷。」興公選本有楊子壽詩云：「郎去天涯妾在樓，西湖楊柳又三秋，郎情莫似湖頭水，城北城南隨處流。」吳景旭另引《剪燈新詩》載聯芳樓記云：「至正初吳郡姓薛者有二女，長曰桂英，次曰蕙英，皆能詩賦，建一樓以處之，名曰蘭蕙聯芳之樓，有詩數名篇，號聯芳集，時廉夫竹枝鏤板書肆，二女見之笑曰：西湖有竹枝曲，東湖獨無竹枝曲乎，乃製蘇臺竹枝曲十章。」(《歷代詩話》卷七十) 今

觀其作，亦柳絮顚狂、潮信有約之類的男女吟詠，可見當時民間吟唱的興味與風格，眞是雅俗同詠，男女齊謳，詩人的聯吟至此，已成爲民間遊戲娛樂之一。

綜觀本節所述的幾個民間社集，其詩作形態從義試到聯吟到唱和，從雅集到俗唱，從五、七言典雅之律到民間樂謳，其作者從遺民隱士到清遊文士、里坊婦女，都顯見元人詩作的不同情態。元初的社集以遺民爲主，評騭詩藝優劣，諷詠人格志節，暗喻時局政事，充滿亡國悲鳴之音。元末的社集以清遊文士爲主體，楊維楨、顧瑛等是其領袖，詩人樂在宴集觴詠與名山勝水之間，作品附庸風雅，時有模擬神似晉宋唐人者。至於竹枝集之唱和，則顯示詩歌普及民間，成爲游戲游藝的狀態。元代無科舉之累，詩人轉而專心詩藝，互相切磋，形成以上詩歌民間化的種種現象，這是元代詩壇迥異前代的特點之一，也是認識明代詩人結社的先期內涵，在中國詩歌史上更是值得一探的社會性特徵。然而由於資料湮佚，目前僅能淺述如上，其有未詳審之處，留待他日再考。